DALIAN

WENYI PIPING

FAZHANSHI

大连文艺批评发展史

杨锦峰 何永娟 乔世华 邱 伟——著

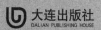

大连出版社

DALIAN PUBLISHING HOUSE

© 杨锦峰等 2025

图书在版编目（CIP）数据

大连文艺批评发展史 / 杨锦峰等著. -- 大连：大
连出版社, 2025. 4. -- ISBN 978-7-5505-1842-1

Ⅰ. I206.7

中国国家版本馆CIP数据核字第2024Q53T24号

出 品 人：王延生
策划编辑：卢　锋
责任编辑：郑雪楠　姜国洪
封面设计：林　洋
责任校对：安晓雪
责任印制：徐丽红

出版发行者：大连出版社
　　　地址：大连市西岗区东北路161号
　　　邮编：116016
　　　电话：0411-83620573 / 83620245
　　　传真：0411-83610391
　　　网址：http：// www.dlmpm.com
　　　邮箱：dlcbs@dlmpm.com
印 刷 者：大连天骄彩色印刷有限公司

幅面尺寸：170 mm × 240 mm
印　　张：21.25
字　　数：295千字
出版时间：2025年4月第1版
印刷时间：2025年4月第1次印刷
书　　号：ISBN 978-7-5505-1842-1
定　　价：98.00元

目录

Contents

文艺批评是文艺活动的重要构成部分，与文艺创作、文艺欣赏共同支撑起人类文艺的精神大厦。从人类文艺发展的历史看，文艺欣赏与文艺创作成为文艺活动的最初源头和动力，而文艺批评的出现则是较晚的事情。精神诉求成为文艺欣赏的根基，表达和满足精神诉求成为文艺创作的依据，而如何辨析精神诉求、怎样表达和满足精神诉求就成为文艺批评的使命。从这种意义上说，即便在文艺欣赏和文艺创作行为发生之初，关于需要什么和怎样满足需要，就已经进入人类文艺意识，成为未来产生"文艺批评"的思维基础。东西方文艺发展历史证明，完整意义上的文艺批评虽然出现较晚，却成为人类文艺活动走向成熟的重要标志。文艺批评一经产生，便与文艺欣赏和文艺创作密切关联，相互促进，共同发展。当人类历史进入现代社会之际，文艺批评也随之成为一种专业的行为和专门的学科。文艺发展的实践也表明，文艺批评的发达程度印证着文艺思维的发达水准，支撑着文艺生活的健康态势，激发着文艺创作的精神活性，标识着文艺发展的综合实力。

文艺发展是文化发展的重要方面，是最富活力和最具魅力的部分。在关于文艺发展历史进程的考察和研究中，文艺批评的发展状况是极其重要的视角和对象。在关于区域文艺的研究工作中，对文艺批评发展给予足够重视，不但完善文艺发展历史的结构系统，而且建立文艺思维成长和文艺精神发展的脉络谱系，是我们撰写这部《大连文艺批评发展史》的初衷和目的。

大连地区有着悠久的人类活动历史和文明进程，也不断持续着与之相伴的人类文艺活动。在绵延的历史长河中，由于地处边陲，又是水陆交通重要节点，大连地区呈现出多种文化相互交融的局面。大连地区较少有"纯粹"的文艺作品流传下来，古代文学艺术遗存主要保留在与生活息息相关的器物之上和习俗之中，书写文艺见解和评价的文字更为鲜见，没有出现真正意义上的文艺批评。文艺批评的本质是文化观、审美观和文艺观的表达，正是基于这样的理解，本书将文艺批评发展的时间坐标首先建立在古代历史之中，在那些蕴含和表达着不同时代的文化观念和审美方式的文化遗存中，梳理和淘洗大连地区文艺观念发轫、成长、演化的信息。也正是基于这些信息，大连文艺批评发展的历史具有了自身的孕育过程和文化前提。

1899 年 9 月大连开埠至 1945 年 8 月大连解放，是大连现代文艺批评发展的第一个重要时期。城市的兴起及现代文化生活结构的形成，南北文化、中外文化、新文化与传统文化的碰撞交融，不但促使大连现代文艺迅速发展，也催生了大连现代文艺批评。大连现代文艺批评一经形成，便呈现出鲜明的新文化精神。思想锐利，视野广阔，重视理论依托，直面文艺现实，成为这一时期大连文艺批评的基本"品相"。这一时期的大连文艺批评还呈现出成果丰富、载体众多、频次密集、热点较多的态势，成为城市文艺生活乃至文化发展的重要内容。尤其可贵的是，在被殖民统治的特殊历史背景下，大连的文艺批评由产生至发展，始终坚守着民族文化和新文化的主体意识和主流倾向，成为大连文艺批评发展历史中值得记忆的一页。

抗日战争胜利至新中国成立，大连经历了四年的"特殊解放区"时期，也是大连现代文艺批评发展的第二个重要时期。新文艺的继续传入，尤其是革命文艺的全面传播和普及，使大连迅速形成全新的文艺发展格局，迅速建立了新的文艺生活体系。新型专业艺术团体的出现、广泛的群众文艺活动的展开，使文艺批评获得新的、广阔的发展空间。这一时期文艺批评肩负着推广马克思主义文艺观、革命文艺宗旨和解放区文艺经验的历史使命，还承担着向人民群众普及文艺知识的任务，激发他们投入新文艺生活的热情，提高他们创作新文艺的能力。应该说，这一时期的文艺批评有力配合了革命文艺体系建设，为其后大连文艺的新发展奠定了坚实基础。

新中国成立后至1978年改革开放，是大连现代文艺批评发展的第三个重要时期。专业化文化机构体系、文艺创作生产系列和文艺社会活动机制的形成，使文艺创作走向高度专业化的发展阶段。主要社会媒体都开辟文艺类栏目和文艺批评阵地，大量文艺信息成为社会关注的热点。许多文化机构和专业艺术机构配备了专事文艺创作、研究的部门和人员，综合性大专院校的文艺类院系也形成了学术型文艺研究和批评队伍。专业文艺研究和文艺批评队伍的出现，将大连文艺批评发展推进到崭新的阶段，标志着大连现代文艺批评走向成熟。这一时期，围绕文艺发展焦点、热点问题，围绕本土文艺创作，围绕专业和群众文艺发展，不断开展文艺批评和研讨活动。研究和批评成果不断出现，文艺创作及社会群体对文艺批评的关注度和尊重度不断提升。

改革开放以后，大连文艺批评进入全面发展、成就辉煌的时期。文化主管部门、文联系统建立了专门性的文艺研究和文艺批评机构，大学文艺类、人文类院系不断拓展规模，学术触角广泛涉猎文艺课题。在老一辈评论家继续活跃的同时，一批又一批青年学者加入文艺批评队伍。他们学养深厚，思想敏锐，视野广阔，富于创造，不断涌现出具有影响力的专家型、学者型评论家。这一时期大连文艺研究和批评成果十分丰硕，著作、论文大量出版，获得国家级、省级奖项的成果层出不穷。同时，研究与批评重视文艺创作实际和文艺建设实践，与创作紧密结合的批评活动和批评成果十分活跃，研究文艺发展的应用型课题和成果异军突起。2011年，大连市文艺评论家协会成立，专业研究机构、院校和社会各层面文艺批评力量形成新的联络、交流、合作机制，全区域范畴的批评活动和成果得以展开，成为大连文艺批评发展的一个新起点。

大连市文艺评论家协会成立之初，在计划展开的若干重要项目中，就包括了关于大连文艺批评发展历史的研究。2019年，《大连文艺批评发展史》正式定名、立项。项目依据上述发展时期，设定了相关章节结构。后因考虑1978年以来大连文艺批评涉猎内容十分庞大，涉猎问题十分众多，且许多相关事宜尚在持续变化、继续发展之中，留待以后再行梳理、评价为宜，因此全书研究截止于1978年。现在呈现的《大连文艺批评发展史》是对以往历史的梳理，期望今后学者继续这项工作，将1978年以后大连文艺批评发展的时代足迹和丰硕成就书写出来，留于后人，留于历史。

关于批评史的研究本属学术冷门，地域性批评史的研究更为罕见。在《大连文艺批评发展史》的研究和撰写过程中，在缺少相关研究成果、需要对大量资料进行查阅和筛选的情形下，参与编写的人员利用业余时间完成书稿，克服了许多困难，付出了巨大努力。经数年努力，终于成书，甚为欣慰。《大连文艺批评发展史》不但描摹了大连文艺批评自身的发展历程和状态，而且可以成为研究和思考大连文艺创作、城市文艺生活、地域文化建设的一种参照。若有所裨益，是我们最大的愿望。书中或有资料使用、观点阐释等方面的问题和错误，也望得到指教。

杨锦峰

2024年4月7日

第一章

古代历史时期的审美发展

与批评意识（上）

　　器物泛指一切为满足生产和生活需要而获得的器具和物品，是固态的文化载体。无论是日常生活器物，还是祭祀礼器，都书写着所在区域和民族的漫长的文艺审美历史。几十亿年前，大连地区（泛指今天的大连[1]及其周边区域）还是一片汪洋，经过数亿年的地壳变动、海底火山爆发、内陆的造山运动和冰川活动等，在距今3万年前，大连地区才形成了地处辽东半岛南端，东濒黄海，西临渤海，南与山东半岛隔海相望的三面环海的轮廓。考古发掘显示，辽东半岛年代最久远的古人类遗址为距今约28万年的营口金牛山古人类遗址，这不仅是辽东半岛最早的古人类遗址，也是东北地区迄今发现的最早的古人类遗址。1981年，考古工作者在大连瓦房店市古龙山发现了距今约1.7万年的古人类遗址，打开了大连地区古人类居住的历史。在古龙山人居住的山洞里发现了人工打制的石器和大量的兽骨，并有人类用火的痕迹，说明古龙山人已经开始了以狩猎为主的居住生活。打制石器的出现，反映了人类对器物的最初需求。文化伴随着人类的存在而产生，古龙山人及打制石器的出现，是大连地区器物文化的源头，也是大连地区人类文化的源头。

---

[1]大连现辖2个县级市（瓦房店市、庄河市）、1个县（长海县）和7个区（中山区、西岗区、沙河口区、甘井子区、旅顺口区、金州区、普兰店区）。

距今 7000 年至 4000 年前，大连地区进入新石器时代[1]，这一时期的先民已走出山洞，走近大海，打磨石器和骨器，以满足生产和生活的需要。在以小珠山文化和郭家村文化为代表的新石器时代，大连地区出土了大量的磨制石器、玉器、骨器等。新石器时代中期以后，在大连地区出土的文物中开始出现图案精致的陶器和打磨精致的玉器。器物的丰富和制作技艺的精进，表明随着人类生存状况的改善，对器物的种类和制作技艺的要求逐渐提高。祖先崇拜、自然崇拜等审美思维开始在器物中呈现，文化意识和审美情趣逐渐丰富。

夏商周时期，中国进入了青铜时代。青铜时代的器物更为精美，工艺更为考究，出现了很多大型青铜器，例如后母戊鼎（旧称"司母戊鼎"）。大连地区也是在这一时期进入青铜时代，但是并没有发现大型的青铜制品，小的青铜器及青铜礼器、兵器却很常见，且数量不少。大连地区在此时期发现的人类遗址遍布各地，例如甘井子区的双砣子遗址、大嘴子遗址，旅顺口区于家村遗址，长海县大长山岛上马石遗址等。这些遗址出土了种类繁多的具有艺术价值的青铜器，说明此时期的大连地区的先民不仅掌握了青铜器的制作工艺，还在青铜器的制作中融入了当地的艺术审美和生产生活需要。当然，陶器、骨器、玉器等器物的品种逐渐增多，且礼器、装饰品等满足人类精神需要的器物越来越多，使器物的审美价值得到了提升，彰显了这一时期人们的审美意识和文艺思维。

大连地区的行政建置始于战国时期。燕国经过几代燕王的经营，国力逐渐增强，成为战国七雄之一。公元前 300 年，燕昭王任秦开为大将，率军大举北上，凭借着强大的军事实力长驱直入，击溃了北方的东胡。为防

---

[1] 新石器时代：考古学上石器时代的最后一个阶段。开始于八九千年以前。人类已发明农业和畜牧，生活资料有较可靠的来源，开始定居生活。广泛使用磨制石器，能制陶和纺织。

止东胡卷土重来，燕国筑长城，并"置上谷、渔阳、右北平、辽西、辽东郡以拒胡"[1]。大连地区隶属于辽东郡，正式成为燕国的辖地。秦统一中国后，将大连地区随着辽东各地一起纳入秦王朝的统一版图中，延续和发展了燕国对大连地区的政治统治。两汉时期，据《汉书·地理志》记载，西汉的辽东郡共辖十八县，在大连地区设沓氏县和文县（东汉以后又称汶县），大连地区从此摆脱了隶属于封建诸侯割据地的政治局面，在行政建置的归属上，已经与中原接轨。两汉时期的一系列政策和制度得以在大连地区推行，带动了大连地区社会经济与文化的发展，人们的生活逐渐安定。在社会发展的进程中，器物的种类和制作工艺衍生出的文明和审美创造不断地丰富着大连地区的文艺形式和文化意涵。

隋唐及魏晋南北朝时期，大连地区处于政权割据当中，政治上的不稳定，带给社会生产力极大的破坏性，最直接的反映就是生产力的下降。在器物制造方面呈现出本地制造的器物种类减少、工艺较为简单的特征，但是在大连地区却发现了这一时期一些来自中原的器物，带有明显的中原文化审美特征。

元代的大连地区，属于辽阳行省管辖。1284 年（元至元二十一年），在金州城设立金复州屯田万户府，在金州城南设哈思罕千户所。至顺元年，即 1330 年，金复州屯田万户府改称哈思罕总管府，统领金复州地区的民政。可见元代的大连地区，屯田戍边的军事作用更为突出。但是，仍可以通过这一时期的器物种类和工艺看到大连地区的审美需求和文艺思维。

明清延续了政治上稳定的大一统形势。政治上的稳定，促进了中华各民族文化的融合、南北文化的交汇和东西方文化的交流。大连地区在文化上重新与中原文化接轨，各种文化艺术形态在此登陆，并不断发展完善。

---

[1] 司马迁：《史记》，韩兆琦译注，中华书局，2010，第 6541 页。

大连地区的文化艺术审美逐渐拉近了与中原地区的距离，慢慢地走向成熟，为近现代大连文化艺术审美思想的形成夯实了深厚的根基。

在大连地区的考古发现中，从新石器时代开始，墓葬遗迹从一个侧面反映出大连地区的文化艺术发展水平和主流的文化审美趋势。墓葬形制的变化、出土随葬品数量和质量的变化，以及制作工艺的多维度发展，都可以印证大连地区文化艺术发展的进程，反映出大连地区文化艺术发展的丰富性和复杂性，其中承载的文化观念和文化审美意识是大连地区文化艺术发展水平和审美观念的隐性体现。

第一节
Section1

器物工艺的演进与文艺
审美的进化

在漫长的历史进程中，逐渐出现了不同种类和风格的器物，或粗糙简陋，或精致而充满质感，这不仅反映了不同历史时期的文化和艺术发展水平，也体现了人们对美的不断追求和创造。1.7 万年前，大连这片土地有了人类生存的痕迹，此后，在大连这片土地上，人们创造了丰富多彩的物质文明，为了满足生活的需要，石器、陶器、玉器、青铜器等器物的种类日趋丰富，样式日趋精美，这不仅展示了大连地区文化和艺术的发展进步，同时也展现了大连地区文艺审美的进化历程。

一、古龙山遗址的打制石器

器物设计的最初目的较为单纯，只是为了满足狩猎和采集的需要。经过漫长的摸索和实践，人们在这个自然进化的过程中逐渐发现随意捡拾的工具并不能满足狩猎和采集等生活的需要，于是出现了蕴含原始设计理念的制造器物。古龙山遗址 [1] 出土了 4 件经过初步打制的石器，分别为半边石片、石核、端刃刮削器和复刃刮削器。

---

[1]古龙山遗址为旧石器时代晚期的洞穴遗址，发现于 1981 年，遗址中原始人居住的山洞里曾发现了人工打制的石器和大量的兽骨，并有人类用火的痕迹。

这几件石器都是用硬石块直接敲击、锤击、修整而成，器物的表面并不光滑。石器主要是在敲击的力量下顺着自然的纹理断裂形成，经过简单的修整，形成锋利的断面，方便日常切割兽皮和兽肉，在劳动中节省了不少的时间和力量。在日常的劳作中，人们逐渐发现大小合适、断面更为锋利的石头加工的工具，使用起来更方便，于是在石器的原料选择上，人们开始加入一些个人的喜好。为了满足不同种类劳动的需要，人们将石器打造成刮削器、尖状器、斧状器等。由此可见，旧石器时代，大连地区人类对于器物有着最基本的满足劳动需要的工艺要求，并没有更高的审美情趣和文化意涵。

二、新石器时代的陶器

新石器时代，大连地区已经出现了人们长期定居的村落，先民们在器物制造方面的技艺不断进步，虽然原始的打制石器依旧在用，但是更为普遍使用的是磨制的石器、骨器、玉器以及烧制的各种陶器。这些器物的制造源自人们在劳动中从实用角度出发感悟到的造型设计，制作工艺的改进，使器物不仅能更好地满足生产生活的需要，外形上也更加美观，是一种原始的、从实用角度出发的审美。

新石器时代，器物的制造已经开始在用料、造型、颜色、用途等方面根据不同的使用场合进行设计，蕴含了原始的审美思维。小珠山遗址、北吴屯遗址和郭家村遗址等新石器时代的人类遗址，出土了大量的黑褐陶、夹砂红褐陶和红陶，少量的彩陶，说明这一时期人们对于器物的颜色审美已经出现。为了丰富陶器的颜色，先民们在陶土中加入滑石粉和云母，以呈现不同于以往的颜色。黑褐陶与红陶等彩色陶器的出现，源自"与众不同"和"独树一帜"的审美意识。在一片土黄色的陶器中，

郭家村遗址下层
出土的红陶鬶

鲜艳的红色和闪亮的黑色都显得那么与众不同，在视觉上满足了人们对
颜色的审美需求。

　　新石器时代，陶器的用途有很多种，装粮食、打水、烧饭、酿酒等，
为了丰富枯燥的生活及满足不同需要而烧制的陶器，有了形态各异的造型
设计和装饰纹样。从形状上看，有罐、碗、壶、钵、杯等，每一种陶器又
分为大、中、小等规格；从陶器表面的装饰纹样上看，有压印纹、刻划纹、
席纹、网格纹、斜线纹、之字纹、刺点纹等。这些抽象纹饰或以对比鲜明的
色块组成，相互补充，相映成趣；或以和谐的线条组织，如行云流水，富于
变化。这些陶器的纹饰显示了先民的原始造型观念，这种观念以传承积累的
方式在民间美术中被保存下来，在现代绘画、装饰、服饰、用品等方面，原
始抽象纹样的运用无处不在。

　　李泽厚在《美的历程》中写道："在原始社会时期，陶器纹饰不单是装

饰艺术，而且也是族的共同体在物质文化上的一种表现。"[1]他认为，这些几何纹饰并不是没有实际意义的装饰图案，而是具有原始巫术礼仪的图腾含义的。虽然目前还不能证明在大连地区出土的新石器时代的器物上，哪种图案有具体的图腾崇拜意义，但是可见大连地区的先民在感官上已经记录了这种图腾，并将之转化成审美主体。

旅顺口区郭家村遗址出土的渔网纹陶罐，记录了渔网在大连地区先民日常生活中的重要作用。此渔网纹陶罐通体呈红褐色，敞口，小平底，鼓腹，腹部呈近似圆形的弧度，并刻有渔网图案，肩部附加堆纹塑成网纲，形象逼真生动。最早的原始人类只能采用涸泽而渔或徒手摸鱼的方式捕鱼，当渔网出现后，不仅节省了体力，提升了捕鱼的速度，还提高了捕鱼的数量，所以渔网在原始社会的劳动中占据了重要地位。将渔网纹饰印在日用器具上，一方面是为了装饰陶器，另一方面则表达了先民感官上对于渔网的喜爱。北吴屯遗址下层出土了带有人面图案、太阳纹图案等充满原始绘画意味的陶片，虽然还无考古资料可以诠释这种图案的图腾意义，但它极可能是某种图腾形象逐渐简化或者抽象化的产物，也可以说明这些图案在大连地区先民的生活中具有了喜欢、崇拜的情感意义，这种情感又逐渐演变成了一种审美标准。大连地区还出土了新石器时代的装饰艺术品，材质上分为骨、玉、石、陶、贝等。小珠山遗址出土的一只造型憨态可掬的陶猪，就属于这一类的装饰品。陶猪吻部前突，短颈，背部向上耸起，形似鬃毛。从艺术的角度审视，这只陶猪打磨得并不光滑，制作工艺稍显粗糙，但是它从一个侧面反映出当时人们的生产活动除了满足生存的需要，已经开始有了审美的需要。这些制作简单的工艺品，记录了新石器时代大连地区的文艺审美状况。

---

[1] 李泽厚：《美的历程》，中国社会科学出版社，1984，第 28 页。

——
长海县小珠山遗址出土的泥塑陶猪

同一时期，吴家村遗址出土的猪头形玉牙璧配饰是迄今为止大连地区发现的年代最早的玉牙璧，呈白色，形状扁平，近乎圆形，最大直径6.4厘米，厚0.4厘米，中间有一胆状孔，可见是用于佩戴的饰品。陶猪和猪头形配饰的出现正是家猪被大规模饲养这种社会生产方式的艺术反映。北吴屯遗址出土的一件鸟形玉饰，前端呈圆形，有一个圆孔表示眼睛，后部呈燕尾状，打磨光滑，制作较为精细，具有典型的抽象艺术品的特征。装饰品和艺术品的出现说明大连地区的先民已经把最初的审美需要融入日常生活。

综上所述，在原始社会时期，大连地区的先民已经萌生了文艺审美意识，并具有一定程度的艺术造诣和艺术追

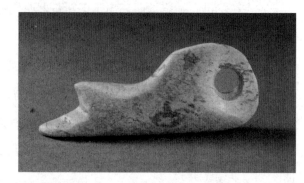

——
庄河市北吴屯遗址出土的玉饰

求。先民们制造器物时，在考虑器物实用功能的基础上，已经将造型、纹饰作为重要的参考因素，而这些看似抽象的纹饰和造型来源于长期的劳动实践和对自然认知的积累，是远古艺术风貌和审美意识的雏形。但由于社会生产力发展水平和人类认知水平的限制，这种原始的审美意识和精神诉求尚处于模仿阶段，还没有发展成较高的审美追求。

三、曲刃青铜短剑与青铜器

夏商周时期，随着农业和手工业的发展，大连地区进入了青铜时代[1]。双砣子遗址、上马石遗址和大嘴子遗址都是这一时期典型的人类文化遗存。

最早的青铜器主要用于祭祀神明，先民们认为器皿是人与神沟通的工具，所以材料珍贵、造型庞大、纹饰威严神秘的青铜器被赋予了更高的精神上的含义，成为人神之间沟通的礼器。大连地区出土了大量夏商周至秦汉时期的青铜器，以兵器和装饰品为主，还有体量较小的鱼钩、青铜环等制品。这一时期，大连地区的青铜器采用合范铸造法打造，要经过制模、制范、合范、浇铸等工序才能完成，工序复杂，工艺要求高，对工匠的技术和艺术审美有一定的要求。大连地区分布最广的青铜器出土文物是青铜短剑，在旅顺口区、甘井子区、金州区、瓦房店市、普兰店市、庄河市、长海县等地的人类遗址中都有出土。年代大约在西周中期的双房墓地出土的青铜短剑是大连地区迄今发现最早的青铜短剑。早期的青铜短剑多为宽叶弧刃，弧度较大，无剑柄，推测剑柄是木制的，因被腐蚀而没有留下痕迹。

---

[1] 中国在商代（前16—前11世纪）已是高度发达的青铜时代。在青铜时代，尚不能排斥石器的使用，有的地区处于原始社会末期，有的地区已进入奴隶制社会。中国在青铜时代已建立起王朝国家，有相当发达的农业、手工业，并已有文字。

战国 T 字柄曲刃
青铜短剑

随着技艺的进步，短剑的曲刃弧度逐渐变小，剑身逐渐加长，并出现了 T 字形铜剑柄，剑柄上还会装饰上三角勾连纹、羽状纹等几何纹饰。

大连地区出土的青铜短剑及其他的青铜器缺少庞大的造型和精美的制作，与中原出土的气势磅礴、制作精细的青铜器不同，具有北方系青铜器简约、古朴和粗犷的特点，这种审美的趋向有鲜明的地域特色。

青铜时代的陶器中出现了彩绘陶，主要的制作方法是在烧制好的夹砂陶外表用彩色颜料绘制花纹。颜料由红、黄、白三种颜色按照不同的比例混合而成。这一时期，大连地区"彩绘陶花纹种类比较多，有用一种单色绘出花纹，有用两种颜料绘出图案，还有用三种颜料组合成形"。[1] 图案是在陶器烧好之后补绘的，大多以三角形、菱形和条形等图案组合而成，以红、白、黄三种颜色勾勒主线条，或以红色、白色单彩涂绘，或以红、黄两彩兼绘，或以红、白两彩兼绘，个别的将彩绘直接画在刺点纹或刻划纹之上。

山东牟平照格庄、内蒙古夏家店、辽宁北票丰下、内蒙古敖汉旗大甸子等文化遗址出土的彩绘陶则以云雷纹、兽面纹、卷云纹、饕餮纹等图案为主。大连地区出土的彩绘陶，完整的很少，目前仅复原了普兰店单砣子遗址出土的 4 件彩绘陶器。复原后的彩绘陶器图案各不相同，颜色大多以

[1]许明纲：《大连地区青铜时代彩绘陶研究》，载大连市文物考古研究所编《大连考古文集》第一集，科学出版社，2011，第179页。

红色为主，配以简洁的图案，渗透着浓厚的简洁的艺术气息。其中，复原后的一个彩绘陶器，高 26.4 厘米，腹径 29.7 厘米，底径 8 厘米，是一个典型的鼓腹小底壶，整个陶壶表面细腻光滑，器壁厚薄均匀，以红色彩绘为主，辅以白色、黄色的彩绘。壶体的腹部自然而流畅地向外突出，显得整个壶体饱满而凝重，既具有实用性，又具有艺术审美价值，在朴素中见精巧，在自然中见流畅，可见这一时期的先民在器形设计和纹样装饰方面倾注了更多的关注。在大嘴子遗址上层的一座房址中发现了两方石砚，分别遗有红色和白色颜料，这两种颜料正是这一时期用来绘制彩陶的重要颜料。可以推断，这一时期，大连地区的彩绘陶器是在本地烧制完成，本地的画师已经掌握了绘制彩陶的工艺，在陶器烧制完成后，直接绘制图案。

普兰店单砣子遗址
出土的彩绘陶壶

这一时期，艺术已经融入大连先民的日常生活，形成并确定了艺术审美心理，在这种审美趣味里，充满了对自由生活的热爱和对美好生活的向往，看似简单稚嫩，却蕴藏着无形的审美思想。正如李泽厚在《美的历程》里所说："它们之所以美，不在于这些形象如何具有装饰风味等等，而在于以这些怪异形象的雄健线条，深沉凸出的铸造刻饰，恰到好处地体现了一种无限的、原始的、还不能用概念语言来表达的原始宗教的情感、观念和理想。"[1]

　　公元前230年，秦王嬴政开始了统一六国的战争。公元前226年，秦王攻下燕国都城蓟城。燕王喜、太子丹等率精兵撤退至辽东，以襄平为中心建立了地方政权。公元前222年，秦军灭燕国，结束了燕国在辽东的统治。历年来，大连地区先后在旅顺口区尹家村、金州区新建村、普兰店市旗杆底、瓦房店市保卫村、长海县哈仙岛等地出土了战国时期的铜剑、铜矛等青铜兵器，特别是启封戈和春平侯钺的发现，不仅展现了战国时期青铜兵器的制作工艺，见证了秦灭燕统一六国的历史进程，同时也证明，大连地区通过战争这种特殊方式，在政治上融入了中原政权。启封戈出土于新金县后元台（今普兰店市后元台村）一座西汉初年的墓葬中，因戈背面刻有"启封"的刻铭，故而得名。戈内正面还有细如发丝的蝇头小字写道："廿一年启封命癰工师鉥冶者。"[2]其中"工师"为主造者，"冶"为制造者，这是三晋的铭刻格式和制造制度。经过考古学家的考证，启封戈是战国时期魏国所铸。戈是古代军中必备的主要兵器，新石器时代就有石戈出土，最早的青铜戈出土于河南省偃师县的二里头遗址。

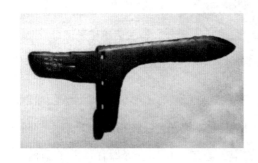

新金县后元台（今普兰店市后元台村）汉墓出土的启封戈

[1]李泽厚：《美的历程》，中国社会科学出版社，1984，第44页。
[2]黄盛璋：《旅大市所启封戈铭的国别、地理及其相关问题》，载大连市文物考古研究所编《大连考古文集》第一集，科学出版社，2011，第339页。

四、汉代龙纹金带扣

汉代，承秦制，大连地区隶属辽东郡管辖，中央政权在辽东地区推行了一系列统治政策和制度，加强了对辽东地区的统治。西汉初年，经历了秦末战乱，统治者采取休养生息政策，恢复社会生产。对大连地区这样的边远地方，西汉政权采取"守边备塞"的策略，社会经济也得到了稳定的发展。西汉中后期，随着社会政治的稳定，经济逐渐复苏繁荣，物产逐渐丰富。东汉时期，大连地区独立于各个豪强割据势力之外，为社会经济赢得了稳定的发展环境。所以，汉代大连地区的社会经济发展出现了前所未有的稳定和繁荣。政治环境和经济环境的稳定，带来了文化上的进步和发展。汉武帝"罢黜百家，独尊儒术"政策的推行，让儒家思想逐渐成为汉代社会的主体文化，以儒家思想为主体的主流意识形态体系逐渐建立起来。随着大连地区行政建置的确立，儒家思想进入大连，并进一步在大连地区传播和发展，成为大连地区主流的社会思想，为大连地区审美意识的形成和文化艺术的发展奠定了坚实的思想基础和社会文化基础。

汉代在器物的制作方面求新立异、穷极技巧。2003—2022年，在大连地区营城子工业园区的建设过程中，发现了大量汉代墓葬，其中出土了一件龙纹金带扣，尤其珍贵。带扣为古代束腰皮带的挂钩，汉代以前一般常见的为带钩，质地以青铜为主，有的做工精细，镶嵌金银纹饰，最初是北方游牧民族常用的带具，质料精纯、工艺华美，到汉代逐渐为诸侯王、皇室成员和高等级贵族、官员所推崇。该龙纹金带扣以纯金打造并镶嵌多颗绿松石，图案精美，工艺复杂，总重量为38.27克。此龙纹金带扣是目前我国出土的汉代龙纹金带扣中龙纹最多的一件，共饰10条龙。10条龙腾空穿行于云雾之中，构成了一幅极具神秘色彩的图案，一条巨龙盘踞中间，9条小龙环绕在其周围，龙脊部分用一串大小不一的圆形金珠装饰，

——
营城子汉墓出土的龙纹金带扣

周边及群龙之间镶嵌有水滴状的绿松石作为装饰和点缀，整体构图生动，有层次上的变化。从工艺层面上看，带扣设计精巧，做工考究，集造模、锤揲、錾刻、镶嵌、鎏、焊等多种工艺于一体，体现了古代工匠精湛高超的制作技艺，也让我们感受到汉代器物制造工艺的精进和文艺审美的进化。

据考古资料显示，用金粒焊缀镶嵌是汉代金器制作的代表性工艺，目前在我国考古中发现的掐丝焊珠多龙纹金带扣有四例（见表一）。

表一　中国考古发现的龙纹金带扣基本情况

名称	尺寸	重量	镶嵌	龙
新疆博格达沁古城黑圪垯墓金带扣	长 9.8 厘米 最宽 6 厘米	48 克	镶嵌多颗红宝石、绿松石	8 条
辽宁大连营城子汉墓金带扣	长 9.5 厘米 最宽 6.6 厘米	38.27 克	边框残留 9 处，龙身残留 20 处	10 条
安徽寿县寿春镇计生服务站汉墓金带扣	长 9.2 厘米 最宽 7 厘米	不详	菱形 50 处，圆形 8 处	8 条
湖南安乡西晋刘弘墓金带扣	长 9 厘米 首宽 6 厘米， 尾宽 5.5 厘米	50 克	菱形 36 处，圆形 8 处	1 条

除此之外，朝鲜平壤石岩里9号墓也出土了长9.35厘米、宽6.3厘米的七龙纹金带扣。从数据可见，这些金带扣形制基本相同，均属于汉代时期的工艺。《史记·匈奴列传》记载，公元前174年（汉孝文前元六年），汉文帝曾给匈奴单于写信并赠厚礼，礼单中便有"黄金饰具带一，黄金胥纰一"[1]，其中"黄金胥纰"即黄金带钩。这处记载清楚地表明，用黄金制作的带扣是十分珍贵的物品，绝不是普通百姓和一般官员能够使用的。营城子汉墓出土的龙纹金带扣是汉代金带扣中的极品，极尽奢华，虽然墓主人的身份一直没有得到确认，但是可以推测其地位一定很高。一种艺术的装饰特征与地域文艺审美风格有着直接、必然的联系，在汉代，这种北方的文艺审美风格完全符合汉代艺术的气势与古拙的基本美学风貌，进而被统治阶层所接受，并受到推崇。可见，汉代大连地区的文艺审美已经进入中原王朝的审美范畴，与中原文艺审美归为一脉，大连地区的文艺审美风格初见端倪。

五、漫长的文艺审美断层

魏晋南北朝至隋唐时期，大连地区相当长一段时间（魏、西晋、唐（大部分时间）在中原政权统治下）处在少数民族政权统治之下。在错综复杂的政治形势下，大连地区的文艺审美在先进与落后、文明与野蛮、动荡与稳定、对抗与融合中曲折发展。在这种政治局面下，留存下来的文化遗迹比较稀少，仅在发掘的几座墓葬遗址中可见。在营城子和瓦房店老虎屯地区发现了这一时期的墓葬，其中可见陶器、铁器、铜镜、铜钱等随葬器物。其中，营城子汉墓出土的陶楼，高54厘米，分为3层，第一层正中有长方形大门，在第一层和第二层的四角各有一斗拱，第二层和第三层的四面

---

[1] 司马迁：《史记》，中华书局，1999，第6570页。

———
营城子汉墓出土的
陶楼

各设有一长方形窗户，三层均有由筒瓦铺成的檐，筒瓦前有瓦当，瓦当上
有清晰可辨的几何形图案。楼的四角和门、窗周围以及斗拱，均有红色的
彩绘。从工艺上看，这座陶楼比例协调、制作精巧、工艺讲究。但从魏晋
南北朝时期文艺发展的整体水平上来看，这样的陶楼还是略显简单。

　　魏晋南北朝时期虽然政治混乱、民众生活困苦，却在文学、书法、绘画、
音乐、玄学、宗教等方面创造了富于智慧且浓烈的艺术成就。从现存的
敦煌壁画等艺术成就可见，这一时期社会的全民文艺审美已经达到了一
个巅峰。陶瓷在这一时期是比较流行的，青瓷、白瓷、彩瓷、黑瓷等均
具有较高的工艺水平，鸡首壶、青瓷莲花尊、青釉博山炉、青瓷谷仓罐
等是其中最具代表性、最能展示这一时期陶瓷工艺的作品，但大连地区
并没有出土在工艺上和文艺审美上能够与之媲美的作品，可见这一时期，

大连的器物工艺、文化和文艺审美虽然在缓慢上升，但与主流文艺审美仍存在差距。

六、白釉褐花瓷与瓷器

宋辽金元时期，大连地区虽然不是政治经济文化的中心，但是作为农耕基地，一直处于相对稳定的发展环境中，呈现出多民族杂居、多种经济成分和多元文化并存的状况。辽朝建国伊始就属于辽朝的势力范围，辽太宗时期归属于东京道管辖，在辽朝统治期间，大连地区的行政建置不断完善。金朝之初，对于大连的统治仍延续辽朝旧制，后来逐渐创立了适应女真社会的军政制度。元朝在忽必烈时期，基本控制了东北地区，设置辽阳行省，管辖今辽宁、吉林、黑龙江三省，以及黑龙江以北、乌苏里江以东今属俄罗斯的地区，大连地区属于辽阳行省的管辖范围。1330 年（元至顺元年），元朝将设置在金州的金复州屯田万户府更名为哈思罕总管府，统领金复州（今大连地区）地区之民政。[1]东北出土了大量辽金元时期的磁州窑、龙泉窑、钧窑、耀州窑的瓷器，大连地区也出土了大量辽金元时期的铁器、铜器和瓷器，尤其是瓷器的出土，说明这一时期瓷器文化已经进入大连。

从考古发掘来看，磁州窑系的白釉褐花瓷器是大连地区当时使用最多的器物，主要为生活用瓷。磁州窑系的白釉褐花碗、褐釉四系注子、黑釉碗、油滴斑碗、白釉碗、白釉褐花"王"字碗等都是典型代表。

元代磁州窑的白釉褐花罐和青釉碗等又先后在大连地区出土。瓷器在当时属于高档消费品，比较贵重，非一般百姓能持有，而是由官员、商人、有钱人所持有，所以从一方面印证了当时大连地区商贸繁荣，交通发达，

[1]《大连通史》编纂委员会编《大连通史·古代卷》，人民出版社，2007，第356页。

是一个名副其实的繁华城市。当然，除了这些精美的瓷器，还有许多本地工匠制作的粗瓷器和陶器，使用者也多为本地的普通百姓。

元代的瓷器纹饰改变了饕餮纹和鱼纹等图案占据主要地位的局面，将花、鸟、草、叶等植物图案引入瓷器纹饰，且元代以印花瓷器为上品，常见的纹饰为缠枝花卉，也有少量龙纹、云鹤纹、凤鸟纹、花卉纹、卷草纹、龙凤纹、云纹等。大连地区出土的元代瓷器以磁州窑出产的白釉罐、盘、碗、瓶为主，还有瓷枕及一些小型玩具等。磁州窑位于河北省磁县的漳河两岸，磁州窑釉色白中带黄，以黑、褐色花纹为装饰，图案则为婴戏、禽鱼、龙凤、水波、卷叶以及花卉等，纹样简洁流畅，极富审美价值。在金州金家沟出土的白釉褐花小瓷碟中，有2件仅在碟底部用褐釉绘有3个圆圈，圈中书写"风花雪月"，[1] 绘画简单，文字直抒胸臆。

大连地区出土的磁州窑白釉褐花龙凤纹罐、白釉褐花罐、白釉褐花"清

庄河出土的元代白釉褐花
龙凤纹罐

普兰店出土的元代白釉
褐花"清酒肥羊"罐

[1]《大连通史》编纂委员会编《大连通史·古代卷》，人民出版社，2007，第370页。

酒肥羊"罐等元代瓷器，精美雅致。其中白釉褐花龙凤纹罐的腹部以中国画的技法绘有龙凤图案，其"一面绘有腾云之龙，龙首前伸，龙嘴张开，舌头外露，龙角短细，须发上扬。身体卷曲翻腾，龙尾上翘，周围满饰云纹"，"另一面饰一飞翔之凤，头细扁长，上有凤冠，颈毛后拂，以 4 道半圆形曲线绘以凤身，两翼张开作飞翔状，空隙处饰以云纹"。[1] 因为磁州窑瓷器上的图案是在瓷胎半干之时绘制，受时间的限制，大多数图案的绘画都是一气呵成，笔法流畅，自由洒脱，不拘谨。元代瓷器上还多书写有短句、诗词等，以表明器物的用途。如白釉褐花"清酒肥羊"罐，直接表明此罐为装酒的器皿。可见，元代已经将绘画和书法作为提升文艺审美的一种手段，并且大多数从事瓷器制造的工匠都或多或少掌握一定程度的书法和绘画技艺，虽然他们的技艺高低有差，但这一点恰恰表现了社会各个层面的审美情趣，大众的文艺审美观也在瓷器的制作演进过程中得到了提升。

七、青花瓷与明清瓷器

明永乐、宣德年间是明代青花瓷的黄金时代，这一时期的青花瓷以胎釉精细、青色浓艳、造型多样、纹饰优美而闻名。明代的青花瓷分为官窑和民窑，在大连地区发现的青花瓷主要以民窑烧制的为主。

明清时期，民窑瓷器受正统观念和皇室审美情趣的束缚较少，删减了繁复的装饰，以贴近生活的装饰题材为主，以写意、奔放又不失隽秀飘逸的格调为主。纹饰主要有龙凤纹、兽纹、鱼纹、花卉纹、山水纹、人物故事纹、文字纹等几大类别。清代康雍乾时期，中国画被最直接地移植到瓷器上，瓷器上出现了中国画风格的山水、人物、花鸟等图案，提升了明清

---

[1] 孙传波：《大连地区出土的元代磁州窑白釉褐花罐》，《北方文物》2002 年第 3 期。

瓷器的中国书画气质。"而在艺术陶瓷器的装饰中，装饰则反映人的精神境界，人们通常以装饰来表达某种情感和寄托某种愿望。"[1]

庄河市大营镇金州区华家街道、旅顺口区水师营街道东沟村、瓦房店市驼山乡付庙村等地出土了200余件明清青花瓷器。其中庄河市大营镇出土的青花魁星踢斗图碟画风简洁灵动，有现代抽象派的风格，虽然纹饰不够精美，但充满浓厚的"人情味"和古拙之美，反映了时代特色和社会需求。魁星从宋代开始就是民间百姓信仰的文运之神，人们拜魁星，祈愿金榜题名，是对未来美好生活的一种憧憬。这种吉祥的纹饰，从文艺审美的层面将中华民族的文化精神和审美意识融入瓷器文化中，将中华民族以文祈福、以画传情的审美意趣最大程度地表达出来。这样充满故事情节的图案出现在日用瓷器上，表明了这一时期人们普遍的文化素养和审美素养。

——
庄河市大营镇出土的青花魁星踢斗图碟

总之，明清时期瓷器的烧制抛开了严格刻板的限制，具有自由的表现形式，呈现出人文化的倾向，也因此具有了巨大的生命力和感染力。

---

[1]朱和平：《中国设计艺术史纲》，湖南美术出版社，2003，第86页。

第二节

Section 2

器物种类的递增与文艺审美的多样化

文化因人而生，并随着人类的繁衍生息而逐渐繁荣兴盛。器物与人类的生产、生活息息相关，随着人们对自然、社会和生活的认知不断发展，对工具的使用和材料的认识不断深化、提高，器物的种类逐渐丰富，工艺逐渐精湛，文化要素在器物的制造中越来越成为主要因素。不断丰富的器物种类和类型不仅充实了人们的生活，更汇入了自然认知、社会思想和审美情趣，成为一种文化传承。

一、旧石器时代——单一的器物种类

古龙山人为了有使用方便的工具而敲碎石块，成为大连原始文化的起点。古龙山人的石器资料表明，"其特征接近于旧石器时代晚期小石器为主的技术传统，而与长石片——细石器技术传统显得远一些"[1]。可见，大连地区旧石器时代的器物种类比较单一，以粗糙打制的石器和骨器为主。

---

[1]《大连通史》编纂委员会编《大连通史·古代卷》，人民出版社，2007，第95页。

————
瓦房店市古龙山遗址出土
的燧石复刃刮削器

二、新石器时代——基于生产和生活需要的器物种类的丰富

新石器时代早期和中期，人们在经历了自然的考验和生活的磨砺之后，在打制石器的基础上，开始制造磨制石器、陶器、骨器和玉器等。这一时期，不论什么材质的器物，最终目的都是为了满足日常生产和生活的需要。随着生产和生活的丰富，人们需要的器物种类逐渐增加，同时因为审美需求的出现，器物在造型、装饰等方面也发生了变化。例如，新石器时代早期，石器仍以打制石器为主，直到新石器时代晚期，磨制石器的使用才达到一定规模。磨制石器包括石斧、石刀、石磨棒、石磨盘、石网坠等，还有大量用石英岩打制的刮削器、盘状器、尖状器等，其中刮削器被加工成椭圆形、长条形和扇形等不同形状。器物的形状不同，一方面是为了方便使用，另一方面也不排除因为个人喜好而磨制成不同的形状。在陶器的制作中，夹砂黑褐陶、夹砂红陶和泥质红陶等多种颜色的陶器已经出现，每一种颜色的陶器又分为壶、碗、罐、钵、杯等种类，每一个种类器具的大小、形状各不相同，千变万化。新石器时代早期的小珠山一期文化遗存出土的陶罐仅按照开口来划分，就有筒形罐、侈口罐、敛口罐、小口鼓腹罐等。在小珠山二期文化遗存中，"新出现了一些，如鼎、鬶、盉、瓠形器、罐、盂、豆、

壶、碗、钵、杯、器盖等器形"。[1]

　　新石器时代晚期的器物种类相较于新石器时代早期丰富很多，而且器物在造型上的变化更为丰富，甚至在陶器上出现了人面图案和太阳纹图案等具有原始图腾崇拜意义的图案，说明原始先民的文艺审美来源于原始的图腾崇拜。图腾崇拜来源于原始人类对大自然的崇拜，这一切都与许多自然现象和社会生活有着密切的关系。原始人类将社会生活中的获得和灾难都归于上天的恩赐或惩罚，所以图腾是一种被人格化的崇拜对象。器物上的图腾图案是原始人类最初的审美幻想和憧憬在生活中

小珠山遗址下层出土的压印纹
筒形陶罐

的体现。新石器时代，器物种类增加和原始图腾崇拜出现，佐证着先民们对于美和艺术的追求已经逐渐变得丰富。

小珠山遗址出土的图腾

---

[1]《大连通史》编纂委员会编《大连通史·古代卷》，人民出版社，2007，第109页。

　　大连地区先民们的精神文化内容逐渐丰富，文艺审美情趣逐渐提升。
新石器时代晚期，大连地区的器物种类已经十分丰富，常见器物有石器、
骨器、牙器、陶器、角器、蚌器、铜器、玉器等。其中石器的制作已经由
打制石器向大规模的磨制石器过渡，陶器的制作由手制向轮制发展，玉器
的制作出现了一个高峰期。小珠山三期文化遗存和四平山积石墓都出土了
大量玉器，充分显示和印证了制玉业的发展。大连地区出土较多的玉器是
牙璧，简称玉牙璧。玉牙璧在一些大墓中出土较多，出土时，玉牙璧大多
位于人骨的胸部位置，璧孔的一侧有磨损的痕迹，由此可知，这是挂在颈
上的装饰品。这些玉牙璧大多被制作成动物形状，例如长海县广鹿岛吴家
村遗址出土的玉牙璧就制成猪的造型，同一时期红山文化遗址出土了玉配
饰鸟形玉佩和鸮形玉佩等。

长海县吴家村遗址出土的玉牙璧

从玉牙璧的形状来看，动物形玉器的出现反映了原始人类对动物的崇拜，这些动物不仅是其重要的食物来源，也是先民们守护和崇拜的对象，因此，这种源自生活的崇拜性审美大量体现在玉器上。关于玉牙璧的制造，郭大顺先生将大连地区出土的玉牙璧与红山文化时期出土的玉牙璧进行对比，认为大连地区的玉牙璧是形制较早的玉牙璧，其制作工艺早于红山文化时期。大连地区还出土了带有切割痕迹的玉料和玉器钻孔后留下来的玉圆芯，这说明大连地区的先民掌握了制作玉器的工艺，并且可能拥有制作玉器的旋转技术。[1] 从其出土数量及磨损程度上来看，玉器已经深受人们的喜爱，并且玉器饰品已非少数人的专用品，佩戴人群的范围很广泛。玉器饰品是这一时期墓葬的主要陪葬物品之一，但因墓葬等级不同，出土的玉器制作工艺也不尽相同。等级较高的墓葬出土的玉器饰品大多用料上乘，制作精美，造型独特。除了玉器饰品，还有大量玉制、陶制的工艺品出土，其中郭家村遗址上层出土了一件充满写实意味的陶舟形器，"陶舟呈灰褐色，器表粗糙。舟首前突，尾部平齐，首尾微向上翘，两舷上下外凸成弧形，底部经加工成平底，两侧等高，中间空疏较大，形成通舱。这件陶器显然不是一件实用的生活器皿，而是一件模拟品。"[2] 由此可见，大连先民们的审美思想已经从满足日常生活的需要提升到审美享受的阶段，已经开始用审美的标准去衡量日常生产和生活的需求，器物成为传达艺术风貌和审美意识的重要媒介。

三、青铜时代——生活与审美需要融合下的器物种类递增

公元前20世纪左右，大连地区进入了青铜时代，在这一时期，大连

[1]郭大顺：《从"本土原创"看大连地区考古》，《大连日报》2014年4月21日。
[2]朱和平：《中国设计艺术史纲》，湖南美术出版社，2003，第86页。

地区的主要器物材质大致为石、陶、骨、贝、青铜等。这一时期的石器除个别为打制石器外，其余全部是磨制石器，种类繁多，形态各异，有斧、刀、镰、锛、网坠等生产工具和镞、矛、棍棒头、剑、钺等兵器。出土的陶器有黑陶、黑灰陶、灰褐陶、黑皮陶、泥质灰黑陶等，不同质地的陶土制成了各种壶、罐、碗、豆、杯等器具，这些器具造型各异，花纹变化多样，大型陶器的数量很多。

大嘴子遗址出土了红石砚和白石砚，经考古学家考证，这些石砚是为彩绘陶器而准备的，说明这一时期大连地区出现了由本地居民绘制的彩陶。考古学家为区分新石器时代与青铜时代的彩陶，将大连出土的青铜时代彩陶称为"彩绘陶"。彩绘陶上绘有一种或多种几何图案，构成各种抽象的几何纹，制作者再利用颜色的变化，使彩绘陶看上去更加美观。陶器上无论印纹还是彩绘纹，在装饰和美化陶器的同时，更重要的是"由再现（模拟）到表现（抽象化），由写实到符号化，这正是一个由内容到形式的积淀过程，也正是美作为'有意味的形式'的原始形成过程"，"是美和审美在对象和主体两方面的共同特点"。[1] 在青铜时代，这种"有意味的形式"沿用到了青铜器的制造当中。虽然大连地区出土的这一时期的青铜器只有铜戈、铜镞、铜泡饰、铜鱼钩、铜环等小件制品，却有突出的地域特色。其中大嘴子遗址出土的铜戈，经考古学家鉴定，并非产自中原，而是由辽东部族自己所铸，是我国东北地区目前发现的带有地方部族特点最早的一件铜戈。这种"有意味的形式"还反映在出土的装饰品中。于家村砣头积石墓出土了石珠、陶珠、绿松石坠、玛瑙坠、玛瑙珠、萤石坠等装饰品，这些器物更多呈现的是一种"形式美"，而这种形式美正是在不断积淀的过程中形成的一种审美情感的外化表现。

---

[1]李泽厚：《美的历程》，中国社会科学出版社，1984，第22页。

综上所述，这一时期大连地区先民在器物制造中更多融入了自身的审美意识和要求。器物的制造、规范可以说是来自社会普遍的审美，也可以说是来自社会某一阶级的观念和想象，这种观念和想象呈现为器物上的一种形式美，满足了社会的审美需要，"人们不自觉地创造了和培育了比较纯粹（线比色要纯粹）的美的形式和审美的形式感"。[1]

大嘴子遗址上层出土的石砚（红色颜料）

四、秦汉时期——审美需要引领器物种类的多样化

进入秦汉时期，大连地区为文县和沓氏县的辖区，据考古学家考证，文县城址在今天瓦房店市太阳升乡王店村北的陈屯汉城，沓氏县县城就在今天普兰店区铁西街道花儿山社区的张店汉城。由于城邑的发展，大连地区的器物变得更为丰富，这里面凝结着大连本地先民的勤劳和智慧，同时也有从中原流通过来的大量器物，蕴含着集中原文化与大连本地文化于一身的文艺审美思想。

大连出土的秦汉时期的器物有铁器、陶器、青铜器、金器、银器、玉器、玻璃器等，包括生活器具、兵器、量器、文具等，这些种类庞杂、数量众多的器物从不同的方面彰显着秦汉时期大连地区的文艺审美发展情况。普兰店花儿山出土的 4 件鎏金铜贝鹿镇（鹿者，"禄"也，此取其吉祥之意），器形新异，做工巧妙，"其头、足以及底座以铜铸成且经鎏金，座上镶嵌

[1]李泽厚：《美的历程》，中国社会科学出版社，1984，第 33 页。

虎斑贝壳以为鹿之躯体。雄鹿头部较宽，背嵌铜铸鹿角。雌鹿头部较雄鹿为小，背饰红彩为角"[1]。它们整体形象简洁流畅，用一种大线条展示了器物的厚重和气势，也充分彰显了墓主人的身份地位。正如李泽厚先生所说："这里统统没有细节，没有修饰，没有个性表达，也没有主观抒情。相反，突出的是高度夸张的形体姿态，是手舞足蹈的大动作，是异常单纯简洁的整体形象，[2]这是一种粗线条粗轮廓的图景形象，然而，整个汉代艺术生命也就在这里。"

普兰店乔屯 7 号汉墓出土的鎏金铜贝鹿镇

汉代出现了以绘画为基础的雕刻艺术，尤其以铜器的雕刻和花纹砖最为突出。营城子汉墓出土的铜承旋盘面上手工錾刻的铜刻画《仙人神兽瑞禽图》，图案精美，以柿蒂图案为中心，周围穿插刻画了人面兽身、兽面人身等古代神话人物，及蹄足翼龙、斑斓猛虎、鹿、朱雀、飞鸟等珍禽异兽。全图以汉代盛行的寓意祥瑞的仙人神兽瑞禽为刻画主题，意欲运用一

---

[1] 李泽厚：《美的历程》，中国社会科学出版社，1984，第 101 页。
[2]《大连通史》编纂委员会编《大连通史·古代卷》，人民出版社，2007，第 194 页。

些祥瑞符号获得上天的某种庇佑，祈求如意祥和，是"天人感应"思想的一种艺术呈现。这种神与人、飞禽与走兽同时出现在一幅作品里呈现出来的丰满的画面和五彩缤纷的世界，充分显示了汉代自由、浪漫的文化气息和开放、多元、融合、自信的文化特征。绘制在营城子壁画墓北室北壁上的壁画《导引升天图》，用祭祀和飞升两部分图画，展现了墓主人死后升天、魂归仙境的虚玄场景，表达了生者对死者的深厚祝福和美好祝愿。

营城子壁画墓北室北壁《导引升天图》

花纹砖是一种集雕塑和绘画为一体的艺术作品，出现于战国晚期，盛行于汉代，是两汉时期主要的建筑材料，用花纹砖筑砌的墓葬，被称为花纹砖室墓。两汉时期，花纹砖室墓是高等级的墓葬，墓主人用花纹砖垒砌墓室，以显示自己的身份和富贵，极尽奢华，这完全受汉代厚葬之风的影响。在大连的旅顺口区牧羊城、甘井子区营城子、金州区三十里堡、普兰店张店及瓦房店市复州、永宁、陈屯等地都发现了大量的汉代花纹砖室墓葬。2002 年至 2009 年，考古工作者在大连营城子墓地第二地点发掘的 200 座汉墓中发现了 6 座花纹砖室墓。在 2010 年普兰店市（原新金县，2015 年撤销普兰店市，设立普兰店区）姜屯汉代墓地发掘的 154 座汉墓中有 12 座为花纹砖室墓。[1] 在这些墓葬中出土了大量的花纹砖。

大连地区的花纹砖主要有条形砖、方形砖、楔形砖、榫卯砖等类型。花纹砖按图案分主要有几何纹类花纹砖、钱币纹类花纹砖、画像砖、文字砖四类。几何纹类大致有同心圆纹、菱形纹、斜线三角纹、圆圈纹、水波纹、网格纹、斜十字纹、叶脉纹等几何花纹，这些花纹多交叉组合使用，形成丰富的纹饰。钱币纹类主要有五铢钱纹、大泉五十纹、无文字钱币纹等。画像砖上的画像主要有人物和动物两种图案，动物主要包括鸟、鱼、羊、龙、虎、龟、鹿、螃蟹等，以及由这几种动物组成的组合图案等，其中，两尾鱼、三尾鱼、鱼和龟、鱼和龟及蟹组成的图案最为常见，寓意长寿吉祥、富贵有余；人物多为人头像，也有人物与动物的组合图案等。画像砖既有自然写实的

汉代鸟纹砖

---

[1] 刘俊勇、杨婷婷：《辽南汉代花纹砖室墓探析》，《辽宁师范大学学报（社会科学版）》2014 年第 2 期。

图案，又有表现生活的图案，寓意祥瑞，尤以人面和鱼最多。文字砖则是用文字作为图案，有的记录民间"招魂复魄"等丧葬习俗，有的记录丧葬始末，有的则刻上"万福贵"等吉祥字样，以求吉祥富贵。

综上可见，花纹砖的图案主要表现了长寿、富贵、宜子孙等思想，蕴含着对生命传承的美好期望。在汉代的墓葬文化中，花纹砖直接或间接地反映了当时人类的精神世界。

随着社会的发展和生产力的进步，大连地区的器物种类不断递增，文化审美越来越多元化。经历了魏晋南北朝、隋唐时期的战乱，从元代开始，大连地区的文化形态与中原文化呈现出前所未有的相融状态，为后世的文化发展奠定了基础。

五、元明清时期——文艺审美的交流与沟通带来器物种类的递增

元明清时期，大连作为东北地区重要的海陆交通枢纽，发挥了重要的作用。中原的大量物资经过大连运往东北其他地区、朝鲜半岛等处，实现了中原与东北各地的物资流通。

元朝时期，景德镇的陶瓷技术得到了突飞猛进的发展，景德镇窑的青白瓷、青花釉里红瓷和钧瓷、磁州窑瓷等，成为元代的创新产品。元瓷的主要特征为表面的釉质较厚且向下流淌，釉浓的地方有条纹，釉浅的地方可见水浪。元代瓷器式样大多奇特，如壶上附有很大的耳，或者模仿奇兽、怪鸟的形态制成花纹，采用印花、划花、雕花等方法装饰瓷器，其中以印花瓷器为最上品。

在大连寺儿沟发现的一座墓葬里，出土了多件瓷器和铁器陪葬品，其中就有一个白釉褐花瓷罐，该瓷罐高24.8厘米，口直径18厘米，最大腹径28.6厘米，圈足径13厘米，是一个典型的直口鼓腹罐，是元代较为流

行的一种瓷器样式。这类瓷器的装饰主要以白釉下绘黑彩、褐彩为主，兼有刻、划、剔花。纹饰布局有的疏朗，有的饱满。疏朗的纹饰往往较为简洁明快，寥寥数笔即可；饱满的纹饰则较为繁缛，一般绘满整个器身。大连寺儿沟元代墓葬出土的白釉褐花瓷罐显然是一件纹饰疏朗的瓷器，用简洁的图案和制作呈现了典雅的艺术审美。流畅的线条和比例协调的外形，将元代瓷器的稳重和端庄完美展现出来，这与汉代华丽的瓷器审美形成了鲜明的对比。简洁和简约被认为是美的源泉之一，去掉多余的元素和复杂的结构，将大量留白留给器身，增添了瓷器的整体美感和平衡感，更能够集中欣赏者对瓷器本身的注意力。

元代的墓葬风格多样，在蒙古族墓葬文化的基础上融合了汉族和其他民族的墓葬文化，从总体上看，比较讲究墓葬的规模和装饰。大连地区发现的元代墓葬，整体规模不大，建筑也谈不上精美和复杂，更没有豪华的装饰，随葬器物仅见瓷器和铁器，说明墓主人生前的地位并不是很高，或者说并不是很富有，但有这样一件白釉褐花瓷罐出土，说明此物要么是墓主人生前挚爱之物，要么是当时流行的一种随葬器物，这反映出元代大众对瓷器的艺术审美追求一种简洁自然的风格，用最纯粹的颜色、最简单的植物和动物图案，呈现瓷器的工艺之美。

明清时期，根据一些考古发现和史料记载，大连地区有一定的瓷器生产活动。例如，明代末年，明朝政府曾经在大连地区设立了一个瓷器制造厂，主要生产供军队使用的瓷器。在今金州和旅顺等地还发现了一些窑址和瓷器遗物。明清时期是我国瓷器发展的鼎盛时期，尤其是青花瓷器，胎质细腻，画工精妙，造型千姿百态。永乐、成化、康熙年间的青花瓷器都各具特色。

在大连地区出土的这一时期种类丰富的器物中，瓷器占有主要地位。

主要有碗、盘、碟、小盅等四类，其中碗有狮球碗、寿字碗、三友碗、花卉碗、桃花碗、仙桃喜鹊碗、结子莲碗；盘有牡丹盘、蟠螭盘、寿字盘、莲池鸳鸯戏水盘、梅枝双栖盘、菜蔬盘、麒麟盘等；碟有花卉碟、花石碟、蟹纹碟等；小盅有五经小盅、花卉小盅等。从器物的种类来看，大多是为满足日常生活需要而烧制的陶器，以小型实用器皿居多。图案多米自生活，清秀朴实，自然飘逸，以祈求生活的幸福安康。[1] 在金州萧金山明墓的考古挖掘中，发现了青花福字碗、白瓷碗、白瓷带盖注壶和酱釉粗瓷罐等随葬瓷器。其中，白瓷碗和白瓷带盖注壶做工精细，胎体极薄，是明代白瓷中的精品。这也是大连出土的明代瓷器中的精品。这种采用白色釉料进行装饰、没有过多彩绘和其他装饰的瓷器，体现了明代白瓷纯洁素雅的整体风格。

明清时期，大连地区的文艺审美保持了元代以来精致细腻、简约清新的风格，即使日常生活中常用的碗碟也采用一种冷暖适度的色调，不温不火，装饰图案以清淡、含蓄、不张扬、不隐藏为主要格调。随着时代的发展和进步，各种器物已经从生活的必需品衍生出艺术品，在器物的制作中逐渐融入了书法、绘画、雕刻等艺术手法，将现实生活的多样性和真实性充分展示在艺术品中，成为展现社会历史积淀的一种特殊艺术形式，表达出丰富的社会文艺思想和文艺审美观念。

---

[1] 郭富纯、赵锡金主编《大连古代文明图说》，吉林文史出版社，2010，第305页。

第三节
Section 3

墓葬文化与文艺审美

墓葬是一定历史时期、一定区域社会文化发展的缩影，不同历史时期的墓葬规制和习俗，总能直接或间接地反映出这一时期人们的图腾崇拜、宗教信仰和文化艺术传统。中国的墓葬文化萌芽于旧石器时代晚期，伴随着人类文明的不断发展，墓葬文化越来越成为一种文化载体，承载着人类社会文化发展的痕迹。所以，墓葬不仅是人类物质生活的遗存，也是人类精神世界的反映。

考古发现，大连地区的墓葬类型主要有积石墓、贝丘、土圹墓、瓮棺墓、石棚墓、砖室墓等。

一、积石墓

积石墓在大连地区发现较早，存在于新石器时代晚期至商周时期。大连地区的积石墓分为山上积石墓和平地积石墓，山上积石墓主要建筑于新石器时代，平地积石墓主要建筑于商周时期。[1]

山上积石墓基本建在沿海地带的山顶或山脊上，以石块为主要建筑材料，墓底铺满石块，四壁以石块垒砌。墓葬以分不同年代筑成的多座墓葬

---

[1] 霍东峰：《旅大地区史前时期积石墓的考古学观察》，《北方文物》2011 年第 4 期。

构成的墓葬群的方式存在，应该是家族墓或者宗族墓。山上积石墓以旅顺口区老铁山积石墓和甘井子区四平山积石墓较为典型。老铁山积石墓共有40 余座，四平山积石墓则有 60 余座，分布在山脉的主峰和支脉上，从山麓到山顶，墓葬的规模逐渐增大，位于山顶的墓葬规模最大。

老铁山积石墓

平地积石墓则主要建在平地或土丘上，建筑方式与山上积石墓较为相似，其中以旅顺口区于家村砣头积石墓最为典型。砣头积石墓共有 58 座，围绕着中心墓先后筑成，墓的大小不一、形状不一。积石墓在大连分布较广，且数量巨大，但是由于缺少文字记载，具体的丧葬习俗不得而知。[1] 积石墓中大多有陪葬品，从墓葬的挖掘中可见，山顶的积石墓规模较大，在这类较大的墓葬里，随葬品种类繁多，制作较为精良。从墓葬的分布来看，积石墓是按照一定的等级来筑造的，这是社会等级制度在墓葬文化中的反映。

关于积石墓，考古学界有很多看法，一种观点认为辽东半岛的积石墓与红山文化存在渊源，另一种观点认为辽东半岛的积石墓与山东的龙山文

[1] 大连市文物考古研究所编《大连考古文集》第一集，科学出版社，2011，第 237 页。

化关系密切。这两种观点都表明，大连地区的积石墓是文化交流的结果，并不是大连地区首创的墓葬形式。而且，积石墓这种墓葬习俗大多在北方出现，可见这一时期大连地区深受北方文化影响，已经接受积石墓的墓葬习俗。

在各项技术都不发达的原始社会和奴隶社会，人们将超大的石块运到山上建造墓地，根据考古学家的考证，这与先民的思想观念有关。"用石块修建坟墓则更进一步说明，在史前文化的死亡观念中，对于山石的信仰和崇拜已经达到了极致的程度。""积石冢就是最早的史前文化中'藏魂魄于石'的葬俗，死亡的魂灵被山石所围护着凝聚在一定的范围内而不离散。"[1]大连的先民以渔猎为生，对山、海有着别样的情感，在山石崇拜的基础上，将墓葬选在临海的山上应该是最适宜的地方。按照原始的祭祀神明和祖先的习俗，山顶又是最接近天神之处，将死后的祖先葬于山上，便可以得到天神的眷顾。大连营城子后牧城驿北发现的一座积石墓就以中央冢为圆心向四周放射性分布，从空中俯瞰整座积石墓，宛若光芒四射的太阳。可见，山石崇拜和原始的图腾崇拜等文化特征在积石墓的建筑中有所体现。

二、贝丘

西汉时期，大连地区流行一种结合了岳石文化土圹墓特点和大连海洋地理文化特点的土圹贝墓，又称贝丘（或贝墓）。其构筑方法比较简单，在土圹墓四壁与椁板之间填以贝壳并夯实，椁盖上再铺一层贝壳，然后封土。贝壳是海边特有的，据考古学家推测，以贝壳筑墓可以达到防潮御湿、

---

[1]王禹浪、崔广彬：《辽东半岛的贝丘、积石冢与大石棚文化》，《大连大学学报》2005年第1期。

保持尸体不朽的目的。大连地区已经发掘的贝丘遗址有数百座，贝类厚度一般在1米左右，有的厚度达3米左右。贝丘是在中原地区土圹墓的结构上加入贝类元素形成的，这种将地域文化元素融入中原墓葬文化的行为，说明这一时期大连地区的先民们已经对生产和生活中的事物有了审美认识，并萌生了依照当地地理环境和文化习俗创造具有地域特色的墓葬文化的意识。

辽宁省长海县大长山岛上马石贝丘

　　丰富的海洋生物为靠海生活的先民们提供了源源不断的食物资源。先民们在这里捡拾贝类，捕鱼狩猎，制造精美的陶器、玉器，并繁衍生息。贝类虽然有着坚硬的外壳，但大连地区的先民们明显已经懂得如何食用贝类，并能充分利用贝类。因为贝丘的大量存在，在胶东半岛的史前经济研究中，王锡平提出了"贝丘遗址时期"的概念，认为贝丘遗址代表了胶东半岛的一种史前经济形态，这种经济形态完全不同于农耕文明，而且具有早期海洋文明的特征。《壮族通史》记载："贝丘文化……是先民们在长期的实践中，为了自身的生存与发展而开创的一种有效的生产生活方式……按照不同性别和年龄自然分工，共同劳动，共同生活。一个贝丘遗址，应是一个母系氏族的聚落点。贝丘既是他们的垃圾堆，同时又是埋葬本氏族故去的人的墓地。其居住地也应在贝丘旁侧，氏族成员平时在一起劳动生活，死后一同埋葬在本氏族的墓地里，从而形成了别具地方特色的贝丘文化。"[1] 在大连地区的贝丘遗址中，除贝类外，还有鱼骨和兽骨等，有的遗址还有房基、窖穴等遗迹。位于长海县广鹿岛的吴家村遗址为典型的贝丘遗址，面积约 7000 平方米，文化层由贝壳堆积而成，厚度为 50—130 厘米，其中贝类繁多，有牡蛎、红螺、毛蚶、青蛤等。

人们在对海洋的征服中逐渐掌握了更方便地获得海洋生物资源的方式，并且学会了充分利用海洋资源。[2] 大连地区的贝丘出土了大量的陶器、骨器、玉器等随葬品，值得关注的是，贝丘出土的陶器上常常绘有仿贝类的图案，如旅顺口区郭家村遗址出土了模仿海参制作的海参罐。这类随葬器物大多做工细腻精巧，造型生动活泼，富有海洋特有的感染力，说明在该时期，人们在器物的设计和制作中融入了来自大海的艺术灵感。

三、土圹墓和瓮棺墓

从墓葬文化的发展来看，西汉时期，大连地区的先民们不仅采用积石墓的形式安葬故去的人，还采用土圹墓和瓮棺墓的安葬方式。有学者考证，大连地区夏商周时期的土圹墓具有岳石文化的特点，应该是岳石文化的先民渡海来到大连地区所筑，大连地区仅在普兰店单砣子发现 2 座土圹墓，不具有普遍性。

瓮棺墓存在于青铜时代至汉代，比较有代表性的是长海县大长山岛上马石墓葬，共发掘瓮棺墓 17 座，主要用来埋葬未成年人。瓮棺墓是用大

---

[1] 云亦云：《贝丘伴邕江 螺香飘万年——探访南宁新石器时代贝丘文化》，《南宁日报》2021 年 10 月 8 日。
[2] 赵荦：《我国贝丘遗址研究述评》，《福建文博》2018 年第 1 期。

型陶瓮装殓人骨的埋葬方法。一般是先挖好圆形的竖穴，把装有人骨的瓮棺放入竖穴内，上面覆以石板。瓮棺墓都是采用二次葬，这说明当时大连地区的先民们对灵魂和肉体已经有了鲜明的认识，认为人死亡之后，肉体虽腐烂消亡，但灵魂是永恒不死的。上马石瓮棺墓的陶瓮，有的瓮口向上，有的瓮口向下，但是陶瓮的底部都已经被打掉，打掉陶瓮的底部是为了给灵魂留出一个出入的地方。大连地区的瓮棺墓葬俗与中原地区仰韶文化的瓮棺葬俗完全一致，说明在仰韶文化时期，中原的文化已经传到大连地区，因为缺少文字的记载，我们无法断定当时大连地区的文化发展情况，但是墓葬文化却用实物证明了这一时期大连地区的文化发展情况。[1]

四、石棚墓

关于石棚墓的概念，在中国学术界有狭义与广义两种。狭义的石棚墓是指大石盖墓，即以三块或四块厚重的石板半埋半裸地立起围成墓室，顶部覆以一块更大的石板封顶，因一些石棚墓中发现人骨及随葬品，故被称作石棚墓。广义的石棚墓不仅包括石棚墓，还包括积石墓、大石盖墓和石棺墓等。[2] 这里谈到的石棚墓，主要取自狭义的石棚墓的概念。

大连地区关于石棚墓的最早记录，见于金代王寂的记载。王寂为金代提点辽东路刑狱，他出巡辽东各地，将沿途所见所感结集成《鸭江行部志》，其中记载："己酉，游西山石室。上一石纵横可三丈，厚二尺许，端平莹滑，

---

[1]《大连通史》编纂委员会编《大连通史·古代卷》，人民出版社，2007，第109页。
[2] 汤隆皓：《辽东半岛石棚墓与大石盖墓的比较研究》，硕士学位论文，广西师范大学历史文化与旅游学院，2019，第1页。

状如棋局。其下壁立三石，高广丈余，深亦如之，了无瑕隙，亦无斧凿痕。非神功鬼巧，不能为也。土人谓之石棚。"[1]

大连地区的石棚墓从建造年代上看，跨度较大，最早起于新石器时代，最晚止于春秋时期；从分布范围上看，主要集中于普兰店区北部和庄河市西部。

大连地区的石棚墓中，随葬品比较简单，例如庄河市吴炉镇白店子石棚墓出土了人骨和石纺轮，大连市普兰店区石棚沟石棚墓出土了陶罐。

现在已经无从得知先民们建造石棚墓的真正原因了，但是先民们在没有大型起吊工具的情况下，要放置这些巨石，其艰难的状况可以想象。耗费这样大的力量来建造石棚墓，一种可能是故去的人生前受到人们的爱戴和尊敬，人们希望用这种超自然力的形式表达对他的情感；另一种可能是具有原始宗教或原始信仰的意义。石棚墓存在的时期，人类的繁衍已具有一定规模，对自然恐惧的减少增加了先民们征服自然的信心，同时祈求上天赋予他们巨大力量的诉求占据了先民们的主要思想。放置巨石安葬故去的人的行为正是向神明展示人类的超能力，祈求得到上天护佑的过程，其内在原因是凝聚精神力量和人群向心力的原始宗教的驱动。[2] 所以，石棚墓的建造蕴含着原始的石头崇拜的意味。在"万物有灵"的原始社会，人们对巨大的石头有一种模糊的灵性崇拜，认为石头具有一种超自然能力。[3] 用巨大的石头建造坟墓，希望石头的超能力可以让故去的人的灵魂得以永驻，或者祈求通过石头的超能力赋予故去的人新的生命，这时的石头俨然成为一种信仰的符号。考古资料证明，在石棚墓葬时期，大连地区已经实行火葬。先民们认为，在火葬中，人类的灵

[1] 大连市文物考古研究所编《大连考古文集》第一集，科学出版社，2011，第259页。
[2] 段守虹：《巨石建筑之精神诠释——石棚的最初含义》，《世界文化》2013年第2期。
[3] 杨正文：《石崇拜文化研究》，《中南民族大学学报(人文社会科学版)》1992年第5期。

魂会随着腾空而起的烟火"登遐"。那么,巨大的石棚和"登遐"之间必然有一种神秘的关系。随着人类文化在不同地域中的演化发展,石棚墓的精神内涵也在被不断丰富,石棚墓作为一种文化符号的谜底终将被揭开。

五、砖室墓

汉代时大连地区砖室墓比较盛行。大连地区的砖出现在西汉晚期,其中烧制的素面条形青砖主要用于砌筑墓室,所以,两汉时期,砖室墓开始盛行。砖室墓的墓底多以条砖或方砖铺地,墓顶构筑成弧顶或穹隆顶。[1]其中以营城子发现的东汉砖室墓最为典型。在汉代的墓葬中,装饰壁画逐渐成为一种流行。壁画主题多为升仙、神异、天祥、避邪,或是表现墓主生前的地位、威仪等。营城子壁画墓是一座东汉时期的壁画砖室墓,保存较为完整,是我国东北地区发现较早的壁画墓。

营城子壁画墓依据墓室结构和随葬器物分析,属于东汉末期墓葬。此墓呈"山"字形结构,由前室、套室、主室、东侧室和后室组成。墓的主室外北壁、东壁及南壁绘有壁画。其中以北壁《导引升天图》最有特点,

---

[1]《大连通史》编纂委员会编《大连通史·古代卷》,人民出版社,2007,第198页。

画面描绘的是墓主人经"仙人"引导"羽化升天"的场景。整幅图画分为天上、人间两部分，天上部分以一位头戴冠、着长衣、佩长剑的高大男子为中心，这男子即墓主人，他面向前方，脚下云气缭绕，表示死后升天。墓主人身后是一位捧物侍立的童子，上方是苍龙。在墓主人前方，有一头戴方巾、立于云端的"方士"面向墓主人。"方士"的身后，绘有一位手持仙草的羽人和朱雀。这羽人腾云驾雾做引导墓主人"升天"状。壁画的人间部分绘有做伏拜、跪拜、立拜状的三人在追祭死者。这三位不同姿态的追祭者分别代表着他们各自与墓主人的辈行关系。天上、人间部分交相呼应，构成了生者对死者的祈祝。[1]

这组壁画在构思上布局合理、讲究对称，每组画面整体对称，单个饰物的形体也对称；绘画上线条流畅、用笔准确，生动表现了人物的身份、表情和姿态，灵动而准确地点画了珍奇异兽的形体和神态。整幅壁画采用墨线勾勒的手法，仅在人物口唇等处略施朱彩。虽然是用粗线条的墨线勾勒，但人物形态栩栩如生，脚踏祥云准备飞升的墓主人、引人升天的以鸟羽为衣的羽人，以及长有羽毛的各种异兽都鲜活生动，充分反映了汉代绘画艺术的高超水准。[2]

绘画艺术作为一种历史悠久的艺术形式，创作中蕴含的丰富思想性是其拥

营城子壁画墓（模型）

[1] 大连市文物考古研究所编《大连考古文集》第一集，科学出版社，2011，第 361 页。
[2]《大连通史》编纂委员会编《大连通史·古代卷》，人民出版社，2007，第 127 页。

有永恒艺术魅力的关键所在。不同时期的绘画反映不同时期的思想倾向，大连地区汉代砖室墓中的壁画将现实与神界、人与兽、生与死充分融合在一幅画面里，突出反映了当时人们对逝者未来生活的期盼，在这种虚幻意念中，逝者过着虽死犹生的生活。从壁画可见，仙逝的墓主人并没有痛苦的呻吟和对现实的留恋，而是充满了对神仙世界的渴望。人们按照自己的主观意愿想象了一幅愉快、乐观的升天图，人们的生活并没有因为死亡而凋零，反而走进了一个充满现实世界一切乐趣的神仙境界。这与秦汉以来一直推崇的祖先崇拜和鬼魂崇拜的观念一致。秦汉以来，人们相信人死后灵魂不灭，还会在另一个世界里生活，能永享安乐，所以秦始皇才耗费了大量人力物力建造规模宏大的皇陵，以求成仙得道，灵魂永生。至汉代，谶纬神学盛行，社会各阶级崇信谶纬之学，在丧葬习俗上就出现了追求长生不死、死而不朽以及由此而产生的厚葬之风。[1]厚葬是汉代丧葬文化的一大特点，这在中原地区的墓葬中已有明显的表现。据不完全统计，辽宁地区已经发现2000多座汉代墓葬，其中厚葬之风表现得尤为突出。大连地区汉代砖室墓的建造，从建筑材料、整体规模以及随葬器物等方面都印证着汉代厚葬之风在大连地区的盛行。出土的随葬品有各种陶器、铜器、铁器等，还有各种材质制成的猪、牛、羊、鱼类、禽类以及多种水果，随葬品完全就是死者生前的生活缩影。[2]这也从一个侧面反映了汉代大连地区社会政治比较稳定，经济发展达到了一定水平，思想文化认识已经与中原地区达成一致。

以上是大连地区比较有代表性的墓葬类型，不同历史时期的墓葬都有特定的墓葬制度和丧葬习俗，不同的墓葬形制、棺椁制度一方面直接或间

---

[1]《大连通史》编纂委员会编《大连通史·古代卷》，人民出版社，2007，第210-211页。
[2] 李泽厚：《美的历程》，中国社会科学出版社，1984，第22页。

接地反映一定时期的社会制度、阶级关系、社会经济状况，另一方面客观
地反映了社会思想和文化状况，而社会文化发展的状况及百姓的接受程度，
是社会文艺审美的思想基础。古代墓葬文化是鲜活的璀璨的文化符号，在
文化艺术研究方面具有不可替代的学术价值。

第二章

古代历史时期的审美发展

与批评意识（下）

　　大连地区的文学作品出现时间较晚，据李振远先生的观点，东汉末年在辽东流传的歌颂邴原的民谣《辽东里老诵邴原》，是目前文献可见的大连地区最早的文学作品。该作品是清代学者杜文澜在编辑《古谣谚》的时候发现的。关于《辽东里老诵邴原》的相关历史和事迹，《三国志》里有详细的记载。南朝裴松之在为《三国志》做注疏时，大量地记载了齐鲁名士在大连地区的活动，并选录他们所写的关于大连的文章，例如孔融的《遗问邴原书》、管宁的《致明帝疏》、魏国大臣桓范的《荐管宁表》、魏明帝曹叡的《征召管宁诏》等文章，这些文章是古代正史对大连地区最早的记载，对我们了解大连地区古代文化的形成、了解大连文艺创作的文化思想基础有着重要意义。[1]魏晋至元代，大连地区先后被鲜卑、高句丽、契丹、女真和蒙古等少数民族政权统治，在连年烽火中与中原地区变得疏远，继而与唐诗宋词元曲的兴盛擦肩而过。隋唐时期，隋炀帝和唐太宗都曾亲自率军征讨高句丽，大连地区是隋唐水军的主要登陆点，所以我们能在隋炀帝和唐太宗亲征辽东的诗篇中一窥大连的影子。隋炀帝在《纪辽东二首》中对大连地区的定位是"辽东海北"。

　　两汉时期是大连地区文化发展的一个黄金期。这一时期，大连地区政治稳定，为文化艺术的发展创造了良好的政治环境。水陆交通发达，成

---

[1]李振远：《雪泥鸿爪觅诗文——大连古代诗文评述》，大连出版社，2020，第6页。

为连接山东半岛、鸭绿江口、朝鲜半岛和中原地区的交通枢纽，畅通了大连地区与南北各地的文化艺术交流渠道。良好的生活环境带来了大量的移民，同时丰富了大连地区的文化成分和文化形态。汉武帝时期，"罢黜百家，独尊儒术"，奠定了儒家思想的统治地位。随着内地移民的涌入，一些内地文人进入大连地区，儒家思想也随之进入大连地区并得到广泛的传播。据《后汉书》记载，西汉末年北海都昌（今山东潍坊）著名学者逄荫为避王莽之乱，"将家属浮海，客于辽东"，成为辽东名儒。据《三国志》记载，东汉末年，齐鲁名士管宁、王烈、邴原、太史慈、国渊、刘政等先后来到辽东，讲授《诗》《书》《礼》《乐》，传播儒家文化，儒家思想逐渐成为大连地区社会文化发展中的主流文化思想，"于学行礼，为说道义，以感化之"，奠定了大连地区文学创作等文化活动的思想基础，对大连地区文化艺术的发展起到了决定性的作用，指明了大连地区文化艺术发展的思想方向。

在魏晋南北朝至隋唐宋元时期，大连地区一直处于北方各民族的交替统治之中，政治上的不稳定导致文脉不兴，诗文不盛，唐诗宋词元曲在中原地区蓬勃发展时，大连地区却处于文学的启蒙阶段，在艰难的成长中与中原文学发展的高峰擦肩而过。

唐太宗亲征辽东时留下了《辽城望月》《辽东山夜临秋》《伤辽东战亡》等诗篇，唐代的许多诗人在感慨连年征战导致辽东百姓苦不堪言时也都创作了诗歌作品。隋炀帝的《纪辽东二首》直接记录了隋朝大军三次派水陆大军征讨高句丽，在金州卑沙城迫使高句丽投降的战绩。"辽东海北翦长鲸，风云万里清。方当销锋散马牛，旋师宴镐京。"[1]气势磅礴地描写了隋朝大军从大连登陆、所向披靡、战胜高句丽、凯旋的壮举。

辽金时期是大连地区文学发展的重要时期，这一时期大连地区出现了

---

[1] 李振远：《大连文化解读》，大连出版社，2008，第58页。

有记载的本地诗歌创作，开创了大连文学创作的起点。金代提点辽东路刑狱王寂在出巡辽东的过程中撰写了《鸭江行部志》，其中不仅记录了王寂在出巡辽东途中创作的诗歌作品，还记录了曾任曷苏馆节度使的纥石烈明远（有学者认为此人名为刘明远）题在大连地区石壁上的三首诗，这是目前所见最早的留存于大连地区的诗歌作品。可见，在王寂之前，大连本地已经有诗歌创作，只是没有被记录。

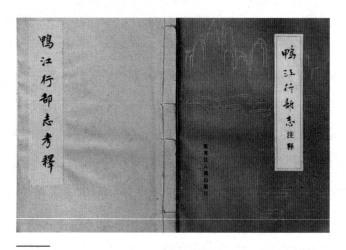

《鸭江行部志考释》与《鸭江行部志注释》

元代开创了广阔的政治版图，促进了更大范围内南北文化和东西文化交流。这一时期，大连地区重新与中原文化接轨，儒学教育在大连地区重新开启，文学创作活动散见于各种碑文，文学发展出现了复苏趋势，这为明清时期文学的发展创造了条件。1924年，在金州出土了元代张成墓碑，碑文详细记录了南宋人张成自南宋灭亡后，历任元朝的侍卫、敦武校尉等职，管军上百户。碑文记录了张成作为元朝屯田军随时受命到不同地区屯田，1293年被派往金复州新附军万户府屯田，镇守海隘，还记录了张成"携妻孥辎重"到金复州驻军屯田，此后祖孙几代"世居"于此的家族成长史。

张成不仅带来了家属和全部家当，更带来了中原地区的传统文化和风俗习惯。屯田成为大连地区与中原文化交流的重要方式之一。虽然忽必烈即位后开始兴办教育，但关于大连地区的文化教育并没有特别详细的记载，因此现在也不可见这一时期的文学作品。只能从现存的刻于 1350 年（至正十年）的《金复州儒学碑》中，一窥当时大连地区儒学教育的兴办和文化教育的情况。

明清时期，大连地区出现了诗歌创作的高峰，古体诗、近体诗创作大量涌现，出现了一大批有代表性的诗人和诗作。如温景葵的《金州观海》、李辅的《金州道中》、多隆阿的《复州十咏》、许文运的《饥人叹》等。另有多隆阿的《慧珠阁诗钞》、许文运的《浒东诗钞》、徐庚臣的《斯宜堂诗钞》、魏燮均的《九梅村诗集》、王永江的《铁龛诗存》等诗集传世。这一时期的诗歌作品除寄情山水外，更多的是咏史怀古，托物言志。诗人将百姓生活的疾苦和对黑暗现实的痛恨情绪写进诗歌中，出现了大批反映现实生活、揭露社会黑暗的诗歌作品。

魏燮均《九梅村诗集》

鸦片战争后，重要的地理位置带给大连地区与众不同的文化发展环境。

西方的生产方式和文化生活方式逐渐进入大连。多种文化思想和文化形式在大连交汇融合，形成了大连独特的文化形态。

甲午战争打破了大连地区祥和的社会生活境况，使其先后陷入俄国和日本的侵占之中。战争和苦难激起了大连人民的爱国情怀和反抗怒火，由此激发了大连的反帝爱国文学创作高潮。黄遵宪在旅顺失守之后创作的《哀旅顺》、李葆恂创作的《闻旅顺炮台失守感赋》、袁昶创作的《闻金州陷》等作品，在惊叹国势衰微的同时声讨了帝国主义的侵略行径："倭马无端饮裨海，佛狸行自毙坚城。"[1] 时任金州厅海防同知的王志修创作的《曲氏井题咏》、辽海著名文人张之汉创作的《阎生笔歌》等，歌颂了大连人民誓死不做亡国奴的壮烈气节。

曲氏井碑（1994 年立）

大连文学的发展呈现出了由点到面、由少到多、由个别到普遍的发展趋势，且大多数文学作品都与本地历史发展密切相关，是反映大连历史和文化发展的重要参考资料。

[1] 吴青云：《大连历代诗选注》，大连出版社，1992，第167页。

儒家文化奠定文艺批评的
文化基础

汉武帝时期，"罢黜百家，独尊儒术"，提倡儒家思想的中庸之道和伦理道德，确立了儒家思想在我国思想和文化领域的主体地位。在几千年中华文化的进步和发展中，儒家思想逐步完善和升华，塑造了中华民族的性格，奠定了中华民族的文化心理结构。

一、儒家思想初入大连

西汉，汉武帝在大连地区设置沓氏县、文县，对大连地区进行政治统治，成就了大连地区稳定的政治局势和良好的经济发展环境。有大批来自中原地区的官吏先后任职于辽东，这些官吏以文人居多，大多精通学问，尤其是儒学。北海胶东（今山东平度）人公沙穆，"习《韩诗》《公羊春秋》，尤锐思《河》《洛》推步之术"，任辽东属国都尉，死于任上。东汉安帝时，陈禅任辽东太守，竭力宣传儒家思想，"于学行礼，为说道义，以感化之"。[1]

稳定的政治经济环境和便利的水陆交通条件，吸引了大量周边地区的居民"浮海而至"[2]。他们之中有地方官吏、儒学名士，有贫苦农民和其他

[1]《大连通史》编纂委员会编《大连通史·古代卷》，人民出版社，2007，第209页。
[2]《大连通史》编纂委员会编《大连通史·古代卷》，人民出版社，2007，第186页。

行业的生产者。特别是在东汉末年，中原地区战乱迭起，为避战乱，大量儒学名士渡海入辽。他们的到来，对大连地区乃至整个辽东地区儒学思想及其他学术文化的传播发展，起到了重要的推动作用。

西汉末年，曾就学于长安的北海都昌人逢萌因王莽之乱，"将家属浮海，客于辽东"。逢萌精通儒家经典，素明阴阳之术，时为辽东名儒。东汉末年，齐鲁名士乐安郡盖县（今山东省淄博市沂源县东南）人国渊，北海朱虚（今山东省临朐县）人管宁、邴原，东莱（今山东省龙口市）人太史慈，平原（今山东省德州市）人王烈等人先后来到辽东。他们不求名利，拒绝高官厚禄，在辽南地区深入民间，自筑茅庐，传授《诗》《书》《礼》《乐》，并言传身教，普及礼仪道德。邴原"一年中往归原居者数百家，游学之士、教授之声不绝"，以仁义道德影响着辽东的世风，受到了辽东百姓的赞颂，所以有《辽东里老诵邴原》的民谣传世。管宁在辽东"因山为庐，凿坯为室"，"讲《诗》《书》，陈俎豆，饰威仪，明礼让，非学者无见也"。曹操父子多次召管宁为官被拒后，称赞管宁"耽怀道德，服膺六艺，清虚足以侔古，廉白可以当世"。王烈则"躬秉农器，编入四民，布衣蔬食，不改其乐"，78岁终于辽东，以自身的道德改变了民风，使辽东"强不凌弱，众不暴寡，商贾之人，市不二价"。[1]管宁、王烈、邴原等人是大贤大德之人，尽毕生之力在辽东普及中原文化和儒家礼仪道德，为大连地区的文化发展做出了重要贡献。[2]

管宁、王烈、邴原等儒学名士和大量中原移民的涌入，丰富了大连地区的文化思想和风俗习惯，促进了儒家思想在大连地区的传播和发展，使大连地区的思想文化与中原思想文化接轨，对大连地区文化的形成起到重

---

[1] 李振远：《雪泥鸿爪觅诗文——大连古代诗文评述》，大连出版社，2020，第7-8页。
[2] 李振远：《雪泥鸿爪觅诗文——大连古代诗文评述》，大连出版社，2020，第25页。

要的推动作用。

汉代，大连地区首次迎来中原文化和礼仪道德的大普及。金代王寂出巡辽东时，进入今大连境内，重睹管宁、邴原、王烈等经历之地，以十分敬仰的心情颂扬了他们的功德："予路出永康，伫望海门，云烟灭没，缅怀先生之去世，今已千载，海山奇胜，风景不殊，嗟岁月之不可留，伤古今之不复见。"[1] 后世多称大连所处的辽南地区为"管（宁）王（烈）之地"，说明自汉朝开始，以儒家文化为主的中原文化已在包括大连在内的辽南地区扎下根基，并为后来大连地区文化的发展打下了基础。

二、儒家思想在大连的普及

元代的大连金州已经成为辽南地区的政治、经济、文化中心。金州现存的《金复州儒学碑》亦称《金州孔庙碑》，从残存的碑文中依稀可见"以崇儒术□君臣之义""至圣文□□庙建学立师""以文照藏于金州学""金复州儒学"等字样，说明元代已经在大连金州、复州设立儒学。除了《金复州儒学碑》，金复州儒学并没有留下任何记载，但可以推测，元代在大连地区已经出现了成规模的儒学教育。元代统治者十分重视统治思想基石的巩固，而重用儒臣、重视儒学教育就是最重要的手段。元代在路、府、州、县都设有儒学，并设学官，教授儒生。大连地区作为辽阳路的辖区，开设儒学，教授儒生，实现儒学教育的普及，很符合统治者的统治要求。目前可见资料，金复州儒学建于 1350 年（至正十年），是大连地区官办儒学的开端。1359 年（至正十九年），红巾军攻陷金州，"所过杀掠，逃窜殆尽"，金复州儒学在这场浩劫中彻底被摧毁。金复州儒学的存在，结束了大连地区自魏晋以来儒学不兴的局面，为明清时期儒学的兴盛奠定了良好的社会

---

[1] 李振远：《雪泥鸿爪觅诗文——大连古代诗文评述》，大连出版社，2020，第18页。

基础。[1]

明代对辽东地区的开发，十分重视文化教育，其中儒家思想是文化教育的主要内容。据《明史·选举志》记载，"洪武二年，太祖初建国学，谕中书省臣曰：'学校之教，至元（朝）其弊极矣。……兵变以来，人习战争，惟知干戈，莫识俎豆。朕惟治国以教化为先，教化以学校为本……'"[2]。可见，明朝对教育的普及超过以前各个朝代。据《奉天通志·大事志》记载，1384年（洪武十七年），朱元璋诏示礼部群臣说："近命辽东建学校，或言边境不必建学。圣人之教，无往不可，况武臣子弟久居边境，鲜闻礼教，恐渐移其性。今使之诵诗书、习礼义，非但可以造就其才，他日亦可资用。"于是，在辽阳建辽东都司儒学，在金州建儒学（后改卫学），1395年（洪武二十八年），在复州建卫学，1539年（嘉靖十八年），在苑马寺永宁监建儒学。明代在大连地区兴办儒学200余年，大连地区实现了儒学的普及性教育，培养了大批儒生，促进了儒家思想在大连地区的传播和发展。

据嘉靖年间李辅编撰的《全辽志》记载，明代金复州考中进士的有邵奎、马汝骥、刘国缙、刘士琏。考中举人的有邵奎、马汝骥、徐润、皮大器等15人。金复州两卫的贡生有117人。这些数字与中原文化发达地区相比差距较大，但是对于大连地区来说，已经具有突破性的意义。[3]

儒学之兴，使明代大连地区的文人在思想和艺术领域有了更多的建树。在文学发展方面，以诗歌的创作开辟了一代文风，改变了魏晋以来大连地区文风不盛的颓势，为清代大连地区诗文的兴盛准备了良好的基础。

明末清初，大连地区是后金军与明军争夺的主战场，连年的战争使大连地区的人文环境遭到极大破坏，明代形成的文化形势和文化发展局面遭

[1] 崔世浩：《辽南碑刻》，大连出版社，2007，第46页。
[2] 李振远：《雪泥鸿爪觅诗文——大连古代诗文评述》，大连出版社，2020，第25页。
[3]《大连通史》编纂委员会编《大连通史·古代卷》，人民出版社，2007，第462页。

到迅速破坏，大连一度"黄沙满目，一望荒凉"，"河东（辽东）城堡虽多，皆成荒土"，"金州不过数百人"。[1] 为了恢复辽东的经济，1653年（顺治十年），《辽东招民开垦条例》的颁布使辽东人口和耕地迅速增加，1781年（乾隆四十六年），人口增加至11万，至清末，人口达到85万。

清代晚期，旅顺作为重要的海军基地，成为开发的重点，更加速了大连地区社会经济与文化的发展。稳定的政治环境、良好的经济环境和不断增加的人口，为大连地区的文化发展奠定了深厚的基础。其中，儒家思想在大连的传播和发展成为大连地区文化发展的重要条件。

清代东北的儒学教育基本上沿袭明制。雍正年间，开始在大连地区设立官办的复州儒学和宁海县儒学，修文庙，建学宫，学风日盛。通过现存的《宁海县之学记》《重修宁海县学宫记》等碑刻可见当时文庙修建的规模以及官办儒学的发展情况。

清代还在大连地区开设书院，打造了辽南地区传播传统文化的中心。书院萌生于唐末，兴盛于宋、明时期，多为私人办学，有别于官学。因其创始人多为宿学鸿儒，书院的存在和发展推动了古代教育和学术的繁荣。乾隆年间，金州建成南金书院，道光年间，复州建成横山书院，打造了清代大连地区培养中、高级人才的高等学府。[2] 书院以"四书五经"等儒家典籍为主要学习内容，虽然以"读书应举"为主要目的，却是传播儒家思想、兴贤育才的重要渠道之一。据不完全统计，南金书院共考取进士10名，文、武举人44名，恩贡16名，拔贡12名，副贡2名，岁贡39名，优贡7名，附贡24名。横山书院共考取举人10名，进士2名，贡生55名，庠生120名。[3]

[1] 李振远：《大连文化解读》，大连出版社，2008，第102页。
[2]《大连通史》编纂委员会编《大连通史·古代卷》，人民出版社，2007，第598-599页。
[3] 杨锦峰主编《辽宁地域文化通览·大连卷》，大连出版社，2018，第341页。

为了满足更多学子求学的需要，清代大连地区私塾盛行。至清末，私塾已经遍布金州、复州和庄河的城乡各地，在沙俄关东州[1]总督阿列克赛耶夫写给沙皇的奏折中记载，清末大连地区有私塾206处，学生2021人。1901年有私塾286处，学生3016人。另据日本殖民统治当局编纂的《关东局施政三十史》记载，俄国殖民统治时期，关东州有私塾370处，学生5400人。[2]这些数字虽然并不能涵盖整个大连地区，但是足以证明清代私塾教育的普及度。私塾中的教师多精诗书通文墨，开设以《三字经》《千字文》等为教材的蒙学教育和以"四书五经"为教材的高等教育。教授对

横山书院

---

[1]关东州是1898年至1945年间中国辽东半岛南部的租借地，由沙俄与日本先后殖民统治，因位于山海关以东而得名。其核心区域包括旅顺（亚瑟港）和大连（达里尼港），战略地位重要，是东亚陆海交通枢纽。

[2]《大连通史》编纂委员会编《大连通史·古代卷》，人民出版社，2007，第592-593页。

象既有五六岁的孩童，也有二十五六岁的青年。无论官宦士绅还是穷苦百姓，都尽力送子弟入学。因此，私塾填补了官办儒学教育的空缺，完善了儒学教育体系，实现了儒学教育在各个年龄段学员中的普及。所以，清代大连地区形成了崇尚知识、尊重儒生的风气。

官办儒学、书院和私塾的共存，扩大了大连地区文化教育的范围，提升了文化教育水平，培育了一批有文化、知礼仪的知识分子阶层。仅在清代顺治年间，就有复州人陈自德曾以贡生身份当选两淮巡盐御史；金州人戴恩聪以拔贡身份任职山东登莱道，后又任职江南淮海道和直隶昌平道；金州人胡士梅以贡生身份任职甘肃洮岷道；复州人刘茂先以贡生身份出任江南兴化县教谕、浙江严州府知府等。[1] 清代后期，庄河人李秉衡官至巡抚；复州人徐庚臣入选翰林；庄河人多隆阿"旁通诸子百家之言"，曾在南京金山书院、盛京莲宗书院等著名书院讲学，与许文运、李克昌并称为"辽东三才子"。知识分子阶层作为文化的载体、创造者和传播者，促进了儒家思想与大连本地文化艺术的发展融合，使清代大连地区出现了本地文人创作的学术著作和诗文书画作品，形成了完整的文化形态。

---

[1]隋汝龄：《辽海志略》卷十九，吉林省社会科学院图书馆藏金毓黻手抄本，第11页、13页、17页、23页。1852年（咸丰二年），金州人隋汝龄纂成160卷的《辽海志略》，为清朝东北篇帙最大的地方志。

第二节

诗文创作与文艺批评的初见

一、诗歌的创作

大连地区的文学创作，最早见于金代王寂的《鸭江行部志》。王寂，字元老，号拙轩，蓟州玉田（今河北唐山玉田县）人。其幼年曾随任析木（今辽宁海城附近）县令的父亲王础居住于辽南，后中进士，历任太原祁县令、通州刺史兼知军事、中都路转运使等职。王寂是金代著名的文学家，与金代名儒赵秉文、王若虚齐名。著有《拙轩集》《北迁录》《辽东行部志》《鸭江行部志》等。其中，《辽东行部志》为 1190 年（金明昌元年）王寂巡访辽东所著，记载了他在今沈阳、铁岭、北镇等地的见闻。1191 年（金明昌二年），他巡访辽南地区，从辽阳出发，最后进入大连地区的永康县（今瓦房店）、化成县（今金州），将沿途的所见所感结集成《鸭江行部志》。书中详细记载了大连地区的历史、地理、文化状况，同时收录了王寂在大连地区所写的 10 余首诗文和他发现的前人创作的多首诗歌，开创了大连地区文学创作之先河。[1]

王寂在《鸭江行部志》中的记录采取诗文相映的方式，文记载所见，诗抒发所感，文笔流畅。在王寂的诗文中可见文艺批评的雏形。

---

[1] 杨锦峰主编《辽宁地域文化通览·大连卷》，大连出版社，2018，第 359 页。

"丙辰，自永康次顺化营。中途望西南两山，巍然浮于海上。访诸野老，云'此苏州关也'。辽之苏州，今改为化成县。关禁设自有辽，以其南来舟楫，非出此途，不能登岸。相传隋、唐之伐高丽，兵粮战舰，亦自此来。南去百里，有山曰铁山，常囤甲七千人，以防海路，每夕平安火报，自此始焉。西南水行五百余里，有山曰红娘子岛，岛上夜闻鸡犬之声，乃登莱沿海之居民也。为赋一诗：

"地控天岩险，天连四望低。荒烟连海上，残日下辽西。戍垒闲烽燧，戎亭卧鼓鼙。陋邦修职贡，安用一丸泥。

王寂《辽东行部志》

"予尝观《管宁传》云：管宁与邴原厌山东多故，闻公孙度化行海外，即拿舟涉海，老于辽东。始悟先生之来，亦自此始矣。予自去岁按行部，凡辽东府镇郡县封界之内，靡不至焉。每访求先生故居之所，终不可得……惜哉！予路出永康，伫望海门，云烟灭没，缅怀先生之去世，今已千载，海山奇胜，风景不殊，嗟岁月之不可留，伤古今之不复见，因作诗以吊之，亦李太白望鹦鹉洲悲祢正平之意欤？"[1]

这篇诗文记述了大连在隋唐征讨高句丽战争中的重要战略地位，对于了解大连的历史文化有重要的参考价值。作者抚今思古，对管宁"因山为庐，凿坏为室""耽怀道德，服膺六艺，清虚足以侔古，廉白可以当世"的涉

[1] 王寂：《鸭江行部志注释》，罗继祖、张博泉注释，黑龙江人民出版社，1984，第48—49页。

世之道充满崇拜，对管宁讲授《诗》《书》的学者风范充满追思，客观上评价了管宁跨海至辽东，不求高官厚禄，只为传授中原文化、普及儒教礼仪的高尚品行。

在《鸭江行部志》中，王寂记录了曾任曷苏馆节度使的纥石烈明远的3首题壁诗。关于纥石烈明远，《金史》中没有记载，但是王寂在书中评价其为人"平昔片言折狱，嫉恶若仇"，赞其文字"刚正遒健，似其为人"。[1]当然，王寂对管宁的崇拜、对纥石烈明远的为人和作品的评介，还没有上升到文艺批评的高度，但是这种对诗人的为人和作品的评介式的介绍，已经具有了文艺批评的雏形。

明清时期是大连古诗文的高峰期，诗文作品逐渐增多。明代监察御史温景葵、巡按御史李辅、辽东巡按周斯盛都在大连留下了诗作。至清代，大连本地诗人逐渐增多，诗歌作品的质量和数量超过以往各历史时期，从作品可见作家的文风更为多样，涌现了多隆阿、隋汝龄、许文运、徐庚臣、乔有年等一大批在本地或东北地区，甚至是全国都有影响力的诗人。他们用诗歌描写家乡的风光、生活，抒发人生感悟和社会评价，创作了大量思想深厚、情愫饱满、文辞优雅的诗作。明清两代，大连地区不仅在诗歌创作方面成就突出，还留存了大量散文、碑文、奏议等创作成果。清代，出现了学术成就很高的学术研究专著，说明明清两代大连地区的文学创作活动已趋于成熟。这些文学成就的主要创作者为大连本地文人，兼有一些在大连为官或暂居大连的文人。

"诗者，志之所之也。在心为志，发言为诗，情动于中而形于言。"诗歌作品不仅可以呈现诗人的心灵世界，抒发情感，还可以言说诗人的政治抱负，反映现实，教化社会。根据诗歌创作内容，明清时期的诗歌大致有

---

[1]李振远：《大连文化解读》，大连出版社，2008，第81页。

田园山水诗、记游怀古诗、纪事伤时诗、反帝爱国诗等。

田园山水诗。诗人寄情山水，借助所见景物表达一种悠然自乐、安贫乐道、清然飘逸的田园情怀。例如，清代许文运的《山居自遣仿剑南诗体》《秋日赴河东》和清代恒龄的《黑岛春游》等。明代温景葵在《金州观海》中写道："青山碧水傍城隈，驿使登临望眼开。柳拂鹅黄风习习，江流鸭绿气皑皑。浮槎仿佛随云去，飞鹜分明自岛来。极目南天纷瑞霭，乡人指点是蓬莱。"可见诗人登上金州城，放眼即看到鹅黄鸭绿，飞鸟翱翔。青山碧水间生机盎然的动人景象与隔海相望的蓬莱有什么差别呢？一种源于自然之美的悠然心情跃然纸上。

记游怀古诗。这类诗歌大多富有文采和历史气魄，咏史怀古，托物言志，以古鉴今，怀古抒情。例如，明代王珩的《过复州漫成》、清代多隆阿的《复州十咏》、清代魏燮均的《抵金州》、清代乔有年的《旅顺怀古》、清代张振纲的《辽东怀古》等。乔有年在《旅顺怀古》中写道："矗立金山海气横，唐家曾此驻雄兵。铭功千载鸿胪井，酣战三军牧底城。地接辽金留胜迹，波连齐鲁渡王京。而今日暮散风雨，犹似当年击柝声。"[1] 字字句句描述着一幅幅大连地区的历史画卷，咏物怀古，是对大连人文历史的真实写照。

纪事伤时诗。清代中后期，大连地区出现了大批反映现实生活、揭露社会黑暗的诗歌作品。纪事伤时诗的作者大多深入了解百姓生活的疾苦，痛恨现实的黑暗，作品有深刻的现实意义。例如，许文运的《饥人叹》、魏燮均的《金州杂感》等。许文运在《饥人叹》中写出了金复州水灾带给百姓的苦难："金复连年田水潦，富家逃荒无老少。大车小车联络行，一望不见边关道。"在浩浩荡荡的逃难大军中，一位行乞老翁说出了逃难的迫不得已："鳖躄老翁向余丐，自言行乞出无奈。但得升斗可糊口，不傍人户

---

[1]孙宝田：《旅大文献征存》，大连出版社，2008，第212页。

惹犬怪。"在百姓面临苦难的时候，清廷却"上人假公下济私，米价乎腾三倍赏"。诗人在痛诉百姓苦难之后，愤而喟叹："我闻翁言供一饱，却念调饥心愀然。安得彼苍雨菽粟，普济千村与万屋。"大有"安得广厦千万间，大庇天下寒士俱欢颜"的杜诗之风。[1]

反帝爱国诗。甲午战争后，处在帝国主义铁蹄之下的人民的苦难激发了反帝爱国诗歌的蓬勃兴起。反帝爱国主义文化成为这一时期大连地区文学发展的重要标志。黄遵宪在旅顺失守之后创作的《哀旅顺》、李葆恂创作的《闻旅顺炮台失守感赋》等作品，在惊叹国势衰微的同时声讨了帝国主义的侵略行径，"倭马无端饮裨海，佛狸行自毙坚城"。金州厅海防同知王志修的《曲氏井题咏》、辽海著名文人张之汉的《阎生笔歌》等，描写了大连人誓死不做亡国奴的壮烈气节。诗人们从不同的角度控诉清政府的不作为，悲愤战争给百姓造成的灾难，声讨日本侵略者的无耻行径，歌颂抗战军民的不屈灵魂，彰显着"头可断，舌可抉，刃可蹈，笔可折，凛凛生气终不灭"的爱国主义精神。

其中最具代表性的是王志修的《曲氏井题咏》："曲氏井，清且深，波光湛湛寒潭心。一家十人死一井，千秋身殒名不沉！金州曲氏世耕读，家世雍雍规范肃。堂上曾无姑恶声，入门娣姒皆贤淑。家园有井供任烹，日月提汲泉源清。有时人影照井底，皎然古镜涵虚明。金州十月倭奴来，炮声历历鸣晴雷。守者登埤力督战，援兵不至城垣摧。非我族类心必异，入人闺闼无趋避。多少朱门易服逃，谁知仓卒遵名义。曲氏门内皆伯姬，守身赴井甘如饴。节妇殉名女殉母，伤心各抱怀中儿。我来金州理案牍，夜夜夜深闻鬼哭。晓起登城询土人，共指井边曲氏屋。抔土已葬荒井存，门闾未表哀贞魂。一时死义已足尊，争如节烈成一门。吁嗟乎！巾帼大义愧

---

[1] 孙宝田：《旅大文献征存》，大连出版社，2008，第211页。

官府，欲荐寒泉应不吐。城南崔井唐题名，合于此井同千古！"[1]这首诗颂扬了大连地区人民反抗帝国主义侵略的精神，通过对曲氏烈女们视死如归悲壮行为及朝廷因抵抗不力给百姓和国家造成的巨大灾难的描述，表达了诗人内心的愤懑与感慨。《曲氏井题咏》以真实故事为题材，读后既有痛彻心扉之感，又能激起人们的爱国主义激情。

二、碑文与奏议

大连地区现存的碑刻最早始于唐代，此后的寺庙碑、宫观碑、墓碑、纪念碑和诗文纪事碑等，几乎遍及城乡各地。其中的碑文作为重要的文化载体，是历代文化的重要表现形式之一。

学界一般认为，《辽东志》最早收录了鸿胪井刻石铭文，该书记载，"在金州旅顺口黄山之麓井上石刻有'敕持节宣劳靺羯使鸿胪卿崔忻凿井两口永为记验开元二年五月十八日造'凡三十一字"[2]。但从后期的拓片中可见刻石铭文为：敕持节宣劳靺羯使鸿胪卿崔忻井两口永为记

鸿胪井刻石拓片

[1] 李振远：《雪泥红爪觅诗文——大连古代诗文评述》，大连出版社，2020，第170页。
[2] 金毓黻主编《辽海丛书》（影印本）第一册，辽海书社，1984，第362页。

验。不论哪一种记载，都提到了出使鸿胪卿的姓名、出使的目的、出使的对象和出使的时间等问题，对于这些问题，学界一直存在不同的观点。但可以达成共识的是，鸿胪井刻石是研究唐和渤海关系史的重要物证资料。[1]同时，该刻石也可以佐证唐代大连地区在行政上已经归属于中央政权，且旅顺港在沟通中原地区与北方地区的交通中占据着重要的中转地位。关于唐代大连地区的文化，可查询的文献较少，但是鸿胪井刻石从出现开始一直被后代文人学者所关注。王志刚在《20世纪前期唐鸿胪井刻石著录及其旨趣述论》一文中提到，目前可见的诗文著述中较早提及唐代题刻拓本的是清代中期的钱载。"乾隆三十六年十一月二十五日，至乾隆三十七年新正之间的某天，熊岳副都统福增格将唐代题刻的拓本赠予京官詹事钱载。钱载以《伊副都统惠海物·画梅以谢》为题的七律记述了他获赠福增格拓本的具体内容和心情：'夙闻将军才绝伦，一见遂若平生亲。井口铭贻是唐代，扇头迹赠皆明人。今来兼蒙海味俊，岁晏直使山厨春。何以报之尺幅纸，梅花教傍鬓丝新。'"而在鸿胪井刻石出现的唐代大连地区却因连年的战争导致"年年郡县送征人，将与辽东作丘板。宁为草木乡中生，有身不向辽东行"。[2]

明清时期，大连地区碑刻兴盛，留下了许多关于重大历史事件、文化事件的记录。碑刻的作者大多由当时在大连地区任职或旅居的官员、文人墨客所撰，叙事清晰，文思敏捷，具有较高的文学价值和历史价值。主要的碑刻有1607年（明万历三十五年）赐同进士出身资政大夫、南京吏部尚书、前刑部尚书、吏部左侍郎、督察院左佥都御史赵焕和驻扎金州海防

[1]李大龙、朱尖：《鸿胪井刻石铭文新解：唐与渤海、靺鞨关系史上的两次出使》，《民族研究》2018年第4期。
[2]王志刚：《20世纪前期唐鸿胪井刻石著录及其旨趣述论》，《吉林省教育学院学报》2021年第11期。

的奉政大夫、山东济南府同知王邦才撰写的《辽东金州先师庙碑》碑文、1589 年（明万历十七年）撰写的《重修真武行祠以崇得胜庙碑》碑记等。

1753 年（清乾隆十八年），赐进士出身文林郎知奉天府宁海县事升衔留任加三级记录八次前知山东潍县赖光表撰写的《宁海县之学记》记录了清代金州始设县学学府的历史。开篇即提出"宁于奉属独僻，建学亦最后"的历史现实，说明自清代建国后，一直没有设立金复州儒学，大连地区的儒学属于山东莱州府卫学，大连地区的学子想要考取功名必须渡海去山东莱州，这造成了很大的不便。所以自雍正年间始，大连的地方官吏就一直向朝廷申请建立大连地区的儒学，可是一直没有成功。随后，赖光表论述了在大连地区设置儒学的必要性："今设治已十余载，弟子员将满百，甲第明经蔚然鹊起，而青衿紫袍者，曾不知尊礼跪拜之何所，其何以衿式多士而佑启后人乎？"所以，赖光表"取材鸠工，勿问远迩，补漏葺续，惟图完善"，"历若干岁时，而后落成焉"。全文行文流畅，文笔顺达，论点明确，一气呵成。[1]

明清两代派任大连的官吏常常以奏议的形式向朝廷陈述地方的政治、经济、军事、文化和其他相关事宜。奏议在陈述事实的同时，论述深刻，行文醋畅，往往都是好文章。明代边备金事刘九容上书《海运议》，建议开辽东海运。奏议中认为，辽东海运荒废已久，建议重开海运，讲述了重开海运的必要性和重要性。开篇提出辽东"海运之废，已非一年"的事实，提出了重开辽东海运的历史原因和现实理由："辽东三面阻夷如物坠囊中出入无路。幸有旅顺口一带，似天造地设，阴为辽东之门户也。自唐以来，久为经行之路，数十年闭而不开，何古今自塞不相侔欤。况山东与辽名为一省，如人一身，当使元气周流而无滞，兹者关隔于中，使两地邈越千里。"

---

[1] 崔世浩：《辽南碑刻》，大连出版社，2007，第 53 页。

"又况军民人等，偶闻欲开海运，不啻重见天日。远迩欢腾，不止金州一隅而已。"并提出了开海运后的管理办法："人情如此，地理可知为今之计，随民间有力者，各置船只从先年故道自相贸易，往过来续如陆路然，登金两岸官司设法稽查，其岁月布花，仍依原议。征收折色，照旧从关，起解如此庶事不假岁月而举。当道亦不惮烦劳而允矣。"观点明确，论证有力，文笔畅达，行文酣畅，是优秀的文学作品。[1]

三、文艺批评初见

在清代，大连本地作家已经成为文学创作的主体，除了诗文，还出现了学术研究的专著。

清代东北地区的著名学者、诗人，出生在今庄河市吴炉镇孙堡村的舒穆禄·多隆阿，无意官场而潜心研究学问，著有诗集《慧珠阁诗钞》18卷、《地理一隅》1卷（有家刻本，现已无存）、《文钞》4卷（稿本，未刊印）、《诗话》4卷（稿本，未刊印）；专门研究《易经》的《易原》16卷、《易蠡》15卷（稿本，未刊印）、《易图说》1卷（稿本，未刊印）；研究《诗经》的《毛诗多识》12卷（10万字，只刊印了6卷）；研究堪舆学的《阳宅拾遗》4卷等学术专著。在学术研究中，多隆阿重考据，善训诂。当时一些文人对他的评价是"理学名家，博极群书"，"旁通诸子百家之言"。《东北文学史》称其为东北地区满族第一学者和诗人。[2]

多隆阿通读了《易经》成书以来历代经学家对其的论述和注疏后，认为宋元以后的学者研究《易经》时更专注研究义理之学，而忽略了本来的"象、变、占"等方面的学问。多隆阿认为《易经》有象有义，象理并存，

---

[1]孙宝田：《旅大文献征存》，大连出版社，2008，第135页。
[2]李振远：《雪泥鸿爪觅诗文——大连古代诗文评述》，大连出版社，2020，第46页。

为了使《易经》的研究不失去本源，保持《易经》的本来面貌，他用 10 余年时间逐字逐句地重注《易经》，考据追推《易经》之原，写成《易原》一书。多隆阿在《易原·自序》中将此书的写作目的归纳为："荀慈明、郑康成、虞仲翔、范长生辈，遗文尚在，鲜有完璧，今试广为纂辑，其见于他书者，亦掫拾之，有疑则姑从阙如。而唐宋以后诸儒言象者，亦兼取之。"[1] 在《易原》中，多隆阿追溯了《易经》的本源，从汉代田何向上追溯到孔子，认为孔子才是易学之源。

《毛诗多识》是多隆阿研究《诗经》的专著。他对自古以来诸家对于《诗经》的注疏进行全面考证，认为《诗经》多借鸟兽草木之名比兴，而各代注疏对于鸟兽草木的注释差异很大。于是他在考证的基础上对比异同，对各种鸟兽草木进行详细释义。多隆阿对于《易经》《诗经》的考证和追本溯源，可以说是大连地区最早成体系的文艺批评。

大连历代的文人和文学作品是大连最宝贵的文化财富。文人在记录大连历史文化的同时，为大连积累了丰厚的文化底蕴，延续了大连的文脉，为近现代以后大连地区的文化发展奠定了坚实的环境基础和文化思维模式。

---

[1] 金毓黻主编《辽海丛书》（影印本）第五册，辽海书社，1984，第 3239 页。

第三章

近代历史时期的文艺批评

（上）

　　1898—1945 年是大连地区经历殖民统治的沉重历史时期，也是大连文化发展历史和文艺发展历史中的一段特殊时期。在民族文化与殖民文化的交锋中，在现代文化与封建文化的交替中，在东方文化与西方文化的交融中，在革命文化与多元文化的交错中，大连地区的现代文化思维逐步形成。随着现代城市文化雏形的出现和逐步发展，城市文艺生活日渐丰富，文艺活动日渐活跃，文艺发展呈现复杂多元的局面。与这种特殊文化背景和复杂文艺局面相伴而生的，是关于文艺现象的认知、判断、诉求和理想的探索与表达。正是在这种发展情势中，大连文艺批评开启了新的发展历史，即现代文艺批评形成、成长和发展的历史。

　　按照一般的理解，这一时期的大连处于中国近代历史发展进程之中，我们可将这一时期的大连文艺批评活动列入近代历史时期。但实际上，同中国文化与文艺发展的进程大致相同，此时期大连的文化及文艺发展已经实现了由传统向现代的形态转型，与之同步的文艺批评也实现了现代文艺批评的形态构造。因此，我们将这一时期的大连文艺批评界定为现代文艺批评范畴之内。

　　此时期大连文艺批评发展的基本特征是：1. 进步文化、革命文化思想对现代文艺批评形成和成长产生愈发明显的引领作用；2. 新文化、民族文化思想在文艺批评活动中占据主流地位，始终张扬着反封建、反殖民统治的旗帜；3.文艺思想活跃，文艺争鸣和文艺讨论连续不断；4.关注文艺现实，对社会文化生活形成重要影响；5.文艺批评涉猎范围广泛，涉及门类多样，批评形式精短灵活。

第一节

Section 1

历史背景与文化环境

大连现代文艺批评的形成与发展，既以整个中华民族历史、文化发展进程为总体背景，又因较为特殊的地理因素与城市历史环境而处于较特殊的社会氛围和文化心理氛围之中。新文化思想的迅速接纳，文艺思维中突出的反帝反封建色彩，文艺批评所包含的文艺种类的广泛性，以及批评样式的灵活性、批评活动的广泛性等，都是大连地区特殊历史环境所激发、淬炼出来的特征。从这种意义上说，大连现代文艺批评形成和发展的历史，印证着大连城市文化生活的发展历史，说明着城市的发展史和社会环境与文化心理、文化诉求与文化个性的因果关系。

一、甲午战争、日俄战争及大连的沦陷

由于处在海陆枢纽的地理位置，大连地区自古就成为重要的军事、贸易、交通要地。第一次鸦片战争期间，帝国主义列强纷纷觊觎大连。英国军队率先进入大连、营口一带沿海地区，舰船游弋于海面，并于旅顺、大孤山、和尚岛、青泥洼、寺儿沟一带驻扎军队，强行进行包括鸦片在内的进出口贸易。甚至，他们将大连湾改称为维多利亚湾，将旅顺港改

称为亚瑟港。第二次鸦片战争期间，英国海军即由旅顺港出发，直扑京津地区。

　　鸦片战争以来帝国主义列强的入侵，使清政府意识到海防的重要性。尤其是第二次鸦片战争的惨痛教训，使清政府下决心加快建设强大的北方海防系统。1880年，光绪皇帝谕令加强大连湾、烟台等地防务"以固北洋门户"。同年，北洋大臣李鸿章派人进行勘察设计，推动大连地区海防建设。其后，又配置了完备的官员管理班子和国外专家团队。二品大臣袁保龄任旅顺工程局总办期间，为旅顺海防系统奠定了坚实的基础，并使旅顺地区的城建、经济得到了较大发展。

旅顺船坞（1894年）

　　日本在明治维新之后，便开始了大规模侵略中国的规划与准备。日本海军部制定的多套进攻中国方案中，便有击溃北洋海军、占领旅顺军港、以辽东半岛作为"进攻北京之第一根据地"的计划。事实上，包括修建旅顺海防系统等一系列措施在内的北洋海军建设行动，也是清王朝意识到来自日本威胁的结果。1894年，中日甲午战争爆发，战争中旅顺失守惨遭屠城，北洋海军全面溃败。战后，日本强迫清政府签订《马关条约》，从而割占了台湾全岛及所有附属各岛屿、澎湖列岛、辽东半岛等中国领土。

日本割占辽东半岛，惹恼了对中国东北垂涎已久的俄国。俄国联合德、法两国，通过武力施压和利用国际舆论向日本政府提出"还辽"要求。迫于压力，日本政府提出有条件"还辽"。其后，清政府用 3000 万两白银"赎回"辽东半岛。"三国干涉还辽"并非俄国的最终目的。1897 年，趁德国借口传教士被杀而占领胶州湾之际，俄国号称帮助中国防范德国，下令太平洋分舰队进占旅顺口。翌年，在不到两个月时间内，俄国强迫清政府签订了《旅大租地条约》和《续订旅大租地条约》。至此，旅顺口、大连湾及东至今城子坦、西至普兰店湾和复州湾外诸岛等地区被俄国强行租借，大连地区开始了长达近半个世纪的殖民侵占历史。1898 年 8 月 11 日，沙皇尼古拉二世下敕令，要求必须重视"大连所具有的重要地位"，"占领大连湾后……帝国将逐步在该港附近建设一个城市，朕认为将其命名为达里尼最为适宜"。[1]

达里尼市政厅

[1]《沙皇关于建立自由港达里尼市的敕令》，载王希智、韩行方主编《大连近百年史·文献》，辽宁人民出版社，1999，第 283 页。

"三国干涉还辽"及俄国强租大连地区，使日本军国主义者如鲠在喉。经过 10 年准备，日本终于蓄积了从俄国人手中夺取大连地区的力量。1904 年，日俄战争爆发。历经一年的战争，最终以俄国战败宣告结束。1905 年，日俄两国签订了《朴次茅斯和约》，俄国将在中国辽东半岛（包括旅顺和大连）的租借权等及长春至旅顺的铁路和支线及其所属的权利财产等转让给日本。此后，直至 1945 年日本战败投降，大连地区一直处于日本殖民统治之下。日本占领大连地区后，将亚瑟港更名为旅顺港，将达里尼更名为大连。

二、文化转型与城市文化格局的形成

大连地区的现代文艺批评形式的出现，是以现代城市的建立、现代文化生活格局的形成为历史背景的，并与现代文艺活动方式的出现相生相伴。

晚清时期，大连地区的政治文化中心在金州一带。第一次鸦片战争之后，清政府为加强北方海防，于道光二十三年（1843 年）将宁海县升格为金州厅，将统辖海城、盖州以南地区的熊岳副都统衙门迁至金州。旅顺海防工程建设启动之后，具有当时国际先进水平的城市建筑、城市设施相继出现，现代城市的雏形开始形成，旅顺逐渐成为大连地区的核心地带。"三国干涉还辽"之后，俄国统治者在大连兴港建市，并按照欧洲城市的设计理念，设计并规划了大连市的基本城市格局。日俄战争之后，日本殖民统治当局将大连地区视为永久的殖民城市，在之前对大连地区开发建设的基础上，实施了进一步的城市拓展。在这种特殊历史背景下，大连地区逐步完成了由边地渔村向现代城市过渡的进程。

在大连地区成为军事重镇、工业体系较为完备、城市功能较为齐全、城市生活格局较为完整的基础上，大连地区的现代城市文化生活方式也开始形成。

民族文化始终是大连城市文化生活生生不息的血脉和传统。自远古时期，大连地区的文化就始终与华夏文化母体血脉相通。商周以后，大连地区的文化成为汉文化体系的有机组成部分。战国至汉代，汉文化思想和文化形态成为大连地区的主流意识和普遍共识。明代以后，山海关内多地的汉文化形式包括文艺形式大量涌入大连地区，许多文艺形式又在大连地区与本土生活、本土文化相交融，产生了具有本土特色的新文艺形式。从大连地区史料记载、考古发现和已列入各级各类非物质文化遗产的数百个项目看，在大连地区的文化形态中，山海关内汉文化生活的辐射、流动，并最终在不同程度上的本土化，成为其十分突出的特征。

即便大连地区开启了现代城市建设的进程，以及处于外国殖民统治的特殊历史环境中，民族文化的血脉在大连地区不但没有断裂，反而逆境成长。以教育为例，殖民统治者在进行军事征服、政治压迫的同时，实行文化征服也是其必有的策略。俄国统治时期将历史悠久的南金书院更改为"俄清学校"，目的在于"为关东州各官衙门培养俄语翻译人员"，但更为重要的目的是培养协助殖民统治的基层办事人员，要求在第四年级以"有关行政上的文书、翻译，村长和书记业务的实习"等课程为主。[1]传统教育形式在受到压制的情况下仍然坚守。据当时统计，1900年大连地区有私塾206处，1901年时增至286处，到1945年大连地区仍有"书房"（私塾）202处。至于与城市文化生活息息相关的其他文艺形式，如文学、戏剧及民间艺术等，更是借助市民阶层的兴起和水陆交通枢纽地位的便利，由山海关内各地源源不绝地涌入大连地区，民族文化形式成为大连地区城市文化生活的主要内容。

---

[1]《关东州俄清学校规则》，载王希智、韩行方主编《大连近百年史·文献》，辽宁人民出版社，1999，第286-287页。

俄清学校

三、外来文化与社会主义思想的传入

外来文化和现代文化生活方式的输入，开始于晚清时期，促进了大连现代城市文化生活格局的迅速形成。

旅顺海防建设时期，在采用当时国际先进军港建设技术的同时，已经开始借鉴西方现代城市的布局和经验。当时的一位英国船员曾记载了他在旅顺的见闻和感受，觉得当时旅顺干净、整齐，较之天津，旅顺建设得要好得多。从街区布局，包括东北最早的城市供水系统在内的城市生活设施、建筑设施和电信通信，到具有现代教育雏形的新式军事学校、新式医院、新式剧场，旅顺已经具备了现代城市的基本规模。由于旅顺海防工程邀请了国外工程技术人员参与建设，受其影响，一些大连人的日常生活也开始注入外来文化元素，比如穿着西装，使用国外饰品和用品等。被俄、日占领以后，大连地区以西方城市文化生活方式为蓝本的城市文化格局进一步铺开。现代学校教育成为城市教育的主要方式，图书馆、博物馆、资源馆等城市文化设施先后建立，现代报业、出版业开始出现，东北地区最早的

无线广播电台开始播出，现代剧院、影院、舞厅等商业娱乐设施纷纷拔地
而起。随之而来的，是西方文化的不断传入和新文化运动之后中国新文化
的大量传播。

露西亚剧场
（1902 年）

　　与西方文化传入和生活方式影响相比，促成观念革命并通过意识形态
而影响并改变文化思想、文艺观念，则发轫于社会主义思想的传入。

　　在东北地区，较为全面、系统地传播苏俄革命信息及主张的举动发生
于大连。1918 年 8 月 14 日，《泰东日报》发表《俄政府之态度与辽东未
来之风云》一文，报道了俄国十月革命相关情况。十月革命两周年之际，
时任《泰东日报》编辑长的傅立鱼在 1919 年 10 月 6 日于《泰东日报》发
表了《匈国劳农政府经过实况》的署名文章，介绍十月革命及后续情形。
其后，《泰东日报》又编译、连载《六个月间的李宁（列宁）》等文章，介
绍马克思主义主张，称："我们若希望中国的安宁富强，人民的幸福快乐，
是不可不学李宁的作法。"[1] 由于产业工人阶级的形成和壮大，大连的工人

---

[1] 鹏魂：《六个月间的李宁》，《泰东日报》1919 年 11 月 28 日–12 月 10 日。

运动也在五四运动爆发之后呈现出全新的格局。五四运动当年，大连地区就爆发了55次工人罢工活动。与以工人运动为代表的社会革命要求相呼应，革命思想和新文化的传播，也呈现出蓬勃蔓延之势。李大钊、萧楚女、恽代英等人先后在大连的报纸上刊登介绍马克思主义的文章。其他作者也撰写了一些专门介绍马克思主义政治经济学原理、社会主义制度主张的文章。倪鸿文在《社会主义底解释》一文中说："社会主义是人类进化的解释，社会进化的定理。社会将来发达的预测，全根据定律的学习、管理人类社会底进化。这个社会，就是我们教做社会主义的理想。"[1] 何恒署名文章《社会主义是什么？》从社会主义的原理、社会主义的主张、社会主义的方法、社会主义的任务四个层面解读社会主义，指出："社会主义不是均产的，却是集产的。不是互兢的，却是互助的。不是私利的，却是公益的。不是空想的，却是科学的。"[2] 其后，罗章龙、李震瀛、陈为人、邓中夏等共产党人先后到大连调查和指导工人运动，完善和扩大大连中华工学会的组织和影响。大连中华工学会不仅组织工人运动，还开展工人教育，教育内容包括马克思主义理论和多种科学技术知识。

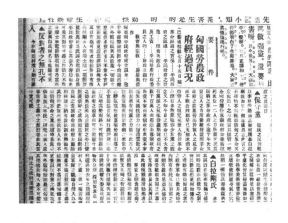

《匈国劳农政府经过实况》

[1] 倪鸿文：《社会主义底解释》，《泰东日报》1920 年 10 月 30 日。
[2] 何恒：《社会主义是什么？》，《泰东日报》1919 年 8 月 29 日。

第二节

新文化营造的思想营养
和文艺土壤

　　文艺批评产生和发展的直接原因，是文艺活动的产生和发展，是在文艺创作和欣赏的发展过程中，文艺认知、文艺观念、文艺思想的变化和进步。大连城市文化形成之初，新文化倡导和文艺改良便滚滚而来。五四运动的爆发，更成为大连文化思维和文艺活动发生变革的催化剂，也成为大连现代文艺批评形成的直接原因。

一、新文化倡导与五四运动的影响

　　大连现代城市的出现和现代城市文化格局的形成，恰逢清末新文化思潮肇始之际。戊戌变法之后，以社会改良为目标的新文化诉求开始兴起，一批青年知识分子开始倡导和宣传白话文。在文学艺术领域，出现了力图摆脱旧文艺束缚、融入现代社会风尚的诗界革命、社会题材小说创作和戏剧改良。在执着坚守民族传统文化、不断接触外来文化的过程中，清末新文化倡导及其文艺创作成果也不断影响着大连地区。

　　辛亥革命前后，国内文化改良及其成果波及大连地区，产生了更为直接的影响。刘艺舟在日本留学时期加入了同盟会，并与春柳社成员王钟声、欧阳予倩等有较为密切的交往，并从此致力于用戏剧宣传社会改良。回国后，刘艺舟于1911年来到大连一带，组织戏剧团体——利群新剧社，演出《黑奴吁天录》《潘烈士投海》等新剧。据称，其间他在大连联络了数百名反清义士。辛亥革命爆发后，刘艺舟于1912年初率领剧社人员等乘商船登陆山东，一举攻克登州。为此，他被南京临时政府任为烟济登黄都督。不久他辞去都督之职，仍旧从事戏剧活动，成为中国近代戏剧历史上著名的活动家和艺术家。1911年11月，倡导诗歌新意境新语句、主张小说反映社会变革的梁启超来到大连，并留下诗作。其中《舟抵大连望旅顺》写道："虎牢天险今谁主，马角生时我却来。醉扶危舷望灯火，商风狼藉暮潮哀。"[1]

　　与当时国内许多地区一样，对大连地区产生更具全面性、彻底性和革命性影响的，是1919年爆发的五四运动。五四运动的新文化成果传播到大连地区之后不久，便迅速掀起了全民崇尚和追求新文化的热潮。作为孙中山和陈独秀挚友的同盟会会员傅立鱼于1920年7月在大连组建了大连中华青年会，并于1923年创办了《新文化》月刊。《新文化》和《泰东日报》等报刊成为宣传进步社会思想、文化思想和文艺成果的重要阵地，除刊载李大钊等介绍马克思主义的文章之外，还介绍了马寅初、陶行知等知名学者的社会主张。同时，大量介绍以鲁迅、郭沫若为代表的新文艺创作，刊载巴金、郁达夫、叶圣陶、田汉、丁西林、王统照、胡风、何其芳、何香凝、张恨水、张资平等著名作家撰写的作品。除报刊媒体外，举办讲座也是传播新文化和新文艺的重要形式。较为著名的是大连中华青年会举办的"星期讲座"，经常邀请国内著名文化人、艺术家前来大连登台演讲。例如，1924年，邀请了新文化运动的先锋人物胡适以《新文化运动》为题进行演讲；1925年，邀请了中国戏剧改革先锋人物、中国话剧创始人之一欧阳予

---

[1]梁启超：《舟抵大连望旅顺》，转引自李振远《逆势而兴的大连近现代文化》，大连出版社，2023，第56页。

倩以《中国戏剧改革之途径》为题进行演讲。应该说，五四运动对大连文
化思想及文艺活动的影响是迅速、全面而深刻的。在这一过程中，大连地
区的人民接触的是这段历史时期中最为先进的思想、最为先锋的观念以及
最为新锐的文艺创作成果。

—— 欧阳予倩在《晴雯补裘》
中饰晴雯

二、蔡元培发表《国文之将来》

五四运动中新文化及新文学新文艺的发展，民族语言文字形式的改革
是关键的起点之一，为此所引发的讨论遍及国内文坛。在大连，关于文言
文还是白话文的争论也是这个时期文坛的焦点之一。从总的倾向看，大连
评论界的态度是主张积极的语言改革和白话文推进的。

1919年6月，《泰东日报》连载了梦良的《论白话诗之必要》，比较典
型地代表了当时白话文主张的基本论点。他首先提出"文贵于'真'，诗
贵于'美'"，但认为古代诗歌的美是一种过时的美，并将其类比为"缠足

为美""小腰为美"，是对人性的"摧残"。这种类比显然失当，表现了偏激的情绪。其后他又提出一个观点：旧体诗"亦只一部分人之解"，是延续了数世纪的"上等社会之人作之，上等社会之人解之"。由此，他推导出自己的结论，即"今为平民时代，为平民文学时代"，需以白话去除"矫揉造作"之"贵族文学"。[1] 在这段文字中，评说的依据显然是站不住脚的，但构造一种属于大众的文艺，却成为其良好的出发点。

同年，《泰东日报》又连载了蔡元培的长文《国文之将来》。他认为"白话是用今人的话来传达今人的意思"，认为"文言……简短可以省写读的时间""靠文言来统一中国"等说法都是经不起推敲的。因此，他推断"国文"之将来必定是白话文占"优胜"。但他并不认为文言文就无用了，可以消失了。他提出在"记载"和说明性的"应用文"中"宜于白话"，而在包括诗歌、小说、剧本等的"美术文"中，"或者有一部分仍用文言"。他还就此提出了现代教育的改良，认为应普遍采用白话文教育，"至于文言的美术文应作为随意科就不必人人都学了"。[2] 相形之下，蔡元培关于白话文与文言文的理解显得更为宽阔、开放。

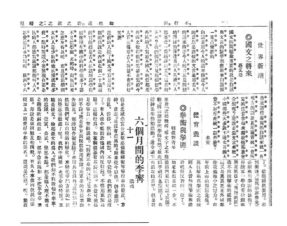

蔡元培《国文之将来》

---

[1] 梦良：《论白话诗之必要》，《泰东日报》1919 年 6 月 4 日。
[2] 蔡元培：《国文之将来》，《泰东日报》1919 年 12 月 10 日-12 月 11 日。

三、胡适、郑振铎社会改造思想中的文化思考

1919 年,《泰东日报》连载了胡适《少年中国的精神》。针对"张(章)太炎"对少年人四条"消极的忠告",胡适提出了四条"积极"的"商酌"。他首先认为"一般中国人"缺乏正确的思辨和方法,"灵异鬼怪的迷信""谩骂无理的议论""用诗云子曰作根据的议论""把西洋古人当作无上真理的议论",是致命弱点。因此,他提倡更新思辨和方法,采用科学的方法。其后,又对"科学方法"进行了阐述。[1] 与倡导白话文相一致,胡适不但主张文化形式的改变,而且呼吁精神结构的调整。1924 年,胡适来到大连并在大连中华青年会以《新文化运动》为题,举办了讲座。与五四运动时期相比,胡适关于新文化运动的认知已经发生变化。与他当时"多研究些问题,少谈些主义"的观点相呼应,在这次讲座中,他强调"新文化运动不是说甚(什)么主义,象(像)马克思主义、布尔雪(什)维克主义",而仅仅是一次"重新估价"的文化行为。[2]

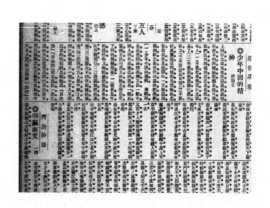

胡适《少年中国的精神》

1919 年,《泰东日报》还连载了郑振铎的《我们今后的社会改造运动》。文章的主要内容是基于苏俄革命经验谈及中国问题,其中不乏思想文化的

[1] 胡适:《少年中国的精神》,《泰东日报》1919 年 4 月 29 日。
[2] 胡适:《新文化运动》,《青年翼》1924 年第 8 期。

视角和倡导。他首先提到与陈仲甫（即陈独秀）先生的谈话，两人"很愿意有纯粹给劳动界和商界看的周刊和日报出现"。他认为，"现在新思想的出版物一天比一天多，除了北京、上海不算，四川、湖南、广东、杭州等处，都有月刊周刊出现。但是细察他（它）们的内容，都是编给知识阶级里的人看的……买他（它）看的，还是学生居多"。他最为不满意的是："什么德摩克拉西（意为"民主"）的思潮，什么解放改造的学说，什么新出的杂志周刊，都是知识阶级的专利品罢了。"郑振铎基于大众的普罗文化观、社会观，对五四运动以后学界、文化界倾向的认知是敏锐和先觉的。他所指出的问题，不仅是当时文化活动及文艺创作存在的问题，而且是其后相当长时间里中国文化、中国文艺着力解决的问题。除了为大众的问题，他还提出了面对实际的问题。他不满意"说一句旧家庭怎样的不好""说了一套社会腐败的现状"，只是"注全力于言论界"。因此他批评道："现在所谓文化运动、社会改造运动，都是纸上、口头的文章。"[1] 显然，他已经将文化运动实效与社会革命实践，作为思考社会改造的基本思维，从而超越了就文化论文化的思维局限。

四、欧阳予倩谈戏剧改革

在中国社会变革过程中，文化发挥了先锋作用。在文化改良和新文化运动中，戏剧扮演了"急先锋"的角色。自清末的戏曲改良至中国话剧艺术的诞生，戏剧艺术的变革成为新文化运动的重要先声。五四运动之后，戏剧艺术虽历经波折，但依然保持着站在社会变革潮头的姿态。欧阳予倩便是致力于并经历了戏剧改革全过程的主要艺术家之一。

1925年，欧阳予倩来大连演出。其间，应邀于2月1日在中华青年

---

[1] 郑振铎：《我们今后的社会改造运动》，《泰东日报》1919年12月20日-12月22日。

欧阳予倩

会的"星期讲座"发表题为《中国戏剧改革之途径》的演讲。这个演讲的观点，与他1918年在上海《讼报》上发表的《予之戏剧改良观》中的观点基本一致。他首先对传统戏剧予以批判，认为"吾敢言中国无戏剧"，理由是"昆戏者，曲也"。显然，这种论断是以"西剧"为尺度的衡量方法，是那一时期以"西学"作为向旧文化全面宣战的思想依据的一种倾向。但是，他关于戏剧改良的思考却带有积极的甚至是关键性的参考意义。譬如，他反对旧戏"随俗沉浮"，认为戏剧应具有认识价值和社会作用："盖戏剧者，社会之雏形，而思想之影像也。"譬如，他重视剧本文学和戏剧理论对戏剧改良和戏剧创作的基础性作用："剧本文学……须为根本的创设。""欲改良戏剧。非亟倡正确之剧论不可。"[1] 欧阳予倩关于戏剧改良的观点，在大连戏剧爱好者中产生较大影响，也成为大连近代文化研究经常涉及的史料。

在大连演出期间，欧阳予倩还以自己的剧目验证和推广自己的戏剧改良观。在永善茶园（今址宏济大舞台）演出过程中，欧阳予倩发现大连观众更喜欢看的仍是离奇调笑、武打激烈的旧戏码，便寻找机会推出自己的改良之作以影响大连的观众。演出日程接近结束之际，他应邀在歌舞伎座连演三场"观剧会"。他以自己创作的《人面桃花》为大轴戏码，并粉墨登场。

---

[1]欧阳予倩：《予之戏剧改良观》，载《欧阳予倩全集》第五卷，上海文艺出版社，1990，第1-3页。

《人面桃花》赢得大连观众的赞誉，为大连的戏曲舞台带来新的气息。

永善茶园（1911 年）

梨花馆主在《泰东日报》上连载文章，对欧阳予倩的演出给予高度评价。首先，文章认为欧阳予倩的戏剧致力于"救挽人心，唤归国魂，有为东方莎士比亚，自在意中"。其后，又肯定了《人面桃花》艺术上的成功："场场紧练，处处不呆板。风韵既佳，表情尤好。而布景之栩栩欲活，尤为不可多得。至于未开幕前，为表示幕中情节，奏演一种极细腻音乐，乃又完全取法西剧。未睹其事实，先知其情景，在吾国戏剧界中，诚开一未有至善至美之创局也。"[1] 可以看出，该文章对戏剧主张的赞赏和对艺术表现的肯定，也表现出以"西剧"为改革旧剧思想依据的倾向，因而形成了与欧阳予倩观点的一致性。

五、现代文艺批评的形成

现代城市生活及现代文化生活格局的形成，为新文艺的诞生发展提供

[1] 梨花馆主：《欧阳予倩之人面桃花》，《泰东日报》1925 年 2 月 24 日。

了社会环境和物质基础。自新文化倡导以来，尤其是五四运动以后，大连地区的城市文艺生活在两个方面出现了长足发展：一是文学阅读与文艺欣赏活动的大幅增进；二是为满足这种增进而促成的文学作品创作和文艺演出活动的丰富频仍。与城市文艺生活的长足发展相生相伴，大连地区形成了以现代文学创作和现代城市文艺生活为基本对象和话语范畴的现代文艺批评。

在城市现代文艺生活格局形成之前，大连地区鲜见专门性的文艺批评文章和活动。有关文艺的思想和品鉴，间杂在其他形式的文章和活动之中，并且为数不多。可以说，在漫长的古代历史中，大连没有专门的、系统的和较为典型的文艺批评。清末新文化倡导的提出，尤其是辛亥革命以后，大连地区开始出现了专门的文艺批评文字。这些文字几乎全部集中在舞台艺术演出方面，主要包括戏曲、曲艺等传统艺术形式的评论。这些评论的主要内容是对剧目、节目的演出效果和演员艺术表现的评说。除基于艺术品鉴的目的外，还不难看出附加其上的商业性功能，即通过评戏捧角，达到商业宣传、提高票房的目的。五四运动以后，新文学创作的优秀成果和新文艺思想的先进主张大量涌入大连地区。同时，本地的新文学创作和新文艺演出也开始活跃起来，与之相呼应的观念探讨、创作主张、艺术争论和作品评价，也喷涌而出，构成了现代文艺批评新主体，为数众多，影响较大。至此，大连地区形成了现代文艺批评的完整形态。

大连现代文艺批评形成之后，具有与新文化倡导和新文化运动总体趋势相呼应、与本土特定社会历史环境相关联、与城市现代文艺生活形态相结合的总体态势，并呈现出若干基本特点。

第一，积极进步的社会主张。在涉及社会历史思考的层面上，表现出鲜明的反帝反封建倾向。国家独立自由，社会民主平等，人性向善向美，成为文艺批评公开宣示的理想追求和思想标准。

第二，强调文艺的社会作用。虽然当时的文艺创作存在沉醉于个人情绪、热衷于世俗功利的倾向，但在文艺批评中，对社会进步、生活认知、精神陶冶产生积极作用的呼吁及对此类创作的肯定，表现了文艺批评的基本主张。玄庐在短评《笔与枪》中说得直截了当："武人的武器是枪杆，文人的武器是支笔。枪的能力是杀人……笔的能力是攻心……只有受笔所指挥的枪，没有受枪所指挥的笔。"[1]

第三，传统与现代交融的文艺观念。从总体形态看，文艺批评的基本价值观和审美方式是以中国传统美学为基调的。以传统美学观念和方法进行文艺批评，或系统梳理中国文艺发展历史中的观念变化，屡见不鲜。即便在介绍和使用西方现代文艺观念的时候，与传统美学观或明或暗的契合，也是常态。同时，建立了文艺批评的世界视角，从西方经典文艺观到诸种现代主义流派，从基本文艺观、创作观到具体艺术门类的创作方法，都成为文艺批评研究和评介的内容。

第四，层次丰富的复合结构。从总体结构形态看，大连的现代文艺批评形成之后，迅速构造了较为完整的、复合式的结构方式。其一，传统文艺品鉴方式，与现代观念批评、方法批评并存；其二，理论思考、学术性、研究性批评，与具体文艺创作、文艺活动的批评结合；其三，主题与内容评价，与艺术技巧、技术方法的批评并重；其四，不同文字形式与语体形式、现代白话文和半文半白的文字共存。"某日，兰英演御碑亭，余又往观焉。见其色风台步，均甚大方。惟满脸涂抹脂粉，未免失之俗气。剧中休妻一场，一段西皮顿挫有致，韵味无穷。惟调门太低，殊少精彩。"这样的话语方式，在关于戏曲等传统艺术表演的评论中比比皆是。

---

[1] 玄庐：《笔与枪》，《泰东日报》1919 年 9 月 2 日。

第五，率真诚恳而富于争鸣精神。大连现代文艺批评形成之后，呈现出良好的批评精神和话语风骨。绝大多数评论文章开门见山，直截了当，对于赞同的观点和不赞同的观点没有丝毫隐晦。同时，不卖弄，不掉书袋，简洁明晰，通俗易懂。更为可贵的是，不规避文艺批评的冲突和交锋。观念辨析与艺术争鸣，被视为批评的正常情状。

批评载体与批评群体

现代传媒的出现，是城市文化生活趋向成熟的重要标志之一。在满足民众精神文化生活需求的驱动力促使下，多种类型的、批量的、有节奏的文化产品供给呈现蓬勃之势，并通过相应的传媒载体传导给社会大众。正是因为有了这类传媒载体的出现，文艺创作成果才得以倍数增长，与之并行的文艺观念传播和文艺批评成果也大量涌现。除社会传媒外，一些社会组织、文艺社团举办的文化类、文艺类讲座活动也成为文艺批评传播的重要形式。同时，由大致相近的文艺观念、创作追求和文艺爱好所凝聚的文艺社团的大量出现，也成为研讨、切磋和传达文艺诉求的重要方式，随之产生了为数可观的文艺批评成果。

一、文艺批评的主要载体形式——报纸与期刊

20 世纪 20 年代之后，大连城市现代媒体业迅速发展。1925 年 7 月成立的大连放送局，是东北地区最早的广播传媒之一。由于当时技术能力的制约，广播媒体的播出时间和播出量受到相当程度的局限。种类繁多、内容庞杂的文艺作品，包括研究理论和文艺批评，都难以在广播媒体中占有

足够空间。文艺创作、文艺活动及文艺批评信息和成果的社会传播渠道，主要靠报纸与期刊。

20世纪初至1945年大连解放，大连地区先后出现的新闻类、专门类报刊达数十种，但没有专门的文艺理论和文艺批评类报刊。新闻类报纸以时政要闻、社会新闻、商业信息等为主，同时辟有社会评论、文艺作品和文艺评论的专栏。从数量和频次上看，报纸成为文艺批评最活跃的平台。在一些综合类和文艺类刊物中，除主要介绍文艺作品外，均同时刊登文艺研究和文艺批评文章。期刊出版不如报纸频次高，但容量较大，因此承载了较为完整、系统的理论研究、观念阐述、经典评介和创作切磋文章，成为文艺批评的重要空间。

从兴办报刊的角度看，当时的报刊传媒包括媒体业专业性报刊和社会组织、社团编发的刊物。其中又包括中国人主办、中国人与外国人合办、外国人主办三种类型。

二、《泰东日报》

无论是从时政、社会、商业、思想文化、文艺生活等角度，还是从规模、影响的角度，《泰东日报》都是当时大连地区最为重要的社会传媒，在东北地区乃至全国都有相当声誉和读者群体，受到国内诸多知名人士的关注和赞赏。

《泰东日报》创办于1908年11月，由华商公议会邀日本汉学家金子平吉任社长兼编辑长，是大连地区规模最大的中文报纸，至1945年停刊。1913年，同盟会元老傅立鱼因反袁世凯的活动和言论，避难至大连，受邀担任《泰东日报》编辑长。

傅立鱼学养深厚，早年投身同盟会革命活动，成为一位民主主义者，与孙中山也是故友。中国共产党成立以后十分重视大连地区的工人运动，李震瀛、陈为人、邓中夏等革命家先后在大连建立基层组织，指导工人运动。第一次国共合作期间，大连的共产党组织还协助国民党在大连建立了党部，傅立鱼成为党部第一批骨干成员。《泰东日报》上大量出现关于苏俄社会主义革命、社会主义理论主张、新文化思想和新文化成果、城市平民文化生活等内容，与傅立鱼民主主义思想及苏俄革命和中国共产党人的影响，有着直接、密切的关系。

《泰东日报》上的文艺批评持续广泛，鲜明尖锐，成为最能代表当时大连文艺批评面貌、格局和倾向的篇章，是考察当时文艺批评状况的重要参照。

《泰东日报》上的文艺批评涉及了当时传统的和现代的几乎全部文艺种类，涉及文艺研究和作品评介，涉及许多重要演出活动、传播活动和社团活动，也涉及直接的文艺争鸣。宣统年间，《泰东日报》就设立了《照世明镜》《来稿集》等评论栏目，主要对戏曲、曲艺等演出进行推荐和评论。其后，《泰东日报》又每周定期

傅立鱼

或不定期设有《歌台鼓吹》《歌场零拾》《新剧丛谈》《学海新潮》《学海丛谈》等专栏，也有不纳入这些专栏的文艺批评。其中，"新潮"和"丛谈"多发表文字量较大的文章，"丛谈"为评论长文连载。

三、《青年翼》及其他刊物

1.《青年翼》

《青年翼》是大连中华青年会创办的综合性刊物，由傅立鱼拥有版权并担任主编。

傅立鱼将其致力于社会改革的重点放在两个方面，一是通过报刊传媒传达先进的社会思想，二是致力于提高平民的文化修养和自觉精神。因此，除办报办刊外，傅立鱼于 1920 年创立了一个著名的社会团体——大连中华青年会。大连中华青年会的教育内容涉及人文、自然、社会、历史、时事、道德、卫生等诸多方面。为宣介大连中华青年会的教育和主张，傅立鱼还采取了两个重要措施，即举办"星期讲座"和出版刊物《青年翼》。

大连中华青年会旧址

《青年翼》创办于1923年2月，初名《新文化》，次年更名《青年翼》。创办之初，孙中山发来亲笔题词："宣传文化"。

《青年翼》与大连中华青年会的教育内容相接，是一份综合性人文月刊。其中关于文化和文艺的研究性文章，以及发表的创作探讨，使《青年翼》成为大连现代文艺批评发展的一个重要阵地。比较而言，《青年翼》所发表的评论更具有时代感和专业色彩。

2.其他刊物

关于文化和文艺研究与批评，还有一些值得关注的报刊，如《满洲报》《满蒙》《辽东诗坛》等。

《满洲报》是由日本人于1922年7月创办的中文报刊，1937年10月并入《泰东日报》。创办于1920年的日文《满蒙之文化》(后改为《满蒙》)和中文《东北文化月报》是日本"南满洲铁道株式会社"组建的"满蒙文化协会"出版的刊物。

《辽东诗坛》是当时为数不多的文学刊物之一。由当时几个诗歌社团的成员于1924年发起创办，主要发表诗歌作品和与诗歌有关的各类信息，作者包括中外诗歌人士。刊物设置了丰富多样的栏目，数量达二十几个。其中，《摘藻扬芬》作为发表诗作的主栏目，其他栏目如《著述绍介》《诗话》《茗余杂志》《剪烛琐语》《杂录》《别录》《史谭》《简牍》《一经楼琐谭》《论说》《评论》《杂俎》《史料杂俎》《史料》等，有的具有比较明显的专门评论色彩，有的于介绍、研究、杂感、杂谈中融入了评论的要素。《辽东诗坛》在创作和议论评论上，表现出比较鲜明的东方文化色彩和传统文化倾向。《辽东诗坛》办刊时间不长，但其传达出来的较为"纯粹"文人气的诗歌创作观和传统诗学理念，使其彰显出一定的个性色彩。

四、文艺社团的兴起和文艺批评群体的形成

随着城市文艺需求的增长、文艺生活的丰富和文艺创作群体的扩大，各类文艺社团组织纷纷出现。从组织和参与者角度，文艺社团可以分为中国人组织参加、日本人或其他外国人组织参加、中外人员共同参加三类，其中一些社团是由日本殖民统治当局或相应机构组织管理的。从艺术分类角度，文艺社团可分为文学（小说、诗歌为主）、戏剧（话剧、京剧等为主）、音乐、舞蹈、美术以及研究和教育等类型。其中，文学类社团数量最多，文艺创作成就也相对较高。1933—1936 年，仅在《泰东日报》上出现的文学社团就达 55 个。其中，嘤鸣社、响涛社等一些社团出现了较多较好的创作成果并产生一定影响。许多文艺社团在从事文艺创作、演出等活动的同时，以论文、评论的方式宣示和传达自己的文艺观念和艺术见解，构成了文艺批评的重要阵容。同时，还出现了专门性的研究与评论社团组织，为大连的文艺研究和批评营造了较广阔的空间。

1. 专门性的研究与评论社团组织

在文艺社团中，有些包含从事研究评论的机构和人员，有些则以研究评论为冠名、专事。如文学类研究社团出现了佛尔斯文学研究会、怀德少年文研社、WK 文研社、静波文研社、终佳文研社、OP 文研社、MK 文研社、沈水文研社等。日本殖民统治当局的文化机构和日本文艺人士中具有专门研究性质的社团组织数量也较多，如隶属关东州艺文联盟的大连洋乐舞蹈研究所、关东州文话会，社会团体剧人社、大连音乐研究所、大连舞蹈研究所、大连西洋画研究所、满洲写真研究会等。[1]

---

[1] 大连市史志办公室编《大连市志·文化志》，大连出版社，2003，第 20 页、第 362-369 页。

2. 新剧社宣言

许多社团在成立之初便直接表达了自己的艺术宗旨，其中不乏对艺术观念的解读和对艺术现象的评论，表达了其对所从事艺术活动的理解和期望。

话剧传入大连时间较早，很快便引发了一些人士对话剧艺术的喜欢和追求。1916年，大连出现了演出新剧的团体。当时尚无"话剧"这一名称，"新剧"成为当时对话剧的一种称呼。1918年成立的"新剧社"是一个影响较大的演剧组织，主要成员由各界有一定文化修养的人士和学校师生组成。作为创办者的陈非我在剧社成立之际发表了《新剧社宣言》，连载于《泰东日报》。

陈非我《新剧社宣言》

宣言开宗明义，首先肯定新剧作为综合艺术的基本特征："戏剧者，必综文学、美术、音乐及人身之语言动作组织而成。"这就将新剧艺术与其他传统戏曲形式以演员为中心的艺术观进行了区别。其后，提出了关于戏剧艺术的社会理想和剧人遵循："能使人猛省，促进改良之心，有移风易俗之功也。"他特殊强调文学即剧本对于戏剧艺术至关重要的作用："夫有合宜之剧本，然后有精确之戏剧。"他认为好的剧本创作"必须具有世界之眼光，有社会心理学、伦理学、美术学，有新智识。然后，有适宜之剧本"。他认为舞台创作"最要在分析剧本及舞台上之研究"，影响戏剧变革"腐败极矣"的现象是"俳优之脑筋过于简单，方且抱残守缺，夜郎自大。以为一技之长可以应世变，传子孙吃著不尽"。他还简要比较了传统戏剧和西方戏剧的特点，提出了新剧社戏剧改革的一些具体想法。[1] 从宣言可以看出，新剧社的组织者和参与者并非仅仅将戏剧作为兴趣的满足，而是怀抱着一种社会责任，并对戏剧问题和改革方向有着较为明确的思考。对照一下这篇宣言与欧阳予倩的《予之戏剧改良观》便会发现，陈非我全面接受了欧阳予倩的观点，宣言的大致结构和逻辑乃至诸多言辞，甚至直接照搬了过来。

3. 文艺批评群体的形成

这一时期大连文艺批评颇为活跃，但现代意义上的专业研究和批评机构、职业评论家尚未出现。冠以"研究"字样的机构，基本上都属于业余性、兼职性的社会团体，其成员多为业余爱好者。这些社团中的一些成员，成为大连现代文艺批评（包括文化研究和评论）发展中的一个群体。

另一个重要的群体，是较为长期从事某一门类文艺批评的作者。由于《泰东日报》每周刊载舞台演出类的评论栏目，传统表演艺术尤其是以京剧为数量最多的演出，得到经常性的评论。舞台演出是此时期市民文艺生活的最为重要的形式，因此媒体广告成为家常菜。配合演出而出现的演出评论，事实上也成为吸引市民关注的另一种"广告"，甚至发挥着比广告更有影响力的推介作用。其中大拙、燕市晨钟、鹃雏等是这类评论的主要作者，他们非常勤奋，篇章迭出，具有相当高的知名度。

---

[1] 陈非我：《新剧社宣言》，《泰东日报》1918 年 10 月 20 日、22 日。

还有一个更为众多、更为重要的群体，是从事艺术创作或编辑工作的艺术家、文人。实际上，这个群体与前两个群体具有相当高的重合性。当时在大连乃至在东北有较大影响力的作家，多有参与文艺评论者。小说作家石军、汪楚翘、野藜等，都是创作了大量小说作品，同时还不时撰写较有分量和数量的评论文章。文泉（石军）的《1935年满洲文坛之回顾》，就是其中有见地、有力度的长篇评论。在作家涉猎批评的同时，也不乏评论家涉猎创作的案例。像大拙、燕市晨钟等人，在评论文章大量发表一段时间后，都有长篇小说问世连载。而且，这并不影响他们继续从事文艺批评工作。

第四章

近代历史时期的文艺批评

（下）

　　大连现代文艺批评格局形成之后，由于现代传媒平台较为多样，城市文艺生活诉求不断增长，文艺创作、出版、刊载、演出机遇多，数量大，文艺创作人员日趋增加，加之文艺批评阵容的形成和扩大，文艺批评呈现出对象丰富、受众广泛、空间拓展的局面。在这种局面下，大连现代文艺批评自起步便站在较高起点，以开阔的视野、现代的格调、自信的气韵和斑斓的色彩，履行了批评实践，塑造了批评形象。在这一时期的大连城市现代文艺乃至现代文化格局发展过程中，文艺批评发挥了牵引、促进的作用，尤其在文艺思想表达，并通过这些表达彰显文艺诉求、意志和倾向，进而观照当时文艺创作和文艺生活发展状态方面，文艺批评具有风向标意义。

评介与研究

在大连现代文艺批评形成和发展的过程中，有一个值得注意的现象，那就是除了关于文艺创作和文艺活动的见解外，有诸多文章以较高的频率和较长的篇幅，评介五四运动以来新文学的代表性作家作品，评介国外文艺创作和思潮、流派，梳理中国古代文艺创作的经验。这些评介与研究，为大连文艺思维构建了崭新的时代视野、宽阔的世界视野和纵深的历史视野，植入了外来文艺参照体系，也铸造着民族文艺的筋骨和意蕴。

一、关于鲁迅、郭沫若的评介

五四运动以后，新文艺创作的成果迅速且源源不绝地传入大连。鲁迅、郭沫若、巴金等作家创作的经典作品，以及其他各种流派的作品，对当时的大连人来说是耳熟能详的。与此同时，大连现代文艺批评自然也将视线放置于这些创作之上。

1. 对鲁迅的高度赞誉

大连人尤为喜欢鲁迅。在特殊历史时期，大连人读鲁迅，谈鲁迅，评价鲁迅。城市解放以后，大连人召集鲁迅纪念大会，修建鲁迅公园（现大连植物园）和鲁迅塑像。

大连植物园的鲁迅塑像

1935 年,《泰东日报》连载的雪林《阿 Q 正传及鲁迅创作的艺术》,从诸多方面论述了鲁迅的创作成就。他首先描述了鲁迅对中国新文学创作的影响,"十年来……关于他作品的批评虽不说汗牛充栋,着实也出过几本册子"。关于《阿 Q 正传》,"最早批评这篇文字的人有周作人、胡适、陈西滢(滢)、沈雁冰等"。在评价了鲁迅的《狂人日记》《风波》《故乡》《社戏》《孔乙己》《伤逝》等作品后,他依照关于"民族劣根性"的分析思路,结合小说的内容,依次分析了阿 Q "卑怯""善于投机""精神胜利法""夸大狂与自尊癖"等性格特征。他认为阿 Q 是足以比肩世界文学经典人物的一个艺术形象。他还依此印证了一种创作主张:"善作小说的人既赋作品中人物以典型性,同时也赋之以个性。"[1]在对鲁迅进行高度肯定之后,文章也涉及关于鲁迅的一些争论,介绍了关于《狂人日记》的批评意见。

---

[1]雪林:《阿 Q 正传及鲁迅创作的艺术》,《泰东日报》1935 年 3 月 4 日-3 月 18 日。

1935 年 3 月 15 日《满洲报》
连载文章《鲁迅论》

1944 年大连书店
发行的《文坛史料》
中《关于鲁迅》专
刊

2.“调侃”郭沫若

郭沫若也是大连人熟悉和喜欢的新文学代表作家。郭沫若的创作以五四运动时期浪漫奔放的内容和风格，奠定了作品在中国现代文学史上的地位。但 20 世纪 30 年代以后，郭沫若开始了历史题材的创作。这种变化

实际上是伴随着社会历史形势发展以及作家思想和艺术发展而出现的一种
正常现象。但是在某些文章中却给予了颇具个人视角的解读与评价。署名
"岩"的《谈郭沫若》，认为"郭氏初期的作品完全是浪漫的，所以他曾尽
量的介绍翻译过歌德的作品"。显然，作者对郭沫若早期创作是肯定和喜
欢的。但是情况变了，"现在奇怪的郭氏却在掘中国陈旧的古墓里的枯骨"。
虽然这种态度没能准确地理解郭沫若创作的发展，但在寻找郭沫若创作变
化的原因时却显得机敏而幽默，巧妙讥讽了当时恶劣的文化环境。他认为，
迫使郭沫若创作发生改变的缘由，是其作品"动辄禁止发卖，国内更没有
他容身之处以求出路。所以，他只得依他的天才去发现另一种思路，以维
持他的饭碗"。[1]借郭沫若这样的作家竟然"没有他容身之处"，进而暗讽
现实，是这篇文字的心机所在。事实上，由于当时大连特殊的历史环境，
文艺创作或是文艺批评中这种暗讽大量存在，是读当时的文字需格外注意
之处。

《谈郭沫若》

---

[1] 岩：《谈郭沫若》，《泰东日报》1933 年 1 月 18 日。

二、对国外经典创作及文艺观的介绍

这一时期，大连文艺批评在评介和研究国外经典作家作品及文艺观方面，视野相当广阔，内容十分丰富。其中，也不乏颇有见地的认识。

1.尊崇莎士比亚

虽然当时大连并没有关于莎士比亚戏剧的演出，但对这位时代标志性人物的了解和喜欢，包括对其地位的认可，却成为大连文艺界的一种共识。

子佳的《莎士比亚之伟大》一文称赞道："莎士比亚是一个表现人生的诗人，在这一点上他胜过了一切作家，至少胜过了一切近代作家。"他介绍了不同流派的艺术家对莎士比亚的不同见解，认为"新古典派和浪漫派是两个不同的极端，所以对于莎士比亚的态度自然不能一致"。他也认为莎士比亚"在艺术上有许多不完美的方面，这是不容否认的"。但是，这并不妨碍莎士比亚位列最伟大的艺术家之一。他还概括了莎士比亚的伟大之所在："莎士比亚之所以伟大的秘密……是表现基本的普遍的人性。"[1]

《莎士比亚之伟大》

---

[1] 子佳：《莎士比亚之伟大》，《泰东日报》1937年3月29日。

2. 关于契诃夫的"缺点"

契诃夫的一系列现实主义伟大创作使之成为世界公认的经典作家之一。

"隽"的《论契诃夫的风格》一文以短小的篇幅，论说了契诃夫创作的特点、弱点和重点。文章肯定了契诃夫反映现实的写作态度，但同时认为他"只有一个""缺点"，那就是"不会把握到历史发展的动向"。对于历史趋势的模糊，使契诃夫在观察现实时具有盲目性："对于'进步'底盲目的信仰。"但是，文章接下来指出："这一缺点并不会妨碍契诃夫之成为优秀的现实主义者。"关于如何欣赏和理解契诃夫笔下的艺术形象，以及如何理解契诃夫本人的主观倾向，文章的见解简单明了："在阅读契诃夫作品的时候，我们决不能忽略作者通过俗物主义者的形象而表示其反对俗物主义的态度。"[1] 除长文连载外,这一时期报刊上的评论文章大都比较简要，其中不乏言简意赅之作。关于评价莎士比亚和契诃夫的文章，属于此列。

3. 由希腊戏剧到奥尼尔

观看戏剧及其他舞台艺术表演，是大连市民文艺生活中的重要内容。大连是东北最早接触话剧这一演出形式的地区之一，观看话剧演出成为城市现代文艺生活新增添的亮色。喜欢看话剧，组织演话剧，乃至乐于了解与话剧相关的知识，成为大连文艺发展中的一个重要特点。

在此时期评介和研究外国文艺的评论中，关于戏剧的篇章占相当大的比重，而且具有相对较高的学术性。《泰东日报》连载的念生《希腊戏剧的演进》，就是学术性较为严谨的戏剧评介文章。文中介绍了希腊戏剧的起源、分类、活动特点等，十分翔实。例如："Cratinis 在纪元前第五世纪

---

[1] 隽：《论契诃夫的风格》，《泰东日报》1935 年 7 月 15 日。

中叶把喜剧里的人物加到了三人，后来 Arastophancs 采用过四个演员。"[1]
以英文或西文标识新的概念术语或名称，在当时介绍国外文艺思想、风格
流派、文艺发展的文字中是比较常见的。

《希腊戏剧的演进》

　　古希腊戏剧是西方戏剧发展的源头，美国剧作家尤金·奥尼尔则是西
方现代戏剧的重要代表人物之一。较为全面而简要介绍奥尼尔的评介文章
是杜宇的《奥尼尔与其戏剧》。文章首先介绍了奥尼尔的人生经历，并评
价道："年轻时的奥尼尔是怎样的梦幻的热情的人。"但是生活的磨砺和社
会的压抑，以及奥尼尔所经历的病痛，使他选择以写作的形式书写对世界
的感知和心灵的苦闷。于是，他开始了自己的戏剧创作。文章将奥尼尔的
戏剧创作分为三个阶段："独幕剧学习时代""写真的长剧时代""象征剧时
代"。文章对奥尼尔创作的风格特点的概括，也基本上是准确的："他的作
品一面含着冷静的、客观的、写实的情调，另一面又带有主观的、幻想的、
表现主义的色彩。"[2]

[1] 念生：《希腊戏剧的演进》，《泰东日报》1936 年 12 月 7 日。
[2] 杜宇：《奥尼尔与其戏剧》，《泰东日报》1936 年 12 月 21 日。

4.崇尚文学的批评家保罗·苏代

不仅研究和评论文艺作品和文艺活动，而且研究批评本身，这是当时文艺批评的一个重要特点。评介国外文艺中关于批评的内容也时常可见。比如关于鉴赏批评和印象批评的比较等。

侯毅的《保罗·苏代的批评观》采用了"对话体"方式，描绘了保罗·苏代关于批评和文艺的基本观念。当被问及对于批评的看法时，保罗·苏代的回答是："现在批评没有地位。"当被问及批评怎样才有地位时，他的回答是："批评如果是精神的或建设的才能存在，这是艺术与文学的哲学。"可见他给予批评的认知和地位是极高的，而不是如常人所言的"品评"。在最后被问道："批评家也要注意电影吗？"保罗·苏代磕了磕烟斗，决然道："不！那不是一个正经批评家的事。"[1] 在他的眼中，文学是真正的崇高的艺术。

5.眼界与态度

在对外国文艺的评介与研究中，关于创作方法和风格流派的内容也十分丰富。从古典的到现代的，几乎均有涉猎。同时，对于文学创作、艺术创作的艺术性、技术性的介绍也占有重要比重。仅在《青年翼》《泰东日报》摘取部分文章目录，便可看出当时批评的这一态势。

面对国外艺术观和艺术创作的纷纷涌入，此时期的文艺批评和创作都给予了热情的关注。不仅有按照个别案例进行评介的文章，也有不少进行系统、综合介绍的文章。对于如此众多的文艺信息，尤其对于各类现代主义艺术思潮，评论界保持了自己的见解。《青年翼》刊登的周勤豪《我对于研究艺术的意见》表示："什么古典派、浪漫派、自然派、外光派、写实派、印象派、立体派、未来派等派别，我们只可考察他们的学说，研究他

---

[1] 侯毅：《保罗·苏代的批评观》，《泰东日报》1936 年 12 月 14 日。

们的根据，崇敬他们的人格，决（绝）不能从事他们的艺术。这是我们研究艺术者应当认定的态度。"他为自己的意见所给出的理由是具有说服力的："我们东方人当然应该拿他来当作参考的资料，以期发展东方固有的个性。绝对不能因为他们的思想在现代颇占优胜的地位，就埋没了我们自己固有的个性，去追逐他们的后尘，做了一世模仿的奴隶。这却不是艺术的真诠。"[1] 这个意见虽然视之简单，但其中包含着的广泛借鉴、为我所用的态度，是可贵的。

《我对于研究艺术的意见》

三、梳理与传承民族文艺

在此时期大连新文艺发展的过程中，一直包含着关于民族文艺的坚守和发展问题的思考。一方面，在新文化运动出现的各种思潮和主张中，一直存在着关于传统文化与现代文化关系的讨论和争执。譬如关于文言文还是白话文，在大连文坛上便争论了十年之久。另一方面，由于特殊历史环境下，国外文化思潮和文艺观念的涌入，思考不同文化的关系，如何看待民族文化，也成为评论界高度关注的命题。当时，关于此问题的讨论有两个特点：一是客观梳理传统文化和传统文艺的思想和艺术成就，并不直接

[1]周勤豪：《我对于研究艺术的意见》，《青年翼》1926年第1期。

关联文化的"新"与"旧"的辩论；二是此类研究和评论多为考据翔实、结构庞大的制作，因学术性较强而少有能够与之争辩者。文化寻根的意味和民族文艺的倡导，在较为冷静和严谨的论述中彰显出来。

1. 新文化发展的"定心丸"

在此时期大连文艺发展进程中，汪楚翘是多产作家之一，同时又是颇有学识的评论者。《文献通考在中国文化史上的价值》和《我给文化运动者一颗定心丸——有汉代文化运动史作榜样》是五四运动以后他撰写的两篇关于中国传统文化的长文。前者着眼于对传统文化的价值肯定，建立关于民族文化的认知；后者着眼于传统文化发展历程，确立关于民族文化的信心。文中对文学与艺术均有所涉猎，但主要是关于文化发展的思考。文化发展的思维指向，其实正是文艺发展的思想依据。

《文献通考》是一部含量丰厚的古代文献，记载了上古至南宋晚期历代典章制度发展历史，由宋元之际马端临编撰。《文献通考在中国文化史上的价值》是一篇长篇评介文章。文中引马端临自序，解释了"文献"的含义："引古经史谓之'文'，参以唐宋以来诸臣之奏疏、诸儒之议论谓之'献'，故名曰《文献通考》。"文章十分详尽介绍和分析了《文献通考》的构成："所有政史大多模仿史记……通考证群史体裁。分为六体。""统考篇目，计有20项。"文章认为"研究文化史者……不能因其过多，将它屏绝"。文章高度肯定了《文献通考》的历史文化价值："文献二字的意义，包含全民族的一切心能所开积出来的有价值的共同产物……包括社会上所有物质和精神两面生活的样法。所以，文献与文化两字，意义上没有多大区别。"文章还指出："文献通考的宗旨上，确有大部分吻合文化史的性质。"这种判断，将一部典籍著作与文化发展历史相互融通起来，实际上肯定了古代典籍及其所蕴含的传统文化在民族文化发展中的地位和作用。文章潜在的逻辑便也彰显出来，即传统典籍或曰传统文化成果不但支撑着民族文化的历史，也必然成为民族文化发展的根基。

文章也指出了《文献通考》存在的"缺陷"。例如，作者认为其中的评价和议论"限于时代"而失于准确，原因是"那个时代，一般史家大都中了'寓褒贬别善恶'和'微言大义拨乱反正'的病毒"。还认为有些记载过于离奇，编撰者采摘"怪话"，不合史实。对此，他列举若干例证："更奇怪的，莫如物异考章。如'宋文帝元嘉三十年正月乙未朔，会群臣于太极前殿。有青黑气从东南来，覆收宫上。二月甲子，元凶劭弑逆。'"作者的这类责难其实有些偏颇。事实上，"春秋笔法"及"怪话"本身也是一种文化遗留，是那个时代思想认知和文化状态的一种反映。尽管作者关于《文献通考》有所责难，但其反复强调，此书虽然"限于时代"，仍为"大有价值的书籍"。[1]

现实指向更为明确的，是汪楚翘的另一篇长文《我给文化运动者一颗定心丸——有汉代文化运动史作榜样》。这篇文章结构更为宏大，学术性也更为鲜明，连载于《青年翼》。文章首先将视野指向世界，简要分析了西方历史中因文化坚守而最终达成文化发展的案例。随后，文章切入主要结构。文章详尽地梳理和分析了上古以来，尤其是周代以来文化发展的主要脉络和文化成果，论述分析了诸子百家时代的思想成就和文化流传，描述了先秦文化的相互碰撞，进而论及汉代文化的整合、定型与赓续。文章描绘了社会大整合和文化大碰撞给予汉代文化发展的影响，辨析了汉代文化思想的激烈竞争和文化特质的逐步定型，论说了汉代文化所造就的民族文化发展新态势和新格局。之后将所要表达的主题显现出来：在各种文化主张纷至沓来、国外文化观念不断涌入的情势下，尤其在被殖

[1] 汪楚翘：《文献通考在中国文化史上的价值》，《新文化》1923 年第 11 期。

汪楚翘《我给文化运动者一颗定心丸
——有汉代文化运动史作榜样》

民统治的城市背景下，民族文化发展的"定心丸"是什么呢？作者给出的结论是："非到水尽山穷此路不通的时候，不要气馁灰心，一蹶不可复振……如果众心坚定，决（绝）不十分畏惧外来的一时阻力。""能使此星星烛火之文化重见天日，在后人看去，尤觉残缺太多，未免犹有余恨。然在当时情况，由（有）此微末成绩，已属不易。"[1]汪氏此文视野阔大，气势磅礴，倾向鲜明，信念坚定。在此时期的大连文化研究成果中，是颇具分量的一项。

2.以传统文艺思想支撑现代文艺发展观念

新文艺的重要观念之一，是孕化和唤醒民众改造社会的自觉。有些评论文章便试图从传统文艺中寻找说服现实民众改变生活观念的素材。朱希祖的《中国古代文学上的社会心理》就属此类。该文章以古代文学作品为例证，分析了其中所包含着的封建文化思想因素，尤其是与平民日常生活相关联的文化意识。文章将这些文化意识的批判直接与现实生活中的文化观念进行对应，径直提出了关于生活观念的建议："故要男女平等，不要早婚，不许多妻，不要多子……你先把他迷信的心理打消不可！"[2]从论述逻

[1]汪楚翘：《我给文化运动者一颗定心丸——有汉代文化运动史作榜样》，《青年翼》1924年第7期。
[2]朱希祖：《中国古代文学上的社会心理》，《青年翼》1928年第2期。

辑上看，这种因果之间的嫁接显得有些生硬。但是，在古代文学中寻找现代生活观念改造的依托，是在新文化发展的特殊阶段对传统文化价值的肯定，也是以平民乐于接受的文化形式说服民众心理的一种方法。

在谈论现代文艺观时，大量引入国外文艺审美观和文艺发展观，是当时的一种时尚和浪潮。在这种态势中，在传统文艺中发掘民族文艺审美特质，寻找传统文艺观与现代文艺观的契合，是值得注意的现象。李开先的《论曹子建诗》是这类评论中较有见地的一篇。作者之所以在漫长的古代诗歌史中选中曹植为论说对象，大概有两个原因。其一，曹植的文学创作绚丽烂漫，是公认的美的文字；其二，曹植的创作承前启后，蕴含着民族文化要有历史根由、要有时代发展的现代文艺观。首先，文章认为文学是有根苗、有发展的："文学的根苗，是不容易灭绝的……三百篇（诗经）的命运，似乎是在战国时便告终了。同时，却更有一部可惊的著作出来，这就是现在流传的楚辞。"文章列举曹植的优秀创作，分析其中包含着的人生境遇、心理情绪、社会理想。文章更以重要篇幅，细致分析了曹植作品的艺术特征，并以此印证了民族文艺审美的特点和价值。文章从"声音"（听觉）、"颜色"（视觉）、"设譬"（手法）等方面，分析了曹植作品艺术美的创造，认为这是"纯美"。同时，文章强调这种美的创作既是传承的，又是发展的："曹子建的诗，历来都说是'源出国风'……但他的成功的作品……渗入了自己的个性与时代的精神。"正是基于这种认识，文章给予曹植很高的评价，认为《洛神赋》等"却（确）有许多的是'纯美'的表现，为后来谢灵运诸人所托迹""上集三百篇及楚辞之大成，下创六朝绮体之始基"。[1]

3. 民族艺术形式相关知识的介绍

此时期大连的舞台艺术演出活动非常丰富，民族传统艺术演出占有极

[1] 李开先：《论曹子建诗》，《新文化》1923年第12期。

大比重。京剧、评剧、吕剧等戏曲形式，相声、快板、评书、大鼓等曲艺形式，以及杂技形式，经年累月地登上大连舞台。在这些演出中，外地艺人来连商演的节目占有较大比重，为大连民众提供了多样的民族演艺观赏机会。借着商演推介的需要，大连媒体上出现了大量的相关评论，其中不乏关于演出形式的介绍。例如，《泰东日报》曾在"泰东副叶"版面上发表了数篇文章，介绍相关知识。济林的《元曲的作家及其艺术》以唱段列举的形式，对一些传统剧目的艺术特点进行简介。中谦的《元曲谈》肯定元曲的文学价值，认为"曲之文学，以元一代最盛"。江水照的《二黄戏的意识》通过传统剧目所述历史故事和演义，概括其常见主题，提出"教忠教孝者应加提倡"。佩的《评戏的来源和派别》以与艺人新翠霞对话的方式，介绍评剧表演特点和评剧形成的相关问题。[1]

济林《元曲的作家及其艺术》

---

[1]《泰东日报》1938年12月10日。

文学批评

以清末新文化倡导时期出现的艺术批评为先，继之以五四运动时期出现的文学批评，大连现代文艺批评逐步酝酿、产生。文学批评在现代社会传媒中出现，是大连现代文艺批评最终形成的重要标志。

由于新文化思想的广泛传播和新文学创作的迅猛发展，文学批评也呈现出迅速发展的局面。此时期大连地区文学批评的特点是：批评内容层次丰富，包括基本文艺观、文艺现象、作家作品的研究与评论；批评形式多样，包括学术性研究、评介性文章、创作谈、现象谈、观点争鸣等；发表载体较多，包括报纸、杂志等；文学批评篇幅灵活，既包括一二百字的短评，也包括体量可观、动辄数千言甚至过万言的篇章。

一、文学主张

无论是研究性论文还是创作评论，几乎所有的文学批评都直接或间接地表达着文学主张，进而透视着相关的文艺观和美学观。这是此时期文学批评显得更有思想深度和学术意味、更具时代精神和现实指向、更富生动气韵和话语活力的重要原因。

1. 文学要反映现实

这一时期文学创作所呈现出的文艺观是有差异的，主要表现在是否以反映现实生活为创作宗旨，文学要表达的是生活现实还是自我心灵。而在当时的文学批评中，基本一致地主张文学要反映现实。

《青年翼》的前身《新文化》兴办初期，就刊载了宣示这一文学观的文章。汤懋的《初民的诗歌》从考察"初民"文艺现象入手，首先描述了产生"诗歌"的因由。文章写道："澳人和北亚美利加土人，他们多是游猎民族，因此他们的诗歌多说打猎的乐趣。中国两粤的猺獞獏蜑，他们都是海滨民族，因此他们的诗歌多说水面情况。初民是天然界的奴隶，是被环境征服者，少有能领略天然的美而发于言的。"熟悉文艺发展史和文艺理论者可以清楚看到，汤懋的描述和观点，显然受到英国学者泰勒关于原始文化相关考察的影响，更直接承接了俄国马克思主义理论家普列汉诺夫的观点。因此，文章的开篇令人感觉与《没有地址的信》相似度极高。依据这种基本观点并仿照其思路，文章将视角转向中国的上古："伏羲氏的诗歌底思想，是渔猎时代的反映。葛天氏时的诗歌底思想，是从渔猎时代移向农业时代的反应（映）。"文章还讨论了中国及东方"初民的诗歌"，包括内容和形式方面的特点。他的结论是："说到时代，初民的诗歌多或少必有时代精神思想的反映。"[1]这里虽然提到"时代精神"，但所谈论的基本论据和观点，其实是特定时代的现实状态决定着特定时代的艺术状态。

在其后的创作发展和批评进步过程中，关于文学反映现实的主张被一直贯穿和强调，成为肯定或否定创作现象和具体作品的一个基本的判断尺度。文逸的《写实主义的发展》针对一些创作不了解、不理解现实生活的问题，提出现实主义创作的基本要求："新的写实主义底作家所要重视的，

---

[1] 汤懋：《初民的诗歌》，《新文化》1923 年第 8 期。

不在于应当多指摘缺陷或多显示优胜，乃至于积极地表现真实、积极地贡献生活之正确的描写。"不但要反映现实，而且要"积极""真实""正确"，是文学批评关于文学反映现实的认识的深化。文章还将反映现实从衡量一个作品上升到衡量一个作家的标准："作家必须具体地明瞭（了）生活。没有丰富的生活的知识，就不能具体地在作品里表现生活，也不能成为新的写实主义的作家。"[1] 反映现实，尤其是底层生活的现实，渐成主流。并且，这种主张又被提升到创作方法的层面，成为一种受到推崇的创作观念和批评标准。这是文学创作的进步，也是文学批评的进步。

2. 文学的时代精神

在当时的一些评论中，时常将时代现实与时代精神混淆，时常缺乏对时代精神的深刻挖掘和理性表述，但要求文学要表达时代精神的主张是明确的。

关于爱情与婚姻、女性生活等内容，是新文学创作的主要题材之一。对于这类创作的评论，基本上都表现了与五四运动所主张的自由精神、反封建意识的一致性。

由于中国半殖民地半封建社会的时代境遇，尤其是大连处于被殖民统治的历史环境中，呼吁文学表达反抗意识和爱国主义、彰显独立自由精神，成为文学批评的铿锵声音。剑山的《文

《新文化》

---

[1] 文逸：《写实主义的发展》，《泰东日报》1935 年 1 月 21 日。

学与战争》是一篇颇具文学性的评论文章。文中并没有探讨文学与战争的复杂关系，而是描绘了战争造成的危难和痛楚："忽而有国破家亡之厄"，"异族凭陵、恣其残暴"。显然，文中所谓战争特指外族侵略和抵御外族侵略的战争，因而明白地将笔锋指向民族和城市的时代境遇。在这种时代境遇中，文学应当传达怎样的精神呢？文章大声疾呼："热血沸腾的文人"应"高唱革命的悲歌，在惨淡辛苦中挣回天赋的自由"。[1]

3. 文学的社会作用

在中外文艺发展历史中，关于社会作用的强调是最早出现并一直延续着的文艺观。从孔子的"兴、观、群、怨"到"高台教化"，古代文艺始终不放弃对社会作用的重视。新文艺兴起之后，出现的关于文艺社会作用的不同见解和观念对峙，也成为文学创作和批评中的热点话题。

在当时的艺术类评论，尤其是关于传统艺术的评论中，较少涉及作品思想倾向和社会作用的诉求，多为表演艺术方面的评价。但是，也偶有关于传统艺术社会作用的批评和呼吁。晨钟的《斥真刀真枪戏》直接批评当时为博取观众而出现的不良倾向，譬如真刀真枪演戏。他嗤之"失雅"，指出其害有二："有伤人道"，"启人凶悍之心"。认为"戏剧也者，无非劝人向善背恶耳"。[2]还有"举报"式的言论，显得更为激切："本埠上沟兴乐茶园自开幕以来，阅月有余，颇获厚利。又在大连邀来花旦青衣坤角四五名，每晚特演淫情邪曲，调笑戏谑，丑态百现，招引一般无赖之徒喝彩之声不绝于耳。伤风败俗莫此为甚，望有管理之责者速令其改良也可。"[3]

关于社会作用，戏曲批评更多是从道德教化的角度加以议论，文学批评则更着重于社会进步和艺术宗旨的层面给予阐述。

---

[1] 剑山：《文学与战争》，《青年翼》1926 年第 5 期。

[2] 晨钟：《斥真刀真枪戏》，《泰东日报》1920 年 5 月 12 日。

[3]《旅顺演淫剧有碍风化》，《泰东日报》1919 年 10 月 17 日。

褐夫的《青年应读豪放壮烈的诗》从文学欣赏的角度，提出文学对于性情育化的作用。他将"豪放"和"壮烈"拆解开来进行列举和分析，指出读"豪放壮烈"的诗的益处。究其缘由，他认为是"同为现代社会的青年，同负有为社会而奋斗的责任"。[1]联系到这一时期国家危亡、社会危急、人民危难的现实，该文呼吁肩负社会责任的青年多读"豪放壮烈的诗"，其意自明。

关于艺术的宗旨，关系到如何看待艺术最基本的功能和作用，并由此涉及艺术本性、本质的问题。中国新文学发展历程中有许多波及整个文坛的重要争论。"为艺术而艺术"还是"为人生而艺术"，是其中涉及范围最广、影响时间最长的争论。参与争论并旗帜鲜明表达观点的，包括了鲁迅、郭沫若等众多著名文学家、艺术家和普通作者。在大连地区，关于这个问题的争论也时常处于较为激烈的对抗状态。有的评论文章介绍了这种分歧："艺术原来是有分，'为艺术而艺术'和'为人生而艺术'两种的。""'为艺术而艺术'派，说'为人生而艺术'派为非纯真的艺术。'为人生而艺术'派，说'为艺术而艺术'派为只自己崇拜自堕的泥菩萨——无聊的很。"[2]关于这样的"宗旨"问题，当时的评论者较少直接予

龙珉女士《谭到中国的艺术家》

---

[1]褐夫：《青年应读豪放壮烈的诗》，《青年翼》1928年第4期。
[2]龙珉女士：《谭到中国的艺术家》，《泰东日报》1929年1月13日。

以论辩，但在评论过程中，多数文章所持的观点是倾向于"为人生而艺术"的。

二、文学创作评论

关于文学创作和文学现象的评论均带有鲜明的观点——事实上，多数评论主要的目标不是评价作品，而是阐释观点。同时，此时期文学批评在以小说和诗歌为主要对象的前提下，视野十分宽阔，论说很有气势，情绪十分饱满。

1. 文化运动中的叛逆与激进

五四运动发生不久，《泰东日报》刊载了一篇颇具叛逆色彩的短文《爱读禁止的文字》。文章未署名，也算不上一篇评论，却很有评论的锋芒。文章从小时候偷读《水浒传》《三国志演义》说起，写到清末有朋友"运动"（刻意怂恿）官厅刊登禁书名单以引发社会关注，写到朋友私下刻印邹容《革命军》等反清文字。文章戏谑道："愈是禁止文字，愈是人们爱读的文字。""没有什么行销不得的书——只要官厅肯禁。"[1] 小文短短数语，将文化上的社会割裂和对立描摹出来。

五四运动所蕴含的重要文化思想之一，是文学应与人民的诉求相契合。第一篇现代白话小说《狂人日记》问世之后，鲁迅等一批作家便不断践行和深化着表现人民生存状态、生活诉求，并让普通大众读懂、喜欢的创作理念。事实上，在新文学创作发展过程中，探索和争论一直没有停息过。例如白话文的倡导，就成为一件长期讨论的事情。五四运动近十年之后，《泰东日报》《青年翼》等报刊又发表了关于白话文的评论。有的评论延续着五四运动时期的激进情绪，未免失之偏颇。程淑媛的《论白话文》写道：

---

[1]《爱读禁止的文字》，《泰东日报》1919年9月4日。

"以平易的文学写出美的妙的文，这才是不容易。否则，看那些艰深致美的、难学易精的骈体文学，是一种掩丑的文学，是拙者藏拙的文学。"[1] 有的则相对平和，将白话文主张的目的性作为论说依据。"俊"的《文学之趋势》写道："也许应该创造些白话的、简易的新文学，也许等一些平民享受这些文学的兴趣，这是吾所要声明的。我想，中国经过这次文学革命之后，将来一定有许多好的文学产生。"[2] 将文学平民化，亦即使文学成为大众的文学，被解读为白话文的意义所在，因此成为新文学的希望之所在，这是较有说服力的逻辑。

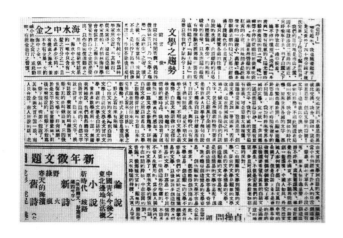

——— 俊《文学之趋势》

2. 文学创作发展状态的评论

在这一时期的文学批评中，关于具体作家、作品的评论较少，关于文学创作发展状态的评论较多，这是一个值得关注的情形。这种情形的出现，与前文所言"多数评论主要的目标不是评价作品，而是阐释观点"的评论指向，存在直接的因果关系。

[1] 程淑媛：《论白话文》，《青年翼》1928 年第 7 期。
[2] 俊：《文学之趋势》，《泰东日报》1928 年 12 月 5 日。

关于文学创作发展状态的诸多篇章，显示了大连文学批评的宏观眼界和对新文学命运的关注。《关于文艺的几个问题》《满洲现在的读书界》《满洲作家的思想性格》《满洲文艺建设论》《文坛的不景气》《没有态度的文章》《谭到中国的艺术家》《文学之趋势》《艺术是社会真相的记录》《中国现代小说界的成就》《中国新文学的出路》《中国新文艺运动研究》《关于现代作家的检讨》《文坛十年印象记》等，这些篇目的标题中即可透露出当时文学批评的着眼点和注意力。

李辰冬的《中国新文学的出路》在表达了对新文学发展局面的看法基础上，着重指出："中国现在所以产生不出几部真正杰作的，恐怕因为以下的三种原因……一、作家不往实际社会去寻求材料，二、作家太注重思想，三、语体文运用的不当。"这里所谓"太注重思想"并非对作品思想性的非议，而是指直白、生硬、宣讲式的主题表达方式。"语体文"则是指文学作品语言运用技巧问题，在文章中占有重要篇幅，是对文学创作艺术性的强调，反映出现代白话文创作探索的长期性。当然，文章最终要强调的仍旧是创作与生活的关系问题："真正的艺术是作者与实际社会结婚后而产生的。"[1]在论说文学创作不理想、文艺发展不景气原因时，关于作家主观认知与客观现实存在较大距离，是文学批评之于文学创作意见最集中之所在。

除去对创作者主观局限的非难，文学批评还表达着关于文学环境的忧患情绪。在谈满洲文学发展问题时，有评论指出文学创作的状态，是与满洲社会环境相关联的，从而暗指当时文学不景气的根由在于社会。有的评论则锋芒外露，直接指责社会环境的恶劣。小工的《艺术的三个时代》愤懑道："现在的世界，是富人们所占有的世界。"在富人当道的情形下，社会权力与金钱驱动，成为左右文学的难以抵挡的力量，甚至成为决定文学

---

[1] 李辰冬：《中国新文学的出路》，《泰东日报》1934 年 12 月 7 日-12 月 8 日。

命运的关键因素。由此，文学便失去了真正的创作自主和艺术自由。"谈花儿、谈月儿、谈恋爱，这尽由你。但是，你不能谈富人们所不愿意听的事情。"[1]关于创作环境的声讨，从另外一个重要的方面映射了这一时期文学发展的状态。

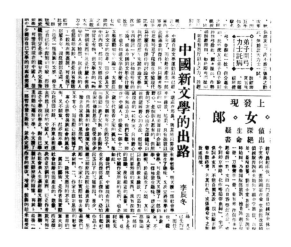

李辰冬《中国新文学的出路》

3. 关于小说与诗歌创作的评论

关于小说与诗歌创作，是这一时期文学批评较为集中、热烈的关注点。除此，关于其他文学样式的评论十分少见。除了相对较少的评论专谈小说、诗歌创作得失的具体问题外，大部分评论在谈艺术性问题时，仍是关联着文学基本观念的层面而展开。比如强调文学反映客观现实的同时，又强调反映现实的基本方法。木风的《满洲作家的思想性格》中对文学创作提出不满，认为"满洲作家的作品是非常暗淡"的。文章意识到作品的"暗淡"反映着满洲现实的"暗淡"，但好的作品应当在反映"暗淡"的现实时，熔铸给予力量和希望的内涵。因此，文章提出要重新"组合"现实："作品的组合是作品里的现实，这个现实却非是客观社会的再现，也不是抽象概

---

[1] 小工：《艺术的三个时代》，《泰东日报》1928 年 11 月 20 日–11 月 21 日。

念。"[1] 这里所言"组合",是按照作家的主观愿望创造一种属于艺术的"现实"。所言"再现",指的是照搬现实的"反映"。至于"主观愿望",则是在那个"暗淡"年代作家应该给予人们的社会的、生活的理想。

木风《满洲作家的思想性格》

宇天的《满洲文艺建设论》中以作品反映生活的基本原理为前提,指出:"我们虽然知道文学是现实的反应(映),但并不是机械地、像摄影机似的做着人生的摄影。"其后,文章进一步加深了对这个大部分作家承认的命题的追寻,认为作家创作怎样的"现实"、这个"现实"是否被认为具有真实性,与作家主观意识紧密相关。文章说:"一个作家的宇宙观与他的立场,是创作方法上的一种基本要素。""作品的真实问题⋯⋯要看他的宇宙观和立场。"[2]

关于艺术方法的更为具体和细致的探讨,多见于对诗歌创作的评论。李开先的《叙事诗之在中国》对中外叙事诗进行了介绍。在中国叙事诗创作问题上,文章首先强调叙事诗也是客观的反映,但融入着主观因素:"描

---

[1] 木风:《满洲作家的思想性格》,《泰东日报》1941年3月30日。
[2] 宇天:《满洲文艺建设论》,《泰东日报》1938年1月15日。

写不纯粹是客观，多少也有一点主观掺入。比起抒情诗来，特别伟大雄壮。"所"掺入"的主观是什么呢？文章不认为是个人的情味，而应是"民族的精神、时代的理想，通通都从里面暴露出来"。同样作为叙事性创作，文章将戏剧与叙事诗进行比较，从而导引出叙事诗应采用的基本艺术方法："叙事诗多用平叙 Narrataion（Narration）。戏剧则注重高点 Climax。对话 Dialopue（Dialogue）虽然两者都用，但戏剧则注重在动作 Action，叙事诗则注重在情调 Mood。"[1] 相对于较为宏大的叙事诗，关于短小诗歌的创作，文学批评也提出了相当高的创作要求。施鹏翼的《中国最近诗坛上的小诗概观绪论》中提出："诗贵有思想、有理性，贵质朴，不必讲雕琢。"这与一般认为的诗歌创作要求是有差异的。强调"思想""理性"，显然是对只讲"幻想""感性"的诗歌创作有所不满。而关于诗歌质朴自然的要求，也是关于诗歌大众化的希冀。由此，文章提出小诗创作的四个要点："主情""主真""主思想""主想像（象）"。[2] 在诗歌方面，此时期有一个引人注意的现象。新文学运动以来，大连诗歌评论较少触及新诗创作，言及诗歌，虽有介绍和研究国外诗歌者，但涉及具体创作问题时，主要依托还是中国传统诗歌的创作思维。

施鹏翼《中国最近诗坛上的小诗概观绪论》

[1] 李开先：《叙事诗之在中国》，《新文化》1923 年第 9 期。
[2] 施鹏翼：《中国最近诗坛上的小诗概观绪论》，《青年翼》1926 年第 2 期。

4. 关于"批评"的批评

此时期大连文艺批评发展中有一种较为特殊的现象，是评论界关于批评自身的重视和评论。不但在新文学兴起不久便开始思考和审视批评问题，而且一直持续不绝。

关于批评，许多论说带有较为浓郁的理论色彩或学术色彩，与评论界将批评当作一种"学问"不无关系。此时期大连文化层面即表现出较为强烈的学术意识。在历史研究、考古研究、传统文化和国外文化研究、城市发展研究等方面，都有建树。重视学术，讲求学以致用，是一种较为犀锐的见解。李浩然的《学术不能发达之原因》从"不满意"的角度，表达了对"学术发达"的看法。他认为："不知实用，为中国学者之大弊。但以科学思想之不发达证之，即可知中国所谓学术皆偏于谈空说理，而于事物真象（相）不甚讲求。"这篇文章发表于五四运动当年，"偏于谈空说理"的锋芒所指的是旧式学术研究。这种学术的后果是"中毒"："不能救世，乃至为世所忌。以读书为中毒，则学术之不发达不亦宜乎"。[1]这种观念与其后文学批评的发展有一定的共识，因此，大连的文学批评表现出学术基础上的现实针对性和推进文学发展的指向性。

关于"批评"的批评大致可以分为两类。第一类是关于批评方法的阐述。如《创造的批评》《文艺上的两种批评》《三种批评：裁断批评、比较批评、印象批评》等，主要探讨批评态度和批评方法。第二类是关于批评与艺术的关系的论说，如《谈作家与批评家的乖离》《论作家与批评家》等，主要涉及如何重视批评、对待批评。周筠溪的《告努力在创作道上的朋友们》劝诫、呼吁创作者，不但要重视研究和批评，而且要增强自身的学养和知识："研究与批评是必须的。""要多读文艺论文……在现在的论坛上，努力

[1] 李浩然：《学术不能发达之原因》，《泰东日报》1919 年 8 月 2 日。

发表的人固多，努力读书的人不多见。朋友们！请把你们的工夫用到研究上。"[1]

5. 创作争鸣

由于当时文艺创作的讨论氛围较为浓郁，文学批评的观念表达和词语陈述又较为直率，因此创作观念和具体创作问题所引发的争鸣也比较频繁。一些刊物还专辟栏目刊载争鸣文章，如《青年翼》就有《文艺讨论》专栏。

直接的争鸣往往发生于评论家与作家、作家与作家之间。争鸣的范畴从基本文学观到创作细节乃至一个字一个词的使用，十分较真。争鸣往往十分尖锐，甚至带有相互间的讥讽与攻击。

较有规模的争鸣发生在 1935—1936 年。争鸣以"文坛建设问题"为核心，在辽宁全省范围内展开。据《大连市志·文化志》记载："1935 年，首先由王孟素在奉天《民生晚报》的《文学七月刊》第 7 期发表了《建设文坛及其他》一文……由于该文涉及响涛社一些成员，所以引起石军等人的不同意见，导致了一场长达一年之久的论战。"讨论的结果是在文学界进一步深化了"反映社会矛盾和人民现实生活"的创作理念。[2] 响涛社是这一时期大连最为重要的文艺社团之一，石军是其中重要成员，也是东北现代文学中的重要作家之一。石军的小说创作由重在表达个人情感向重在反映社会现实的转变，与这次大讨论有密切关系。同时，石军又是一位评论好手，在表达创作观念、观察文坛发展上有自己的见解。

岛魂也是当时大连较有影响力的作家。岛魂的创作明显倾向于个人感受的表达，其作品境界幽美，言辞清丽。岛魂也曾为响涛社成员，但是因与石军等人的创作观念不同，相互间产生龃龉并退出响涛社。《泰东日报》

[1]周筠溪：《告努力在创作道上的朋友们》，《青年翼》1926 年第 4 期。
[2]大连市史志办公室编《大连市志·文化志》，大连出版社，2003，第 41 页。

发表了秦唷（石军）的《答岛魂》一文，在"解释"了一些"失当"后，说明了双方分歧之所在。文中写道："我想一个文学社的结合，最重要的基素是在同社的同去（志）是否性情相投、环境相符合，在思想和思想的产物作品上是否有共同的抱负和一致的步骤。"[1] 文学诉求和创作性情的不同，是争鸣的根本原因，也是需要表明的基本想法。

以"公允"之态表达观点的，在争鸣中也有存在。赵恂九是当时较为高产的通俗小说作家，围绕他的创作引发了一些关于"纯文艺"与"通俗文学"的议论。点虹的《我也表表态度》发表见解道："我们称扬纯文艺，我们也称扬通俗文学（假使是好的）。我们指摘纯文艺，也指责通俗文学（假使不是好的）。"[2] 这类表达，颇有息事宁人的意味，等于是说在这个问题上无可争执，作品好不好才是最终标准。但是，这种争鸣其实是建立在"纯文艺"与"通俗文学"两类创作孰优孰劣的分歧之上，而不是建立在某个具体作品的好与不好的分辨之上。

小处较真的争鸣也有发生。谭正璧的小说《芭蕉的心》发表后，王皎我发表了评论《读〈芭蕉的心〉后》。文章对小说提出了一些枝节问题和建议，也表达了关于小说创作的基本看法："至于本书里面所含的思想，全是属于科学底哲理，是因实事所感发的理想。若变作哲理的科学，那就成了空虚的妄想。小说总不可离开社会底背影的。"[3] 其后，谭正璧发表了《答王皎我君对〈芭蕉的心〉的批评》。关于王皎我提出的主要批评意见，文章认为"因人人主观见解的不同，难免有相反之见"，并未表示异议。但是，关于某个话语的理解、某个字词的运用，文章却给予十分认真和坚定的辩

---

[1] 秦唷：《答岛魂》，《泰东日报》1934 年 12 月 20 日。
[2] 点虹：《我也表表态度》，《泰东日报》1942 年 3 月 20 日。
[3] 王皎我：《读〈芭蕉的心〉后》，《新文化》1924 年第 1 期。

白。譬如："王君又说，'老忧病死不过是爱的大波折而已'。忧病可说是大波折，老死岂能说是大波折。"又如，王文建议某处使用"溢流"，谭文亦加以辩驳。[1] 小处较真，其实正反映了当时创作与批评的基本态度，即便无伤大雅之处，也必斤斤计较，或成一段记忆。

王皎我《读〈芭蕉的心〉后》

---

[1]谭正璧：《答王皎我君对〈芭蕉的心〉的批评》，《新文化》1924 年第 3 期。

艺术批评

这里的"艺术批评"指与"文学批评"相对应的其他艺术门类的批评。这一时期，大连的艺术批评主要面对舞台表演艺术。

当时，舞台表演主要是来自外地的班社艺人的戏曲、曲艺演出。这些班社和艺人有的演出后返回来处，有的继续向东北腹地发展，有的留在了大连。戏曲演出的评论数量更多，频次更高，关于京剧演出的评论为最。此外，还有关于其他戏曲形式和曲艺、杂技的评论。相对于传统戏曲等"旧剧"，话剧被称为"新剧"。话剧的演出者主要是由本地话剧爱好者组成的社团，演出数量虽不如戏曲、曲艺多，但作为新文艺的"时尚"形式而受到欢迎，并成为艺术批评关注的一个重要焦点。

一、戏曲评论

此时期大连戏曲、曲艺等演出的主要是传统剧目，许多内容为观众所熟知，戏曲评论较少涉及剧目的介绍和评论。在戏曲舞台演出中，演员的表演是创作和鉴赏的重点。"角儿""捧角儿"乃至"傍角儿"等说法，就是这种"传统"的产物。因此，在戏曲评论中，以"角儿"——主要演员的评介为其主要内容。

1.“旧剧”的命运与价值

因新文艺、新剧的兴起及国外文艺的传入,传统戏曲被冠以“旧”字,时常被人们划入旧文化的体系而加以排斥。例如鲁迅这样有深厚传统学养的大师的笔下,既有对儿时看戏的美好回忆,也有对传统戏曲的非难。此时期的大连,倡导“新剧”的文字不少,但也有对“旧剧”价值的思考。在当时的戏曲评论中有一种现象,在评论剧目演出和演员表演时以肯定和赞赏为基调,在评论“旧剧”命运和价值时否定和怀疑较为多见。

新文艺形式的广泛兴起,特别是观演类艺术中“新剧”、歌舞音乐和电影等对演艺市场份额的分割,使“旧剧”的演出空间相应缩小,市场吸引力相对下降,甚至出现了“不景气”的情形。余迟《旧剧的发祥地中国故都剧界的惨淡景色》以戏曲评论中相对较长的篇幅,介绍了北京戏曲演出的形势。其中列举了四大名旦、诸大须生的情况,涉及富连成等著名班社的努力及与戏校的“对立”。戏曲界采取了一些应对办法,包括降低票价。但是“低价票也不行”,有的“大牌”演员的演出甚至惨淡到只有七十几人看戏。文章最后举了另外一个例子:“中国旅行剧团在平出了很大的风头。他(它)的成绩的显明表现,就是掀起了北方话剧运动

余迟《旧剧的发祥地中国
故都剧界的惨淡景色》

的浓烈空气。"[1] 这个剧团当时在北平演出了国外戏剧《茶花女》和《少奶奶的扇子》(《温德米尔夫人的扇子》),却大受欢迎,收获满满。

这种描述暗示了"旧剧"与"新剧"的不同命运。"旧剧"的"惨淡景象"策应了当时否定"旧剧"的文艺思潮,成为传统戏剧灭亡论的一种论据。穆婴《旧剧论》说:"旧剧的没落,是一天比一天显著。不用旁搜远绍,就看各地剧院之不景气,就可以作为例证。"[2]

也有评论家并不抱有灭亡论,但同时也指出了旧剧的缺陷与不足。周贻白是著名戏曲理论家、戏曲史家,新中国成立后他的著述被列入大学教科书。他曾在《满洲报》发表了《旧剧中的历史化》一文,文章从戏剧内容和表演艺术两个方面指出了旧剧与时代精神、艺术精神的不相适应。文章对传统剧目多取材历史或演义未加否定:"戏剧的意义,成为历史的再现。"他认为"旧剧"的病根在于:"中国的戏剧,它只是拿了一段直接间接的历史故事,用戏剧的形式装点了,在舞台上活动着而已。""旧剧"未能对历史和演义作出时代解释和艺术挖掘,是他认为的问题。在艺术表现上,他说明了戏曲崇尚表演艺术的特点,但认为戏曲表演存在一种旧有习惯:"做演员的只是萧规曹随,按着师傅教给他的做……剧中人没有个性辨别,演员也分别不出自己表演的是什么。"[3] 他认为,依据师承而不依据性格塑造,更没有艺术创新,是"旧剧"症结之所在。

还有评论在指出问题的同时,对"旧剧"的价值给予直接的肯定。在中国近现代戏剧发展历史中,"旧剧"改良是率先发动的新文化倡导行动之一。这个行动肇始于清末,多种多样艰难曲折的探索,是"新剧"即中国话剧产生的精神准备和艺术前提。但是,戏曲的改良之路曲折而漫长。

[1] 余迟:《旧剧的发祥地中国故都剧界的惨淡景色》,《泰东日报》1936 年 1 月 9 日。
[2] 穆婴:《旧剧论》,《满洲报》1935 年 4 月 21 日。
[3] 周贻白:《旧剧中的历史化》,《满洲报》1936 年 2 月 4 日。

至新文艺相对成熟时期，戏曲改良仍多有令人不满之处。"勋"的《改良旧剧之我见》从四个方面指出了戏曲改良存在的问题，认为既然改良就要有一个好的方案。他所提方案的基本思路，是要求戏曲跳出"套路"，依据真实的历史和人物状貌进行表演乃至服饰等方面的改良。在这一点上，他与周贻白是相通的。可贵的是，他从受众的角度明确肯定了"旧剧"的社会价值："惟旧剧为普及社会、为通俗教育之最要工具。"[1] 从"时事新剧"或"时装新剧"，到新中国戏曲改革"三并举"总体设计和艺术实践，基本确定了传统剧目依照传统演法，新编历史剧和现代剧采用现代戏剧艺术方式的思维和态势。此后，关于戏曲改良的争论逐渐平息下来。

2. 戏曲演出评论

戏曲演出评论多以演员表演为主要内容，对演员表演的优长或问题予以指出，同时也有角色、商演推介的意味。一些媒体如《泰东日报》等主要围绕来连演出的剧目，对演员进行评论。也有的开辟专栏进行系列介绍，如《华文大阪每日》的"伶工特技"对马连良、程砚秋等的介绍。

戏曲演出评论大致分成两类，一是围绕某个剧目的演出

《评戏指南》

[1] 勋：《改良旧剧之我见》，《满洲报》1934 年 3 月 4 日。

对演员进行评介，二是对一个阶段本地戏曲演出剧目和演员的综述。

第一类评论，数量较多，篇幅较小。例如小岗的《小女伶之特色》："小岗庆昇茶园专唱皮簧之何小芬，十二岁之女伶也。身长不满四尺，而其声音洪亮，节奏合宜，虽名优无能出其右者。每演至抑扬结构处，台下喝彩之声，轰然如雷洚，为连埠剧界中铮铮佼佼者矣。"[1]全文77字，地点、人物、禀赋、特色、效果，尽在其中。

当时戏曲演出评论务必要有"专业"的角度，谈些"专业"的问题，否则难以面对"戏迷"。大拙是当时比较高产的剧评人，其评论较为典型地表现出这种特点。在谈刘荣昇的演唱时，他首先给予高调评价："刘荣昇，童伶中之杰出也。年未弱冠，而造诣颇深。"评价他的演唱更是撰写了充满魅力的文字："每引喉高歌，有如鹤唳长空。及低声细诵，而一种如怨如慕如泣如诉，余音袅袅不绝如缕之概。四座无不为之倾倒。"[2]大拙善写溢美之词，但也不乏直率的批评。在评价张德俊时，他先扬后抑："张德俊，武生中之佼佼者也。以真刀真枪见长，每演宏碧缘、铁公鸡等剧，刀光剑影锋利无比，有如浪花泼雪疾风卷云，使人目眩神警，诚绝技也。至于扮相、唱工，平平无奇。"[3]

着重谈演员"唱念做打"四功，是戏曲演出评论的普遍视角。也有评论在此前提下有所发展，涉及演员在运用技术塑造角色时的得失、特点。燕市晨钟的《名伶剧追志》在谈八岁红演出《翠屏山》唱功运用时写道："唱'石三郎进门来'一段西皮慢板毫不费力，抑扬适宜，急徐合拍。喉咙婉转，有如奔月嫦娥。字正腔圆，更非庸伶堪比。"在谈武打时写道："单刀架舞得精彩已极，愈舞愈快，想野史中石秀当年豪武。"燕市晨钟对演员通过

---

[1] 小岗：《小女伶之特色》，《泰东日报》1911年3月28日。

[2] 大拙：《刘荣昇》，《泰东日报》1911年3月28日。

[3] 大拙：《本埠一年来伶人小志》，《泰东日报》1919年8月1日。

唱腔和表演塑造艺术形象的做法，给予赞赏："八岁红饰石秀，扮像（相）英伟，气宇昂昂，宛然一少年英俊焉。"[1] 还有评论更为细致些，注意到规定情境中心理的线索和情感的脉络。鹃雏的《刘玉琴的黛玉焚稿》将"焚稿"的心理层次描述出来："潇湘馆外一段清歌，一字一颗泪，一句一滴血"——"贾母来探病，几声老太太，叫来像那哀猿啼月"——"紫鹃诳了他几句，便做出那卿可自慰的模样来，点了几点头，真可算得沉痛呢"——"焚稿的时候，恨那炉火不高，吹下几吹。那火光映着桃腮，越显得绯霞一般，确像那临终时回光返照的样儿"——"听了鼓乐的声，一惊而蹶醒"——"归天的时候，还叫两声宝玉，仿佛是杜鹃啼血。"[2] 这种评论已经将表演技艺的评价，演化为演员塑造形象的方法和能力的评价。同时，文章也使读者间接感受到全剧演出的情感脉络以及相应的情绪氛围，产生了一定的现场感。

第二类评论，数量较少，篇幅较长。大拙的《本埠一年来伶人小志》先以写作本文的社会环境与个人心境开头："炮火亘天，烽烟匝地。南中之战事方酣，北塞之侵凌益急。风谲云诡已见时事之多艰，外患内忧深慨来日之大难。记者伤时有泪，救国无方。顾安得斗酒双柑，释满腹之牢骚。且借他豪竹哀丝，为长夏之消遣。"这种"申明"大概是去除"商女不知亡国恨"之嫌，也表达着笔者在那样一种黑暗环境中的愤懑和呼声。文章以一年中来连演出的戏曲艺人名字为小题目，进行简短的梳理。关于每个艺人的文字虽然少，但通篇加起来文章较长，因此进行连载。这种名以"志"的文字，对于较为宏观地看待当地当时的戏曲演出，以及进行艺人演艺特点的比较，是一种参照。同时，对于研究那一时期大连文艺生活，也是一

[1] 燕市晨钟：《名伶剧追志》，《泰东日报》1919年4月24日。
[2] 鹃雏：《刘玉琴的黛玉焚稿》，《泰东日报》1920年1月14日。

种较有价值的资料。

3. 偶有激切之语词

关于文学观、文学创作、戏剧改良的评论，时有理念差异、意见相左者，因此也时有商榷和争鸣。关于戏曲表演的评论较少出现这种情形，一般都是各说各话。但是，偶尔也有相互间的碰撞，有时还很猛烈，甚至多有激切之辞。

1920 年，晨钟在《泰东日报》发表了以《菊花洞》为题的剧评："余因一时兴念难遏，故爱秃笔一枝。特制菊花洞一座，以供爱菊者之随意纵览焉。"[1] 晨钟的意思大概是说本文就像品鉴菊花一样，谈谈对近期戏曲演出的看法，于是展开正文。

—— 晨钟《菊花洞》

其后，《泰东日报》发表了署名"嗜剧投稿"的文章《菊花洞是甚么》。文章"副标题"锋芒尖锐，且加了两个符号以示强调："▲忠告稍识之无之晨钟▲对于菊部诸伶演剧以后不要狂狮乱吠。"文章责难"置菊于洞""莫

[1] 晨钟：《菊花洞》，《泰东日报》1920 年 9 月 11 日。

名其妙"，并对晨钟的观点依照相关剧目逐一驳斥。论说观点的过程中，通篇充满攻击性。"狗屁不通""面皮之厚，即用克虏伯厂所制最大的炮施以猛烈攻击，吾知其亦必不能损伤其毫末也。""此种含血喷人之评剧家，未必出诸本心，或别有作用。""忠告晨钟，要想评戏出风头，赶快回家。再读十年书，再听八年戏，再作戏评方可不丢脸也。"[1]

二、话剧评论

话剧评论是当时艺术批评的热点之一。话剧评论是新文艺的产物，具有现代文艺批评的典型形态。与文学批评相类似，此时期大连的话剧评论更注重文艺观方面的探讨和表达。

1.话剧的社会性和严肃性

中国话剧艺术的产生，植根于社会变革的现实，也直接表达着社会改造的诉求。无论是改编国外作品，还是编创新作，依托现实、表达现实的精神指向贯穿话剧艺术发展历程之中。这一时期大连的话剧评论也体现了这样的艺术观念，进而形成了与新文艺运动的精神共振。

张之湘的《独幕剧概论》首先阐发艺术基于社会现实的观点："任何方面的发展与创造，我们都可以找出决定他（它）的社会的根源来。说艺术或艺术家是绝对自由之象征，那不过是呓语罢了。"他分析了中外戏剧发展的大致历程，进而剖析独幕剧产生的社会原因，认为独幕剧"产生于资本主义的经济"。在资本的作用下，人们的生活进入"生产"的"行程"，人是"枯燥"的，由此而渴望心灵的自由："反之，因对生活的枯燥而更加急切的对艺术发生着需要了。在这种情形下，独幕剧自然是最适应的形

[1]嗜剧投稿：《菊花洞是甚么》，《泰东日报》1920年9月15日。

式。"[1]他认为独幕剧相当于文学中的短篇小说,可以适应"行程"中的人们,因而得出了"最适应"的结论。其论据有些道理,结论却显偏颇。

"越"的《戏剧的严肃性》是一篇暗藏锋芒的文字。作为舞台演出的形式,戏剧被认为是观赏或娱乐的艺术。满足感官的愉悦,是较为普遍的意识。文中并没有直接批驳其认为陈旧、错误的观念,更没有明指同样作为戏剧艺术的戏曲演出和鉴赏中偏于强调娱乐性的倾向,所谓"旧剧开演作消遣之品,开演为娱乐之具"[2]。文章认为,无论是东方的或西方的戏剧,自缘起之际本质上是严肃的。"易卜生首倡近代剧的运动之思潮,是戏剧直接地、明显的服役人生,其严肃的性格更为彰明。"[3]可见,作者所言"严肃性",并不是指戏剧要做出"严肃"的艺术面孔,而是主张戏剧要表达和思考人生现实,是指艺术精神的严肃性。

2. 激励本土话剧活动

自刘艺舟率新剧班社在大连演出话剧以来,大连人开始接触话剧艺术。刘艺舟之后,大连本土话剧活动逐步展开。初有刘笑痴组织话剧班社,"然主要社员概由沪上聘来,尽义务者少,拿包银者多。开演以后,所入既微,开销不敷。未几,亦以失败"。[4]后有陈非我组建了"新剧社",成为当时较有影响的话剧班社。

1918 年,陈非我于 10 月 20 日在《泰东日报》发表《新剧社宣言》,表明新剧社的艺术主张。10 月 24 日,《泰东日报》刊载了大拙的文章《对于新剧社小言》,对新剧社的活动给予肯定和赞誉。

大拙文中说:"中国今日,社会之混淆,家庭之黑暗,已达于极点。全

---

[1] 张之湘:《独幕剧概论》,《满洲报》1936 年 10 月 9 日。

[2] 大拙:《对于新剧社小言》,《泰东日报》1918 年 10 月 24 日。

[3] 越:《戏剧的严肃性》,《泰东日报》1936 年 2 月 26 日。

[4] 大拙:《对于新剧社小言》,《泰东日报》1918 年 10 月 24 日。

国为然，此地亦何独不然。欲施药救之方，必自戏剧始然。"正是从这个意义上，文章认同了新剧社的方向。新剧社的活动注重社会效果，且开展捐赈，"启化于社会"，"故该社之名誉蒸蒸日上"。文章还赞扬了新剧社成员的表演："王梅倩之小旦扮相温柔妩媚做作细腻""袁笑笑之老旦形容泼辣""飞鸿之悲旦缠绵悱恻""剑侠之正旦端庄温雅""幼影之丑角一副滑稽形容"小倩之丫环……整整齐齐袅袅条条"。[1] 话剧主张塑造性格，不主张严格划分演员外在类型。但在实际创作中，尤其是在"新剧"时期，话剧表演借鉴了戏曲行当划分的经验。对于新剧社演员的评价，正是使用了这样的"借鉴"。

影柏的《曲罢余音》介绍了新剧社义演盛况："此三晚中，卖座一日较一日盛，来宾一日比一日多。即以临时买票而论，第一夜仅售八十余元，第二夜九十余元，第三夜一百余元矣。"不但如此，观众还要求加演一夜。新剧社成员不辞辛苦全部赞同，但因永善茶园戏码排满而作罢。文章评价了新剧社演出的剧目《猛回头》。《猛回头》是中国话剧最初演出《黑奴吁天录》和《茶花女》之后，接续推出的早期剧目之一。文章写道："三夜之剧最有价值者，厥推末夜之猛回头，鼓吹社会主义不遗余力。"《猛回头》只有春柳社等少数几个剧团演出过，"足征斯剧之难，亦足见斯剧之价值"。[2] 这样的剧目，新剧社居然能演，是作者赞赏有加的"论据"。

三、电影评论及其他

除戏曲评论和话剧评论外，此时期大连艺术批评的另外一个重点是电影评论。电影也是较早传入大连的现代艺术形式之一。日俄战争期间，就

---

[1] 大拙：《对于新剧社小言》，《泰东日报》1918 年 10 月 24 日。
[2] 影柏：《曲罢余音》，《泰东日报》1919 年 12 月 27 日。

有美国记者在旅顺拍摄战地纪录片。城市形成之后，先后建筑了一批电影院，使电影成为市民文艺生活的一项重要内容。随之，电影评论不断出现。大连地区还有一些民间传统艺术形式，也有评论有所涉及。此外，一些与文艺生活相关的话题，时而亦有所议论。

1. 电影评论

为适应电影观赏需求的增加，许多报刊开辟了影评专栏，如《泰东日报》的《影星特写》《明星动态》《影评》。较之其他评论，当时的电影评论真正涉及文艺观、电影观和电影艺术的篇章较少，多数是关于电影拍摄和放映以及电影艺人的相关信息。

希文的《文学和电影》涉及文学与电影的特点、联系和相互影响，主旨是谈面对电影这一时尚艺术，文学如何坚守本身。一方面，文章认为文学借鉴电影表现手法有助于文学的发展："文学取了电影的手法，在开拓文学的新领域。"另一方面，又认为文学必须保持自身个性和艺术宗旨："然而，文学无论如何是不可以失去文学的立场。"文章承认不同艺术具有个性，同时又有相通相容性："文学是语言文字的艺术，电影是以影像和声音为要素的艺术。但那电影的根本精神的'门大就'（蒙太奇）的技术，在文学里也可以发现。"[1]

介绍影片信息的文字中，一般简要提示关注点，进而涉及电影的一些创作过程和特点。例如《泰东日报》的《明星动态》栏目发表的一篇未署名文章，分别介绍了《劫后桃花》《情书》《春之花》《兄弟行》四部影片。在《兄弟行》部分，首先介绍了该电影中的代表性人物："郑正秋……是电影园地里的一个拓荒者，他未完成的遗作《兄弟行》现在由程步高着手导演。"接着是关于《兄弟行》内容、特点的简短介绍："全剧充满紧

---

[1] 希文：《文学和电影》，《满洲报》1933 年 9 月 8 日。

张的热情，描写旧礼教下的顽固家庭、新思想与旧道德的冲突点。"最后是关于主演的介绍："由胡蝶、高占非主演，他们是老搭档，熟练的演技更显出故事的动人。"[1]一部影片的三个"关注点"构成了这篇文字，用来吸引观众的注意。

《明星动态》栏目

还有的文字指向电影艺人的"私生活"。《泰东日报》曾发表过一篇短文，从影星看不看电影谈起，说影星们一般不会去影院，而是经常在家中组织几十人的聚会，交谈饮酒之际，方才看自己出演的影片。

2. 评说地方民间传统艺术

在城市现代文化格局形成过程中，戏曲、曲艺等传统艺术形式受到冲击，民间传统艺术更是面临困局。在评论的话语中，直接谈及这类问题的文字较为罕见。1936年2月2日发表于《泰东日报》的《闲谈影戏》一文，是其中一篇。"影戏"即皮影戏，是流传于民间两千余年的传统戏剧形式。在大连，影戏占有较为特殊的地位。自传入大连以来，影

[1]《明星动态》，《泰东日报》1936年1月9日。

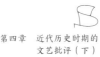

———
辽南皮影

戏受到农村地区人民的广泛欢迎，影戏艺人和演出班子纷纷出现。影戏的特点是利用影窗的灯光，由艺人操控着"影人"进行表演。据说，解放前大连地区有艺人走出影窗，面对观众演唱的情形。大连解放初期，为配合革命宣传，1948年冬，出现了由真人替代"影人"而当众表演的小戏，是为影调戏的发轫。新中国成立之后，文化部门给予重视，建立了专业剧团，称之为"辽南影调戏"或"辽南影调剧""辽南戏"。2002年，正式命名为辽剧。

老耄的《闲谈影戏》首先说明所言"影戏"不是电影，而是"驴皮影"。这个额外的说明大概暗含着一种感叹，影戏与电影，一个古老传统，一个现代时尚，两者境遇大为不同。文章描述了类似鲁迅《社戏》的儿时回忆，还述说了作者喜欢影戏、学习影戏技艺的经历，有美好和感怀之意。文章的主要内容是较为详尽地介绍影戏表演的相关知识，其中包括影窗、影箱、影人、影卷等。例如，在关于影卷的部分，文章写道："唱时所用的本子，都是由通俗小说改编而成……访（坊）间虽有石印本出卖，但因字小，看时不便，所以他们重抄一本大字的。"[1]

---

[1] 老耄：《闲谈影戏》，《泰东日报》1936年2月2日。

3.关于文艺的杂谈小议

此时期文艺评论的写法并没有相应的规矩，也不求相互间的一致，因而面貌各异，也显得较为灵活。其中，关于文艺创作之外的文艺话题的文字，更显现出这种特点，例如大拙关于文艺欣赏的两篇短文。

《连埠顾曲之派别观》认为，艺术欣赏并不能整齐划一："顾曲者，耗费金钱牺牲光阴。虽同为赏心悦目而出此，然人士志趣不同，嗜好各异。"艺术是可以划分流派的，因而文章也将观众划分了"流派"。"知音派"的特点是："或静心领悟侧耳倾听，或摇手拍膝扣板数眼，至佳妙处则仰首伸眉高声喝彩。""捧角派"的特点是："所捧者多系有姿色之伶伶……无论好与不好，彩声亦多，其一种眉挑目语怪胎毕露。""应酬派"的特点是："应酬店中住客……为买妓女之欢心……为友人自远方来。""消遣派"的特点是："闲暇无事，梦短夜长……侨居异乡抑郁无聊。""嗜曲派"特点是："初解音律，能哑咿上口者……亦谓之戏迷派。"[1]文中虽有戏谑与调侃，但将观众"各异"的情形描绘出来，对创作，对演出，对票房，乃至对观众本身，都是一种提醒和参照。

《庄家人看戏》所议论的也是与观众相关的问题。文中述说了一次看戏的经历："台上正演金菊花……惟见台后打鼓拉弦等人，你向我挤眉，我望你弄眼，且时向楼座上看座打暗电。"原来，是一个"庄稼人"进了园子来看戏。那人"头带发辫身穿粗布短衣"，而且"坐在楼座西北角前栏杆上，余见其许久未敢动了一动"。为观众演出的人却对观众这般贵贱取人，眉高眼低。作者对此事不敢当作"玩笑"，郑重告劝道："怎说人家是化

---

[1] 大拙：《连埠顾曲之派别观》，《泰东日报》1919 年 3 月 28 日。

（花）钱来看戏。"[1]文字间，作者表达了对旧习气的不满，透露出艺术中的平等意识。事实上，这种平等意识上合视观众为衣食父母的传统意识，下连文艺为大众的现代理念。

---

[1] 大拙：《庄家人看戏》，《泰东日报》1918 年 9 月 7 日。

第五章

解放区时期的文艺批评

　　1945 年 8 月，随着世界反法西斯战争的胜利，大连这座遭受日、俄帝国主义侵占长达近半个世纪之久的城市终于获得解放，长期饱受凌辱的大连人民重获新生。1945 年 8 月 22 日，苏军进驻旅大，10 月，中国共产党组建了大连市解放后的第一届市委，不久，大连市政府、旅顺市政府、金县政府相继成立。1945 年 8 月至 1949 年 4 月，大连是由苏军实行军管的具有特殊性质的解放区，当时由于特殊原因，中共大连党组织暂不公开，

1945 年 8 月 22 日，苏军进驻旅大

但各项工作都是在中国共产党的领导下开展的。[1]

1945年8月至1949年中华人民共和国成立前，是大连历史上一个十分重要的时期。在中国共产党的领导下，大连的命运发生了重大而深刻的转折，大连在政治、经济、文化等各个方面都发生了翻天覆地的变化。文化方面，大连在国内城市中率先建立了革命文化，成为中国共产党领导的革命文化由农村转入城市的重要试点和开端，在国内起到了引领示范的作用。因此，这一时期在大连文化发展史上具有划时代意义，这是大连新文化诞生并得到蓬勃发展的黄金时期，开启了中国革命文化发展史新的篇章，是时代的里程碑。

大连革命文化的开创，一直是在中国共产党领导下，在来自解放区的革命文化工作者的引导带动下完成的。大连地方党委始终把文化工作作为一条重要战线，让文化工作成为宣传中国共产党的路线、方针、政策，团结教育人民群众，鼓舞人民群众革命热情，巩固新政权，建设新城市，发挥特殊作用的一项十分重要的工作。中共大连市委和大连市政府成立后，为彻底肃清日伪殖民文化的流毒影响，改变大连的文化状况，先后发布了一系列关于文化工作的通告和文件。1945年11月，大连市政府发布的第一号布告中，就明确地提出"开展新文化运动，肃清奴化教育"的要求。

为全面开辟大连的文化艺术工作，大连解放伊始，中共中央东北局、华东局先后从老解放区选派了李一氓、罗丹、卢正义、李定坤、陈陇、刘雪苇、田风、方冰、阿英、柳青、安娥、罗烽、白朗、吕荧、刘辽逸、吴晓邦、刘炽、赵慧深、刘汝醴、余定华、沈西牧、邵默夏等大批文化领导干部和知名作家、艺术家来大连工作，使刚解放的大连人才云集，成为革命文艺家的聚集地。他们在大连深入群众、发动群众，建立各种文化组织，通过各种方

式开展文化艺术工作，播下了革命文化的火种。大连本地一批有志向的文艺青年在他们的带动和影响下，纷纷投身革命文艺事业，走上了文艺创作之路，形成了大连最早的一支新老结合的文艺队伍，创作出一批反奸除霸、歌颂新生活的文艺作品，开展新文化启蒙运动，启发人民的民族精神、民主精神和科学思想，帮助人民大众在政治、经济、文化等各个方面获得真正解放。

这一时期，大连的文艺研究和文艺批评比以往任何历史时期都更为活跃。至中华人民共和国成立前，大连文艺研究和文艺批评主要围绕宣传和推广革命文艺，宣传评介鲁迅先生作品、苏联进步文艺作品和解放区革命文艺作品而展开。针对当时的文艺创作和文艺活动，方冰、罗烽、陈陇、刘雪苇、王大化、阿英、卢正义、吕荧、安波等文艺名家通过著文、开展讲座、举办形式和内容丰富多样的文艺批评活动等方式，宣传中国共产党的文艺思想，组织指导大连群众的文化活动。这些活动切实发挥文艺批评的引领作用，有力地促进和推动了当时大连文艺创作和文艺活动的开展，使大连文艺工作紧密配合当时的大连民主革命斗争，发生了由旧到新的质的飞跃。这一时期也成为大连地区文化艺术发展史上革命的新文化开创奠基的重要时期，开启了一个新的纪元。

第一节

Section 1

宣传和推广革命文艺

1942 年 5 月，毛泽东在延安主持召开文艺座谈会，并发表重要讲话。文艺为什么人服务，是毛泽东讲话中最核心的问题。座谈会后，毛泽东对党的文艺思想和文艺政策作了进一步阐发。1943 年 10 月 19 日，《解放日报》以《在延安文艺座谈会上的讲话》（以下简称《讲话》）为题，发表了毛泽东在延安文艺座谈会上的两次讲话。同时，延安解放社出版了《讲话》单行本。《讲话》鲜明地提出"我们的文学艺术都是为人民大众的，首先是为工农兵的"，从根本上回答了革命文艺的方向、道路等重大原则问题，科学、系统地阐述了中国共产党的文艺主张和文艺思想，确定了中国共产党领导文艺工作的基本理论、路线、方针。

1943 年 10 月，毛泽东《在延安文艺座谈会上的讲话》出版

《讲话》从马克思主义理论的高度，紧密结合中国革命的实际，系统总结了五四运动以来中国革命文艺运动的基本经验，解决了长期以来没有解决好的革命文艺的方向问题，丰富和发展了马克思主义文艺理论，有力推动了文艺界整风运动，对中国革命文艺运动的发展具有重要指导作用和深远影响。《讲话》极大鼓舞了作家、艺术家为人民大众创作的热情，他们不仅在生活上、工作上和群众打成一片，而且在思想感情上和群众打成一片，把创作当作革命工作，当作"解民忧、纾民困"的工作去做。在《讲话》精神的照耀下，解放区先后涌现出诸如《白毛女》《小二黑结婚》《李有才板话》《太阳照在桑干河上》《暴风骤雨》《黄河大合唱》《兄妹开荒》等大量优秀文艺作品。《讲话》的深刻影响，不仅体现在抗日民主根据地，后来还扩及全国。在《讲话》精神的指引下，"人民文艺"的新时代开启了，文艺工作发挥团结人民、教育人民、打击敌人、消灭敌人的重要作用，为抗日战争和人民解放战争的最终胜利，为新中国的成立，树立了"人民"这座艺术的丰碑。

来自延安和老解放区的文艺工作者，大多是名人、大师级的人物，都是响当当的文艺大家，他们不仅艺术水准高超，而且深刻学习领会了《讲话》精神。他们来到大连后，积极创作文艺研究和文艺评论文章，出版文艺理论著作，对毛泽东文艺思想以及中国共产党的革命文艺观念进行了全面的介绍和宣传，积极宣传革命文艺，澄清和引领了大连民众对中国新文艺的认识，用革命文艺唤醒大众的激情，使人们以全新的生活信念投身到大连解放区的革命和建设中去。

一、积极宣传革命文艺

大连解放初期，来自解放区的文艺评论家刘雪苇、王大化、阿英等先后来到大连，他们宣传革命文艺，系统地阐述并号召文艺创作积极践行《讲话》精神。

1. 刘雪苇与柳青的《种谷记》

曾在1942年5月参加延安文艺座谈会的著名评论家刘雪苇（后来在延安《解放日报》上发表的《讲话》全文，用的就是刘雪苇的记录稿）于1947年来到大连，后来他根据《讲话》精神，完成专著《论文学的工农兵方向》，得到了毛泽东的赞同。《毛泽东书信选集》中收有给刘雪苇的信件。

1946年2月，著名作家柳青来到大连，他在大连期间创作完成了小说《种谷记》，于1947年7月由大连光华书店出版。《种谷记》描写了解放区农民互助合作中发生的故事，人物描写细致生动。在这部作品中，柳青采用了一种新的写作手法——人物对话全用口语甚至方言，客观描写则用书面语。

柳青的《种谷记》受到当时在连的文艺评论家刘雪苇的赞扬，他发表了长篇评论《读〈种谷记〉》。刘雪苇结合《种谷记》的创作，让人民群众真正了解《讲话》精神实质，并以其为指导，引领文艺工作者真正实现文艺为大众服务。文章指出，"《种谷记》是一部真实地实践了毛泽东在延安文艺座谈会上的讲话精神——文学之工农兵方向的作品"。刘雪苇认为，"《讲话》体现出文学之工农兵方向的第一个基

柳青《种谷记》

本要点，就是以结束小资产阶级革命知识分子的立场来写作，结束以小资产阶级革命知识分子冒充工农混入文学领域的时代；它尖锐而彻底地提出小资产阶级革命知识分子作家必须进行自我改造的课题；对作品的第一个基本要求，便是从工农兵那里出发写工农兵，反对从小资产阶级革命知识分子的观点出发，反对用小资产阶级革命知识分子的'灵魂'穿工农兵的外衣"。刘雪苇进一步指出，"把《讲话》——文学之工农兵方向的基本问题，看作'大众化'的问题，是很不恰当的。没有对小资产阶级革命知识分子的自我改造过程，就不可能有任何'大众化'的过程；要有，也只能像实际所表现的那样，其在作者，只能是工农兵的'客人'；其在作品，只能是凡其所写，外表像工农兵，'灵魂'却是小资产阶级。在延安文艺座谈会召开以前，已经嚷了整整 30 年的文学大众化，除了抄袭'大众'的一些皮毛之外没有任何重要的成就的原因，根本原因便在这里"。[1]

针对当时有人忧虑《讲话》提出的文学之工农兵方向没有解决什么重要的新问题，担心不能坚持五四运动以来革命文学传统的问题，刘雪苇一针见血地指出，"持有上述担忧的人们实际上是在强调坚持五四文学传统的思想下，忽视了五四文学传统历史发展的基本弱点，也忽视了这五年来在各个解放区显示出来的对文艺工农兵方向的实践努力及其成就，或以简单的'农民文学'目之，或以为总要'提高'到现成的这个五四文学传统上来"。刘雪苇又进一步指出，"《讲话》发表以来，以赵树理为代表的作家们所努力实践的文学，不是单纯的农民文学，因为这是代表了中国五四以来的革命文学在今天的主导方向，这里包含着一个文学发展方向的问题。因此，这也不是走向现有的五四文学传统之复原，而是从这传统向新的领域突进，是五四文学传统之新发展，解决我们过去久已要求解决而

---

[1]《纪念大连解放 60 周年大连优秀文学艺术作品选》编选委员会编《纪念大连解放 60 周年大连优秀文学艺术作品选·文艺评论卷》，文化艺术出版社，2005，第 4 页。

没有得到解决的问题"。刘雪苇认为，"实践文学工农兵方向的基本标志，对小资产阶级知识分子出身的作家来说是改造小资产阶级性，对作品来说便是把工农放在客观基础上真实的加工处理。在作品里处理工农的真实程度，也反映了作者自己接近工农与改造自己小资产阶级性的程度，此二者是一致的。柳青的《种谷记》，在这方面是完成了任务的，柳青对农村中旧的人物写得很真实很出色，对新的人物也一样写得很真实很出色。不只在人物上，在一切农民的活动以及整个农村生活上，都写得真实动人。不是生活的深入，且消除了自己和农民之间的隔离，决不能到这步境地"。[1]

《读〈种谷记〉》在当时引起很大反响，文章对大连的文艺创作全面深入了解农民的生活，坚持为工农服务的方向，起到重要的引领作用。刘雪苇后来创作文艺评论文章《论文学的工农兵方向》，并于1948年出版理论专著《论文学的工农兵方向》。

2. 王大化的戏剧艺术观

1942年5月2日，王大化聆听了毛泽东同志在延安文艺座谈会上的讲话后，受到极大鼓舞。他诚心诚意和群众打成一片，虚心向群众学习，为群众演出。他认真实践文艺为人民大众服务的思想，率先擂响延安文艺运动的锣鼓，为新歌剧创作开拓了道路。1943年，王大化和李波、杨路由、安波等共同创作了秧歌剧《兄妹开荒》，这部作品以秧歌剧的形式歌颂劳动和劳动人民，在延安获得空前的反响。《兄妹开荒》流传至今，仍是一个时代的经典。1944年冬至1945年春，王大化和贺敬之、舒强、丁毅等担负延安鲁迅艺术学院大型民族歌剧《白毛女》的歌词创作，又和马可负责《白毛女》的配乐策划并担任了首次演出的执行导演。歌剧《白毛女》

[1]《纪念大连解放60周年大连优秀文学艺术作品选》编选委员会编《纪念大连解放60周年大连优秀文学艺术作品选·文艺评论卷》，文化艺术出版社，2005，第4页。

上演后，成为划时代的优秀剧目。1945年日本投降后，王大化随延安干部团赴东北解放区开展工作，在沈阳组建"东北文艺工作团"，先后任戏剧部长、组训部长，率团在长春、安东（今丹东）、大连、哈尔滨等地演出。其间，创作了《东北人民大翻身》《祖国的土地》《我们的乡村》等，导演了《把眼光放远点》《血泪仇》等，编辑了《新音乐》《介绍黄河大合唱》《音乐八一五》等，还创作了文艺理论著作《戏剧艺术观》等。

—— 秧歌剧《兄妹开荒》

—— 话剧《把眼光放远点》剧本

1947年1月31日，《大连日报》发表王大化的《戏剧艺术观》

在《戏剧艺术观》中，王大化主张艺术是有阶级性的，戏剧亦是如此。作为一名戏剧艺术工作者，首先必须确定他的艺术观点，坚持文艺为人民，客观的、历史唯物的现实主义观点，站在人民大众的立场，以他们的思想感情为自己的思想感情的准则，使自己融化到他们之中，使自己的思想能够代表他们的思想，形成对一切问题的看法的方法即立场，一切自然形态的艺术都是创作材料的源泉，这些东西通过创作者的思想方法、艺术思想而表现出来，这表现出来的东西，最终必然是人民所需要的作品，只有这样，文艺的前途才是光明的。王大化在《戏剧艺术观》中谈到戏剧艺术工作者的政治艺术思想，他倡导戏剧创作必须站在人民的立场上，歌颂他们的光明前途，歌颂他们的力量，等等，对当时大连戏剧创作特别是秧歌剧创作有着重要启示。[1]

3. 阿英宣传革命文艺

1947 年 9 月，戏剧家阿英来到大连。1948 年 6 月，阿英同东北鲁迅艺术文工团第四团的文艺骨干为大连各工厂举办了两期戏剧学习班；9 月初，在《大连日报》上发表《论中国工人美术的诞生》。这一时期,阿英的《青年文艺工作者如何与工人相结合》《工人文娱工作的理论与实践》等评论文章从不同的视角宣传《讲话》精神。

二、宣传评介鲁迅先生，宣传党的文艺工作方向

1940 年 1 月，毛泽东在陕甘宁边区文化协会第一次代表大会上发表讲演，题目为《新民主主义的政治与新民主主义的文化》，整理后载于 1940 年 2 月 15 日在延安创刊的《中国文化》创刊号,同年 2 月 20 日发表于《解放》第 98、99 期合刊，题目改为《新民主主义论》。毛泽东在文中对鲁迅

[1]王大化：《戏剧艺术观》，《大连日报》1947 年 1 月 31 日。

先生给予高度评价:"鲁迅是中国文化革命的主将,他不但是伟大的文学家,而且是伟大的思想家和伟大的革命家。鲁迅的骨头是最硬的,他没有丝毫的奴颜和媚骨,这是殖民地半殖民地人民最可宝贵的性格。鲁迅是在文化战线上,代表全民族的大多数,向着敌人冲锋陷阵的最正确、最勇敢、最坚决、最忠实、最热忱的空前的民族英雄。鲁迅的方向,就是中华民族新文化的方向。"[1]

1918年5月15日,鲁迅先生在《新青年》发表中国第一部现代白话文小说《狂人日记》,呼唤国民精神觉醒。鲁迅先生于1925年说:"文艺是国民精神所发的火光,同时也是引导国民精神的前途的灯火。"[2] "文艺是国民精神所发的火光"意味着文艺是来自于人民的,是人民精神的结晶;"引导国民精神的前途的灯火"则意味着文艺既引导前途,又照亮前途,使行走在路上的人们不迷失方向,不被黑暗所湮没。鲁迅早年弃医从文,看重的正是文艺的这种作用于人的精神的引领功能。他说:"惟有民魂是值得宝贵的,惟有他发扬起来,中国才有真进步。"[3] 鲁迅的创作为发扬"民魂"作出了历史性的杰出贡献,其作品也因而成为"民魂"的伟大建构,成为民族向心力、凝聚力的一个组成部分。

大连解放初期,文艺评论家卢正义的《鲁迅先生是怎样战斗的》、刘雪苇的《鲁迅散论》等,都积极宣传评介鲁迅先生及其作品,宣传党的文艺工作方向,号召广大文艺工作者学习鲁迅先生以笔为有力的武器,坚定文艺的正确方向。

1.卢正义《鲁迅先生是怎样战斗的》

1945年,卢正义从延安赴大连任教育局局长。1946年2月,大连市

---

[1]毛泽东:《新民主主义论》,《解放》1940年第98、99期合刊。

[2]鲁迅:《论睁了眼看》,《语丝》1925年第38期。

[3]鲁迅:《学界的三魂》,《语丝》1926年第64期。

民主建设协进会（后改名为文化界民主建国会）成立。该组织以"推进民主，肃清法西斯残余思想、文化启蒙、团结增进中苏友谊"为宗旨，卢正义为理事长。1948年，卢正义著文《鲁迅先生是怎样战斗的》，高度评价鲁迅先生战斗的一生。卢正义认为，"鲁迅先生的文化思想和文艺运动是社会斗争的一翼，在鲁迅先生参加社会革命运动的30多年间，中国社会斗争经历了很多变化，这影响到中国文化运动和文艺运动，形成中国近代文化史和文艺史上的错综复杂的斗争。中国近代的文化革命、文艺革命跟社会革命一样，经历的时间特别短，经历的变化特别多，遇到的敌人特别复杂，担负的任务特别繁重。对于'精神界的战士'，文艺工作者既要跟封建代言人作战，又要跟各式各样的小资产阶级思想作战，还要克服自己队伍中的错误和自身的弱点，在此基础上，还必须善于耐心地启发人民的自觉，领导人民突破重围走向胜利。鲁迅先生说：'自己背着因袭的重担，肩住了黑暗的闸门，放他们到宽阔光明的地方去'，这正是作为中国近代'精神界的战士'的自我写照。鲁迅先生的一生，始终是在敌人的压迫和围剿中，在敌人的心腹地带'进行战斗的'。鲁迅先生不仅有冲锋陷阵的勇气，还有坚强不屈的意志，讲求能够迅速地巧妙地反映与指导急遽的剧烈的社会斗争的表现形式。鲁迅先生就是在这样的时代和环境中生活着战斗着的"[1]。

2. 丁坚《鲁迅先生生平思想与新文化运动的伟大贡献》

1947年，鲁迅先生逝世十一周年之际，《民主青年》开设专栏，发表系列纪念文章。丁坚在《鲁迅先生生平思想与新文化运动的伟大贡献》中，深情回顾了鲁迅先生穷困中的苦学。他指出，"我们纪念鲁迅，首先应该坚定不移地向着鲁迅方向前进！为建设新民主主义文化而奋斗。我们回顾鲁迅的一生，几乎没有一天不在从事有意义的战斗，真正做到了有一分热

---

[1] 卢正义：《鲁迅先生是怎样战斗的》，《海燕副刊》1948年10月24日，第4版。

发一分光，尤其在临终前的几年间，由于民族危机的深化，为民族生存争解放,工作的也就更加竭尽了全力。鲁迅逝世已经十一周年,时间虽不太长,在这历程中，已改变了近百来年中国半殖民地半封建的腐败面目，半个中国已经插遍了民主自由解放的旗帜，将近二万万人民已获翻身解放，在今后继续为实行民主的斗争中，将必然会将民主自由独立解放的大帜插遍全中国！将鲁迅新文化运动的大旗插遍全中国，鲁迅先生的遗著是民族的精华，是养育后一代的养料，我们应该仔细咀嚼他的作品，把它骨子里的精华也吸吮出来，青年朋友多多学习和研究他的遗著"[1]。

3. 陈隈《在烽烟中追悼鲁迅先生》

评论家陈隈在评论文章《在烽烟中追悼鲁迅先生》中指出，"毛泽东同志讲过，我们的革命有两支军队，一支是朱总司令的，一支是鲁总司令的。在今天，我们来哀悼鲁迅先生，尤其在内战烽烟弥漫全国的今天，中国人民被反动势力所进行屠杀的今天，我们应该好好学习先生的精神，学习先生为人民服务和战斗的精神，应该用我们的笔和嘴，和革命队伍配合起来，和一切反动势力战斗下去"[2]。

4. 萧军《纪念鲁迅先生》

萧军在《纪念鲁迅先生》一文中指出，"我们战胜了奴役我们14年的日本法西斯强盗，如今这'同族'的竟结合了'异族'的美国反动派的强盗帮伙；又要来做我们的'主人'，照样地来'屠戮、奴役、敲掠、欺辱、压迫……'，只要是一个真正的中国人民，他们决难容忍！战斗下去为了纪念鲁迅，和那些不愿做'同族'和'异族'奴隶而战死的伟大的英勇的

---

[1] 丁坚：《鲁迅先生生平思想与新文化运动的伟大贡献》，《民主青年》1947年10月15日第14号专栏。

[2] 陈隈：《在烽烟中追悼鲁迅先生》，《民主青年》1947年10月15日第14号专栏。

人民！今天纪念鲁迅，这是我们应该深深思索一番的罢"[1]。

5. 则蓝、何干之、欧阳凡海等评论家评介文章

则蓝在《俯首》中这样写道："鲁迅先生'俯首甘为孺子牛'。'俯首'是溪水奔向大海似的深入到群众中去，为人民服务去。'俯首'是眼睛向下，脚踏实地，自信而虚心，'俯首'就是以这种情感瞭（了）解民间疾苦，特别爱护基层干部和农民。鲁迅精神者，在今日应该做的，是'俯首'在全国范围内，参加民主运动和催逼美军退出中国运动和土地改革运动。"[2]

何干之在《论鲁迅之画眼睛》中指出，"文艺是现实的反映。所以伟大的文艺家也一定是清醒的现实主义者。把鲁迅当作一面中国人的镜子，是再恰当不过的。他的小说和杂文，把中国人嘴脸惟妙惟肖地写了出来，或者说他戳破了中华古国的脸谱。眼睛最能代表一个人的特点，所以画家和文学家'要极省俭画出一个人'最好是画这个人的眼睛。而其实中国有了新文学，作家们学画中国和中国人的眼睛画得最神妙的就是鲁迅"[3]。欧阳凡海在《鲁迅先生的"博"和"专"》中提出，"我们学习鲁迅先生的博，同时也要学习他的专；而学习他的专要同时学习他的博。博要以专为方向，而专要以博为基础，此二者是互为表里的。'精深博大'这四个字，鲁迅先生受之毫无愧色。其深其大，都可与海洋媲美。站在此海洋旁边，我们感觉自己微小，只有加深学习"[4]。

《民主青年》于1947年12月又刊发一组纪念鲁迅先生的文章，其中一篇是萧军的《要继承鲁迅先生的文艺传统》。该文指出，文艺是表达思想、

---

[1]萧军：《纪念鲁迅先生》，《民主青年》1947年10月15日第14号专栏。

[2]则蓝：《俯首》，《民主青年》1947年10月15日第14号专栏。

[3]何干之：《论鲁迅之画眼睛》，《民主青年》1947年10月15日第14号专栏。

[4]欧阳凡海：《鲁迅先生的"博"和"专"》，《民主青年》1947年10月15日第14号专栏。

感情，组织人民意志，推动人民行动的工具。"从五四运动以来，我们的革命的文艺和革命的人民，革命的军队……就是一母双生的亲兄弟。以鲁迅等为首的革命文艺以及真正的革命的文艺工作者，他们从未放弃过自己应负的革命任务。在今天，以至将来，只要中国人民以及大多数人类不能获得解放，这光荣的战斗传统，就一定要继续着。从事文艺工作的'老'同志要保持和发扬这传统，'新'同志要好好承继起这传统。"[1]另一篇是张望的《从杂文与漫画说起——纪念鲁迅先生逝世十一周年》。张望写道："鲁迅先生虽然逝世十一载，但其精神是不朽的。先生号召我们后辈要用犀利的笔——写杂文和漫画来揭穿敌人的阴暗，甚至更进一步去打击敌人，粉碎无耻的独夫、民贼的进攻，我们要继续努力！"[2]

三、宣传推介苏联文艺作品

从1945年8月22日苏联红军进驻旅大，到1955年5月驻防大连地区的12万苏联红军回国，苏联在大连驻军近10年，大连与苏联在经济、文化等各方面的交往都很频繁，大连也因此成为国内最早接受苏联文化影响和进行中苏文化交流的城市。1945年，苏联影片输入公司在大连设办事处，最早在大连发行放映苏联影片。莫斯科大剧院交响乐团、列宁格勒歌舞团、苏军红旗歌舞团、高尔基话剧团等苏联著名的艺术团体多次来到大连演出，深受广大观众欢迎。苏联这些艺术剧团在大连演出的同时，还与大连的文艺团体进行多次交流，使大连的歌舞、话剧艺术最早汲取了苏联文化的营养，苏联歌曲及俄罗斯舞蹈得以在大连广泛流传。陈陇、安波等评论家通过撰写理论评论文章，出版理论专著，宣传和推介苏联文艺作品，

---

[1] 萧军：《要继承鲁迅先生的文艺传统》，《民主青年》1947年12月1日第17号专栏。
[2] 张望：《从杂文与漫画说起——纪念鲁迅先生逝世十一周年》，《民主青年》1947年12月1日第17号专栏。

使大连新文化在形成时期广泛吸收了苏联文化的影响。

1. 陈陇《论苏联电影艺术》

1946年2月，陈陇从晋察冀老解放区来到大连从事文化工作。先后任大连中苏友好协会文化部部长、旅大文艺工作团团长、关东文化协会理事等职。在大连短短的几年，陈陇对大连革命文化建设倾注热情，不遗余力。在繁忙的工作之余，写下了大量诗歌、散文和文艺评论文章，东北文工团在大连演出期间，陈陇在《人民呼声》著文《斗争的史诗，光荣的场景》，高度评价《我们的乡村》等独幕话剧的演出，后又发表了《论生活的艺术美》等多篇具有较高学术价值的文艺评论文章。在他任职大连中苏友好协会文化部部长期间，组织编辑出版中苏友好协会会刊《中苏知识》（后改为《友谊》月刊）。他还在大连中苏友好协会举办的"星期文艺讲座"中，作过"关于诗歌创作问题"的讲演，向青年诗歌爱好者传授诗歌写作知识，对推动大连解放初期的文艺创作产生了一定影响。在传播革命文化和培养文艺新人等方面，陈陇做了许多开拓性的工作。

陈陇于1949年创作的《论苏联电影艺术》对苏联电影艺术给予了极高的评价。他认为，"在苏联电影的创作里，可以感知到一个共同的思想因素，即新的文化艺术的斗争和繁荣，全心全意地无条件地为胜利的社会主义建设事业服务，为在胜利的社会主义制度下产生的新的人物、新的道德、新的品质的积累与塑造，并为扩大这种教育而服务。因而，每当接触到苏联电影艺术时，人们所感受的完全是崭新的：新的道德，新的人品，人与人之间新的关系，以及喜悦的，充满了新生力量的事物"。陈陇还认为，"苏联电影表现出强烈的爱国主义精神、强烈的阶级自觉以及在和平建设中，在物质与精神的重建劳动里所涌现出的卓越的人品，具有明确的爱和憎，这是社会主义现实主义文学艺术的特异之处，是一切为人民、一切属于人民的文学艺术的特质，这正是苏联电影艺术之所以是全世界最进步的艺术的原因所在。苏联文化的进步性，在于它是根据马列主义的学说发展建设起来的，所以苏联社会主义文化有着深刻的人民性、真正的人道主义、广阔的革命高度的思想内容"。陈陇指出，"我们是需要有如苏联电影这样的精神食粮的，因为我们需要的是带有高度思想性的，能够启示我们生活进程的，能够使我们清醒耳目的，能够涤清我们的思想沉淀的，给我们的解放的城市和乡村建设新的社会生活秩序以鼓舞的文化食粮。而唯有苏联电影艺术能满足我们这样的要求"。[1]

这篇文章清晰地介绍了苏联电影的艺术特点及其发挥的重要作用，为人们更好地学习借鉴苏联电影艺术，为新中国成立后建设和发展我们自己的社会主义文艺，起到了很好的宣传和引领作用。

2.推介苏联作家高尔基

夏衍在《怎样的艺术品顶好》一文中这样写道："关于怎样的艺术品顶好这个问题的争论，经过了长期的摸索与斗争，在进步的文艺工作者之间，今天应该已经有一个初步的共同的见解了，从资产阶级美学观点来说，高尔基是带着颇多的艺术上的'不完整'，'粗杂'和'露骨的政治宣传'在内的，可是，带着这一切小资产阶级艺术家们所认为缺点的'缺点'，高尔基对于他祖国人民的自由解放作了巨大的贡献，千秋万世地为俄罗斯人民和全世界人民所热爱，他的艺术将要在人类世界永远辉煌下去，却已经是不易的定论了。抛弃孤芳自赏的包袱，勇敢地用人民的言语来呼喊出人民的苦痛与希望，高尔基已经替我们在丛莽中走出了一条通路了。"[2]

---

[1]《纪念大连解放 60 周年大连优秀文学艺术作品选》编选委员会编《纪念大连解放60 周年大连优秀文学艺术作品选·文艺评论卷》，文化艺术出版社，2005，第 248 页。
[2]夏衍：《怎样的艺术品顶好》，《民主青年》1948 年 2 月 11 日第 22 号。

知名文艺评论家关注并指导
大连文艺创作

一、大连群众性文艺创作蓬勃兴起

解放初期是大连文艺创作最为活跃的时期之一，一方面来自老解放区的作家、艺术家以大连为基地，创作出许多在解放战争时期深有影响的好作品；另一方面，在这些作家、艺术家的培训和带动下，大连群众性文艺创作蓬勃开展。

1. 文艺名家创作成果丰厚

主要有罗丹的小说《夜飞壶口》和短篇小说集《模范村长》、白朗的《为了幸福的明天》、关露的表现解放后农村变化的《苹果园》、李定坤的《民兵英雄二太监》《恐"八"病》等多篇短篇小说，以及在延安创作《二小放牛郎》的诗人方冰创作的诗歌《一个老农的歌》《给老王》《屈死者》（方冰后来将这一时期和抗战时期写的诗合起来出版诗集《战斗的乡村》和《飞》）。在此期间，美术工作者创作了一批有影响的美术作品，主要有张菊的《做军鞋》、田风的《苏军军马代耕图》、王永章的《中苏人民友好》、朱国春的《蒸蒸日上》、王日新的《农业大丰收》以及王占鳌与苏联画家合作的《中苏人民大团结》等。

2.群众性文艺创作日益活跃

翻身解放的工人、农民和青年知识分子纷纷拿起笔，运用文艺形式表达当家作主的喜悦，创作出大量歌颂新社会、揭露旧社会、配合各项中心工作和大生产运动、歌颂英雄模范的新作品，使人民群众真正成为文艺的主人。据不完全统计，仅市内职工创作演出的戏剧作品和节目就有500余部，其中许多作品产生了强烈的反响，如大连海港的《装卸号子》、船渠工人王水亭编导的二幕三场秧歌剧《二毛立功》、胜利烟草公司的多幕十二场歌舞剧《一个女工的翻身》、建新公司的《特模吕昌发》、旅顺盐场"穷八辈"剧团创作的《金不换》等。1949年7月，全国第一届文代会在北京召开，大连海港的《装卸号子》和船渠的《二毛立功》作为东北地区工人创作的优秀成果赴京为第一届文代会献演，得到了广泛好评，并获文代会授予的奖旗。[1]

《装卸号子》

---

[1]大连市史志办公室编《大连市志·文化志》，大连出版社，2003，第257页。

特别值得一提的是，这一时期大连文学和美术创作出现了新的景象：一批文学骨干开始发表作品，大连群众性的美术创作也蓬勃兴起，建新公司、船渠等单位的工人美术创作组创造了许多配合中心工作、配合大生产运动的版画、漫画和宣传画。特别是大连版画创作活跃，出现了大连造船厂工人版画组、大连重型机械厂"朝阳花"、大连钢厂"钢花"、大连机车车辆厂美术组等工矿企业美术组。一个普及美术教育、繁荣美术事业的新格局初步形成。

《二毛立功》

解放初期，大连地区群众性的文艺创作和文艺活动蓬勃开展，无论在广度和深度上，还是在数量和质量上，都是空前的，这种具有广泛群众性的文艺创作和文化活动，为大连新文化的创建和发展奠定了广泛的群众基础。新中国成立后，大连地区的群众性的音乐、舞蹈、戏剧、美术始终在全国享有盛誉，大连地区也因此被称为"歌舞之乡""工人美术基地"等。

二、文艺评论家关注并指导大连群众性文艺创作

以方冰、李定坤、陈陇等为代表的文艺家高度重视大连地区群众性的文艺创作，就文艺创作、文艺思潮、文艺现象等给予评论，使大连文艺创作坚持正确的方向。

1.方冰指导群众剧团的创作

1946年5月，著名诗人方冰来连。他先是做工人工作，深入海港码头，寺儿沟贫民窟等工人聚集区，后又到旅顺体验生活，与农民同吃同住，

打成一片，深得当地群众的信任与喜爱。1946 年 7 月，大连本地比较有影响力的旅顺盐滩村剧团成立。剧团成立之初受到村民的冷落，团员们多是不务生产的二流子，有的还有着不良的嗜好，甚至团长也是一个爱赌的人，家长们都不让自己的儿女参加。经过两年的努力，剧团状况发生了根本变化：落后的团员变成积极的生产者，盐滩村剧团替老百姓做了很多好事，用戏剧感化的力量帮助政府把盐滩村改造成为一个模范村，村民们都努力生产，有不良嗜好的团员都改邪归正了。1948 年 8 月，在关东艺术活动周上，盐滩村剧团得了头奖。

1949 年 3 月，方冰在《文艺报》发表文艺评论文章《从盐滩村剧团看群众剧团发展的道路》，高度认可旅顺盐滩村剧团是村剧团发展的正确路子，并总结一个小小的村剧团能做出这些成绩，主要得益于以下几个方面：一是盐滩村剧团找到了演自己、自己编、自己导，集体创作的正确道路。剧团演出的《民生复活》《贫富之家》《军民一体》等都深受群众欢迎，教育了群众。二是盐滩村剧团发动了生产。三是证明群众艺术的现实主义深得人心，盐滩村剧团两年多的全部活动过程，与本村两年多的发展紧紧地结合着，充分说明它的路线是正确的。剧团所编的戏，尖锐地指出了村子里所存在的现实问题，给人们以深刻的教育。四是群众的业余剧团，自己动手编亲自演，演出来的剧真实反映当时当地群众所需要，观众自然喜欢。五是盐滩村剧团从生产上解决了村民的负担，改造了团员，巩固了剧团。六是盐滩村剧团自力更生，不用老百姓一分钱。七是盐滩村剧团订立了严格的制度，保证了团内工作生产的顺利。方冰号召村剧团以及所有的业余剧团都向盐滩村剧团学习，在他的倡议和指导下，大连地区的村剧团和业余剧团认真总结经验，找到了演自己、自己编、自己导，集体创作的正确道路。[1]

---

[1] 方冰：《从盐滩村剧团看群众剧团发展的道路》，《文艺报》1949 年 3 月 5 日。

2. 东方《看〈血泪仇〉有感》

东方是作家、评论家李定坤的笔名，李定坤于 1945 年 9 月来到大连，从事革命文化启蒙工作，任《人民呼声》副社长和《实话报》副总编辑。1946 年，东北文工团在大连活动期间，李定坤发表了《歌手·黄河·伟大民族》等评论文章；1947 年，编辑《青年思想杂谈》，深受读者喜爱。1948 年，李定坤任大连光华书店总编辑，主编理论刊物《学习生活》，组织并发表了许多思想内容深刻的文艺研究和文艺评论文章，在读者中产生一定影响。

秧歌剧《血泪仇》是解放区作家马健翎创作的秦腔剧，由贺敬之、张水华、王大化、马可、刘炽等人将其改编成秧歌剧，在延安演出时引起轰动。1946 年 3 月，东北文工团来到大连后打算重新排演这部秧歌剧，但苦于手头没有剧本。颜一烟和王大化凭着记忆，一边编写剧本，一边排练。不到 20 天，就演出了 4 场。《血泪仇》就像一本爱憎分明的教科书，让观众懂得了"只有跟着中国共产党走才是幸福的道路"这一深刻道理。1946 年 8 月 15 日，在纪念抗日战争胜利一周年之际，《血泪仇》剧本由大连大众书店、大连新生时报社分别整理出版，颜一烟还为该书的出版写了长篇序言《人民的艺术》。

1946 年，东北文工团
演出《血泪仇》

1946 年,《新生时报》
发表《血泪仇》评论

　　东方在《看〈血泪仇〉有感》中认为,"一切动人的艺术作品,都应该取材于真实的故事,而不能有任何的捏造,艺术的真正价值,也就在这里"。他充分肯定《血泪仇》这部采用了诸多旧形式又跳出旧形式束缚的大型秧歌剧具有"真正的大众口味和中国气派"。他还认为,"剧作不但用群众的方言土语来表现群众,而且全方位地采用了民间流行的喜爱的形式:有话剧上的对白和布景,有旧戏里的走场和唱板,有锣鼓喧天热闹的秧歌舞蹈,有表现悲哀情绪的秦腔,有表现愉快情绪的陕北主调,所有这些群众艺术,都是人民喜闻乐见的,体现出真正的大众口味"。[1]

　　3. 陈陇评话剧《穷汉岭》

　　1947 年,戏剧家田稼、赵慧深深入寺儿沟大粪合作社与工人白玉江、孙树贵创作多幕十七场话剧《穷汉岭》,这是国内最早反映穷苦工人翻身解放的大型戏剧作品。《大连日报》为此发表《穷汉岭》专刊,报道了演出盛况。文艺评论家陈陇为此撰写评论文章《穷汉岭提供些什么》,文中分析了《穷汉岭》创作与演出的很多宝贵经验:一是《穷汉岭》真正践行了毛泽东同志在延安文艺座谈会上的讲话精神——人民的生活中本来存在

[1] 东方:《看〈血泪仇〉有感》,《大连日报》副刊《青年文艺》1946 年 7 月 20 日。

着文学艺术的矿藏，这种矿藏，是一切文学艺术取之不尽用之不竭的唯一源泉，《穷汉岭》这部剧中蕴含着丰富的文学艺术的矿藏。《穷汉岭》的创作与演出，一方面具体地说明群众有着艺术的创作才能，另一方面也具体地说明群众生活中蕴储着丰富的、生活的、新鲜的文学艺术的创作财富。《穷汉岭》好就好在它有着丰富的内容、丰富的群众语言，并且直接由群众来叙写，来演绎自己亲身经历的苦难，亲身尝受自己的悲欢生活。二是《穷汉岭》是劳动人民和知识分子共同研究、集体创作的。在《穷汉岭》的创作过程中，体现出一个写作的群众路线和集体创作的方法问题，而这个方法是写作工农文艺最好和最有效的方法。《穷汉岭》的演出，表现出通力合作、集体创作的精神。剧中既有白玉江等大粪合作社的社员，也有赵慧深、田稼、田风等职业文工团的团员们。

在这个演出工作的组织里，职业文工团的人员，不是帮助大粪合作社出演，而是直接参与本剧出演，成为这个演出中的演员和组成部分。三是生活第一。在《穷汉岭》演出里，演员本身是生活中的人，同时又是戏剧中的人。他们在生活中体验了自己，又在戏剧里体现出自己，他们是直接地表演自己。四是导演的思想和作用。一般的戏剧排演，总是一切服务于导演，而在《穷汉岭》的排演里，则相反，导演是集体的，同时还是演员与导演同

话剧《穷汉岭》剧本

一的、统一的合作的结果。[1]陈陇总结《穷汉岭》创作与演出中这些好的经验，对当时大连地区戏剧创作产生了重要的影响。

4. 阿英谈戏剧中的秧歌舞

1947 年 10 月，遵照华东局指示，著名戏剧家、评论家阿英率 10 余人来到大连开展革命和新文化建设工作。阿英一到大连便将注意力放到群众文化工作上，组建了由刘汝醴、沙惟、程默等 10 名艺术家组成的"文艺研究小组"。在阿英的直接领导下，"文艺研究小组"以大连建新公司等基层单位为基地，开展轰轰烈烈的群众文化活动。"文艺研究小组"的成员都是艺术家，特别是阿英，他在戏剧、美术等方面都很精通，是文艺创作上的多面手，"文艺研究小组"展开了卓有成效的工作。

1947 年，阿英在工厂培训文艺骨干

阿英非常关注大连的戏剧事业。阿英本身就是戏剧家，他创作了一批有影响的戏剧作品，尤以《李闯王》等历史剧为代表。阿英还特别关注戏剧中秧歌舞的创作，在评论文章

"文艺研究小组"合影

[1]陈陇：《穷汉岭提供些什么》，《民主青年》1948 年 3 月 31 日第 27 号。

《谈戏剧中的秧歌舞》中，阿英谈到，在工厂戏剧中，工人的剧作者不仅喜欢用秧歌舞，以此加强场面上的热闹，还在剧情无法发展或剧情不够充实的场合，特别是在结束的地方，用秧歌舞来弥补缺陷。他认为秧歌舞在戏剧中的运用，必须求其适当，即适当的场合和适当的分量。阿英以大华钢铁厂工友们写作的《张金玉》、西岗剧团的《陈宝玉立功》、电业的

历史剧《李闯王》剧本

《大转舞》、盐滩的《金不换》为例，进一步阐释在戏剧中可以插用秧歌舞，但必须运用得适当，才能增强剧情的效能和力量。就是纯粹的秧歌剧，也不能例外，因为作为秧歌剧中心的，还是"剧"，而不是"秧歌"和"秧歌舞"。[1]这些观点很好地指导了当时大连的戏剧创作。

5. 白晓虹谈群众性文艺创作

评论家白晓虹结合自己 1948 年下工厂期间参加的几次工友集体创作与演出的经历，撰写了文章《谈谈和工友一起写作》，文中总结出文艺创作很容易产生的两种偏差：一种是在思想上存在着"好为人师"的想法，作家、艺术家下工厂不是为了好好学习，而是抱着一种教人的态度，所以在和工人一起创作当中，就会形成包办代替，失去了工人自己创作的意义，用文艺家的思想感情代替了工友的思想感情。另一种是谦虚过火，作家、

---

[1] 阿英：《谈戏剧中的秧歌舞》，《海燕副刊》1948 年 8 月 29 日，第 4 版。

艺术家完全抱不负责任的态度。这两种过左过右的态度都不正确，基于此，白晓虹认为文艺创作首先要尽量地发挥工友们的艺术天才，因为工友们的思想、情感与爱好，不是文艺家所能体会到的，像码头工人的《装卸号子》，就不是文艺家所能写出来的；《二毛立功》当中的王二毛，把饭包扯起来一抡一挟也不是文艺家所能做出来的，只有劳动人民自己才能写出、唱出、表现出他们生活中的一些东西。白晓虹主张在写作中要以工友为主，文艺家尽量少发言，做好补充即可。工友们想不起来的时候，文艺家不能单刀直入地说出，最好把自己想出来的东西，通过另一种方式启发，这样一来，两方面都能提高。[1]

这一时期的文艺评论家结合大连本地群众性文艺创作的情况，提出创作要真正表达自己的思想、感情、希望和要求。群众性的文艺创作，如果不是群众自己的切身体验，如果不是群众自己的血泪交织的生活经验的积累，所引起的写作欲望和内在的冲动，仅凭一般从事文艺工作的"想当然"的"创造"是不可能创作出来的。文艺评论家还倡导从事文学艺术工作的人们，要实践今天的人民的要求和时代的需要，就要深入实际，深入群众，去吸取，去发掘，写现实，写群众，向人民大众学习，为人民大众服务。

---

[1]《纪念大连解放 60 周年大连优秀文学艺术作品选》编选委员会编《纪念大连解放 60 周年大连优秀文学艺术作品选·文艺评论卷》，文化艺术出版社，2005，第 242 页。

第三节
Section 3

开展文艺批评活动，
引领创作方向

一、群众性文艺活动深入民心

大连解放后，来自老解放区的作家、艺术家，除组织群众开展创作外，还积极组织开展群众性文艺活动。大连地区群众性的文化运动，首先是以开展新歌咏运动和新秧歌运动开始的，使解放区的文化首先在大连人民群众中得到普及。

1.新歌咏运动鼓舞斗志

1946年3月，受中共中央东北局派遣，来自延安老解放区的东北文工团，在团长沙蒙带领下，于蓝、张平、王大化、李牧、颜一烟、刘炽、杜粹远等人在大连演出并开展文艺启蒙工作达5个多月的时间。他们演出的《黄河大合唱》和其他革命歌曲，受到大连人民的欢迎和喜爱，人们群情激昂纷纷学唱，东北文工团在大连出版《戏剧与音乐》的创刊号。在此基础上，大连市教育局和文协组织开展培训教唱活动，于1946年5月

1946年，东北文工团在大连出版《戏剧与音乐》的创刊号

4日举办了第一次群众歌咏大会，参与者约2000余人，之后，大连群众性的歌咏活动和其他文艺活动日益普及。到1949年，大连市有职工合唱团99个，参加人数6100多人，自编自演歌曲600余首。伴随歌咏活动，各大厂矿纷纷组建铜管乐队，建立工人吹奏乐队37个。[1]新歌咏运动是在大连解放初期较早兴起的具有广泛群众性的文艺运动，它以雄壮豪迈的气势表达了大连人民的心声，横扫了残存的敌伪歌曲和靡靡之音，发挥了振奋人心、鼓舞斗志的积极作用。

1946年，东北文工团演出《黄河大合唱》

2. 新秧歌运动增添活力

1947年11月，根据中共旅大地委《关于目前宣教工作的决定》，政府多次组织秧歌示范表演和比赛，广大城乡掀起了声势浩大的新秧歌运动。1948年，市内各区和金县等都举办了新秧歌大赛，仅中山区就有20多个秧歌队参加，大连海港、邮电局等单位的秧歌队多达200多人。金县有秧歌队65个，参加人数达2800多人，大连县7个区79个村，村村都有秧歌队，

---

[1]大连市史志办公室编《大连市志·文化志》，大连出版社，2003，第13页。

营城子镇、南关岭姚家村的秧歌队远近闻名。[1]遍及城乡的新秧歌演出红红火火，为大连解放区增添了生气和活力。轰轰烈烈、遍及城乡的新歌咏运动和新秧歌运动，使革命的新文化在大连地区得到广泛普及。

二、深入基层，发动群众

为更好地开展群众性的文艺创作和演出活动，除创作和演出革命文艺作品外，解放初期大连革命文艺活动的另一个重要任务是发动群众。当时的许多文艺家都积极投身工厂、农村的百姓生活之中，经常深入基层举办各种培训班，为群众举办文艺讲座，宣传革命文艺，培养文艺骨干。比如，东北文工团除开办音乐培训班外，还与大连中苏友好协会开办了戏剧讲座，王大化、张平、林农、颜一烟等都参与授课，还编辑出版了《演剧教程》《苏联演剧方法》《论演员创作》《音乐概论》等书刊。他们帮助7个职业剧团和业余剧团排演新剧，帮助成立了3个剧团，为各团提供了19种剧本。

1. 阿英与大连建新公司的不解之缘

大连解放初期，阿英率领来自华东的舞蹈家吴晓邦、美术家刘汝醴等，开办了音乐、舞蹈、美术培训班，使大连建新公司成为当时大连群众文艺活动和美术创作的重要基地。大连建新公司群众文化活动的突出特点是工人美术创作，产生了一批富于时代色彩和工人精神气质的作品。1948年6月，阿英组织大连市文艺家同东北鲁迅艺术文工团第四团的文艺骨干一起为大连各工厂举办两期戏剧学习班，为职工总会培训文艺干部300余人，并将话剧《洪宣娇》改编成京剧《洪宣娇》，该京剧于11月由新声剧团（大连京剧院前身）在大连实验剧场演出；7月7日，阿英

---

[1]大连市史志办公室编《大连市志·文化志》，大连出版社，2003，第13页。

为《"工农园地"选集》作序；9 月 10 日，阿英为大连市的各宣传单位、文艺干部作了题为《工厂文娱工作的理论与实践》的讲座，并在全国介绍推广。

1948 年，新声剧团演出京剧《洪宣娇》

　　1948 年 8 月，"关东艺术活动周美展"上的"工人美术展览"活动中，大连建新公司的工人美术创作引人注目，为此，阿英在《论中国工人美术的诞生》中，对大连建新公司 90 余名工人的美术作品给予积极评介，称"中国工人阶级的美术诞生了！这是工人阶级自己执笔，反映自己阶级生活思想的新阶段"[1]。1949 年 1 月，旅大文艺工作者协会成立，同时设立了美术工作委员会，这是中国城市中较早成立的美术团体之一，由朱鸣冈主持美术教学。1949 年 7 月，在全国文代会艺术展览会上，以大连建新公司为代表的大连工人画被展示出来，这为以后大连美术活动的蓬勃发展奠定了坚

[1] 阿英：《论中国工人美术的诞生》，《大连日报》1948 年 9 月 5 日。

实的基础。

2. 规模盛大的关东艺术活动周

为巩固和扩大群众性文艺活动的成果，旅大行政公署教育厅和职工总会在 1948 年和 1949 年连续举办了规模盛大的关东艺术活动周。每年一度的艺术活动周一直延续到新中国成立后的 1956 年，始终保持经久不衰的活力，成为大连人民盛大的文化节日。旅大党委书记欧阳钦在艺术活动周总结会上肯定了大连群众文艺活动的成绩，并指出，"旅大文艺工作的任务就是为党的总任务服务，工人自己创作文艺，把他（它）作为生产过程中的典型反映出来，就是艺术"。旅大行政公署教育厅厅长江清风在总结报告中高度评价了群众文化运动，指出，"艺术活动周是一种新形式，新做法。旅大人民解放后，……还有政治上的价值和意义"。[1]

关东艺术活动周的小秧歌剧

[1] 大连市史志办公室编《大连市志·文化志》，大连出版社，2003，第 256 页。

———
关东艺术活动周的合唱节目

———
关东艺术活动周在公园演出
的单鼓舞

三、文艺批评活动蓬勃开展

这一时期，在大连的文艺评论家积极参与到面向群众的辅导、指导以及其他文艺活动和工作中去，积极开展文艺批评活动，引领创作方向，培养文艺人才。在关东文协开展的星期文艺讲座中，李定坤主讲《开展关东的文艺运动》，方冰主讲《文化政策中几个问题》，罗烽主讲《文艺的阶级性》，陈陇主讲《文艺青年的学习问题》，白朗主讲《怎样搜集材料》。戏剧家张庚举办戏剧讲座，传播专业戏剧知识，钱醉竹发表《从习作中谈写作》，田风著文《漫谈工人剧的创作与演出》，王朝闻著文《怎样画漫画》等。

时任《人民呼声》社长的罗丹在报上开设文艺讲坛，柳青、陈陇、方冰等都曾发表过指导创作的文章。在他们的带动和指导下，大连地区迅速兴起了文艺创作和演出的新高潮。

1. 罗烽主讲《文艺的阶级性》

1945 年大连解放后，罗烽来到东北。1948 年，罗烽来到大连，任旅大区党委文委书记。1949 年，罗烽创立关东文协（大连市文联前身），任主席。罗烽对大连的文化建设和文艺事业发展作出了重要贡献。在星期文艺讲座中，罗烽主讲了《文艺的阶级性》，阐释大连解放以来，关东的新文艺运动基本上在广大劳动人民群众中散播了种子，为他们所了解、所接受、所爱护，并且直接帮助了民主思想建设和生产建设，打击了敌人。一方面，罗烽肯定了文艺工作者没有违背毛泽东同志的文艺政策，没有违背中国共产党正确政策的指导，以及勇于接受苏联社会主义的文艺理论的可贵影响。另一方面，罗烽指出了大连文艺存在的问题，针对当时大连地区真正从工农当中培养出来的革命文艺工作者还很少，绝大多数是小资产阶级知识分子出身这一现状，罗烽在文艺讲座中，以"文艺的阶级性"为题，从思想上、创作上做出阐述。罗烽认为，"'超人的艺术家'在文艺战线上已被无情的打击，使他们再也没有徘徊的余地了。这是一件可喜的事。但这不等于我们的文艺队伍就步调一致，思想一致。'自由的斗士'和'顽强的冒险家'，还有一小部混在我们队伍里，他们是我们事业前进中的绊脚石。因此就必需负责点化他或是踢开他，扫清前进的道路。不要以为极端个人主义思想给革命和人民的损伤，已经批判就此天下太平了。我们还要准备做长期的斗争——里里外外的清扫工作，还要艰苦地继续下去。还要纠正'以艺术获得一切'的脑筋。革命的文艺工作者要重视无产阶级的利益，在创作中表现与教育人民成为有思想、有意志、勇敢、忠于祖国的劳动人民"。[1]

罗烽还指出，"衡量文艺工作者对人民事业的无限忠诚的尺度，在于不仅能坚决彻底改革社会秩序，建立没有民族压迫的社会制度，更应该积极给人民提供美好的理想，号召人民为这美好的理想而斗争；不仅能懂创造生活的一切财富的是工人与农民，他们才是新生活的真正英雄，更应该深知他们为国家福利而劳动的热忱，以及与困难做斗争的自我牺牲精神；不仅能懂文艺大众化的群众观点，更应该摒弃知识分子的臭架子，深入工厂，深入农村，熟悉工农的感情和言语，并能融结在自己的作品里。忽视这些，或对此表示消极，就必然会减弱，甚至歪曲劳动人民的建设事业及其优良品质。因之而失掉了阶级立场，客观上阻滞了革命事业的前进"。针对文艺工作者对于事业还不够关心，缺乏斗争性——批评与自我批评的精神等问题，罗烽强调，"凡对于无产阶级的利害熟视无睹、旁观沉默的思想，都是我们的敌人。为了巩固以往文艺建设上的一点成绩，为了把工

[1] 罗烽：《文艺的阶级性》，《文艺报》1949年3月20日。

作提高一步，为了维护劳动人民的利益以及国家的利益，文艺工作者的阶级观点，应该利用批评的武器互相考验，这是很有意义的"。[1]

2. 陈陇主讲《从"为工农服务"说到写工人剧》

大连解放后，在中国共产党的领导下，关东地区提出了"为工农服务"的文艺方向，经过 3 年的长期教育斗争，文艺工作者在思想上发生了巨大变化。3 年来，大连本地工人和农民自己创作的剧作有 300 余部，而且大多是"自编自演"，但文艺工作者与团体创作演出的反映工人与农民生活的剧作还很少。陈陇据此分析："这样的局面，一方面说明工人生活与反映工人生活的戏剧还是新的萌芽，对于文艺工作者来说是生疏的；一方面也足可说明我们的文艺工作者还需要进一步地深入生活，扩大对新的生活（的）认识，才能真正塑造出工人和农民生活的形象来，让它在舞台上实现。"陈陇指出，"写出工人剧与演出工人剧，依然是复杂而曲折的思想斗争变化，这种变化有如深入工厂、深入农村的戏剧工作者一样，要求演员、舞台工作者和导演一同具有这样的变化，否则反映工人生活或农民生活斗争的戏剧，依然没有可靠的基础。希望继续不断地出演叙写关东生产战线上的英雄事迹的戏剧，特别是职业的艺术团体，应该抢在前头，应该坚持与巩固为工农服务的文艺方向，真正地与工人农民在生活上、在感情上息息相关，让工人与农民们不再感到在他们中间有'特殊'的人物存在，不再感到有不同生活作风的人物在他们中间活动，文艺工作者要真正愿意把无产阶级文艺工作作为职业，真正创作反映工人或者农民生活斗争的戏剧"。[2]

3. 刘汝醴主讲《大连工人的美术运动》

大连解放后，著名画家、美术史论家刘汝醴与朱鸣冈等会聚大连，和

---

[1] 罗烽：《文艺的阶级性》，《文艺报》1949 年 3 月 20 日。
[2] 陈陇：《从"为工农服务"说到写工人剧》，《文艺报》1949 年 3 月 15 日，第 2 版。

大连美术家一道开展了前所未有的大连工人美术运动。1947 年，刘汝醴等在大连建新公司组织辅导工人进行美术创作，并举办多场工友画展，其成果《工人创作画》由上海晨光出版公司出版，文学艺术家阿英撰文称之为"新中国工人美术的诞生"。1948 年 6 月，刘汝醴主讲《大连工人的美术运动》。

结合 1948 年 5 月间大连建新公司画展和关东艺术活动周的绘画展览会，刘汝醴提醒人们对大连工人文化事业要着眼于"文化翻身的观察据点"，才能得出正确的评价来，他深刻阐释艺术和生活之间的关系，认为工人做工，画家作画，两种人做两种事，向来联结不到一起。但是新的社会产生了新的事实：工人既做工，又作画，画家是工人，工人即画家。从两次画展的 600 多件朴实的绘画里，可以认识到几个重要的事实：一是工人阶级智慧的丰富。广大的解放区和关东地区解放了的人民大众，在文化艺术方面，确是天才辈出的。二是工人阶级文化的掌握和创造。新兴阶级的生长，必然要求创造出足以表现他们新生活秩序的造型艺术。在这两次画展中，工友们用简单的造型和色彩，刻画出他们生活的片段，这是工人阶级在文化翻身中创造他们自己艺术的发端。三是再度证实艺术和生活不可分离的正确性。把两次展览作品的内容约略分析一下，关于话题取材几乎百分之六十以上是赞美他们自己的劳动生活的，不过因为表现技术稚拙，变成了单纯的劳动生活的叙述。此外还有一个特点，就是其余的百分之四十的作品，把自己的劳动生活和政治理想形之笔墨，是以民主生活为基础的文化现象。刘汝醴总结梳理了当时的大连工人阶级的文化现象，考查了工人的文化事业，认为一切文化运动和文化现象都要基于大连解放区文化翻身的观察据点，否则就不容易得出正确的评价。[1] 这些重要观点对当时的文艺

[1]刘汝醴：《大连工人的美术运动》，《海燕副刊》1948 年 8 月 22 日，第 3 版。

创作产生了积极影响。

4. 罗丹专题讲授《文艺闲谈》

1945 年 11 月，罗丹随部队来到大连，担任《大连日报》社长兼总编辑，主编《青年文艺》副刊，长达 74 期。其间，他曾发表 10 余篇理论性的文艺杂文以及话剧和小说等。

1946 年，罗丹作《文艺闲谈》专题讲座，包括"文艺不是装饰品""关于天才""文艺能离开政治吗""文艺与生活""文艺与知识""关于搜集材料""关于立场和态度"等内容。在"文艺与生活"中，罗丹认为文艺创作离不开生活，文艺写作的范畴是生活，生活中包藏着各种各样的实际知识。在罗丹看来，一个从事写作的人，要想写好自己的作品，就不能不懂得与自己作品中生活有密切关联的实际知识。对于自己要写的生活中的实际知识，越是熟悉、丰富，写出来的作品就越是深刻、真实。有不少写作的人，脑子里装满了自己想象出来的人物和故事，而不愿意去学习生活中必需的实际知识。实际知识是与生活紧密地渗透着而不可分开的，由于实际知识的贫乏，就会损害作品的真实性，甚至于会把生动的现实写成可笑的、荒诞的。一个从事写作的人，必须彻底克服习惯闷在自己狭小的房间里，而不愿意到生活中去的毛病。实际知识的获得，虽然可作专门的研究，但最好在日常生活中，不要放过有利的学习机会。一切抱着"我不需要知道这个"的想法，都是错误的。[1]

5. 吕荧《谈"突破'自然主义'"》

1949 年 7 月，全国文代会后，应罗烽邀请，吕荧来大连工作。他积极参加当时蓬勃兴起的大连工人文艺运动，阅读大连工人剧本、快板、小说

---

[1] 罗丹：《文艺闲谈》，《大连日报》副刊《文艺青年》1946 年 12 月 10 日-1947 年 3 月 20 日。

等，并帮助修改发表，同时写出评论文章，给予高度评价。他后来出版的
《关于工人文艺》一书，就是这个时期的收获。在大连期间，他还应各报刊、
各文化团体之约，写文章作报告，介绍苏俄文学，其间，他还担任《人民
文艺》旬刊的编辑部部长。在大连，他发表了大量的评论文章，为大连新
文艺的创建作出了积极贡献。

在《谈"突破'自然主义'"》一文中，吕荧指出，"'自然主义'必须
根绝。原因在于自然主义者用事物的表象代替本质，拿生活和人的枝叶当
作真实的本体，没有力量表现典型的人物和典型的环境，没有力量表现现
实。这样的创作方法阻碍作家向现实和人深入，完成现实主义的艺术。有
人觉得自然主义的作品至少还有一点好处，那就是它的'出神入化'的文字。
例如说'自然主义固然要"突破"但不是根绝，自然主义的好处是井然不
紊和出神入化的叙述'。自然主义的这种'出神入化'，实际上包含着表象性、
片段性、衰落的艺术僵硬的素质，这种素质和深广的、完整的、新生命的
人民艺术是无缘的。突破'自然主义'的新现实主义者，在越过它的方法
阵线之后，必须要突破这个自然主义最后的'出神入化'的堡垒，创造丰
富现实的新艺术"[1]。

6. 钱醉竹《谈谈写剧本》

1947 年，钱醉竹从山东解放区来到大连，任关东民主青年联合会机关
刊物《民主青年》主编。1948 年，钱醉竹在关东公署机关刊物《关东日报》
负责文艺副刊的编辑工作。1949 年 1 月，关东文艺工作者协会成立，钱醉
竹任关东文协编辑部部长，主编《文艺报》，在连期间，他发表了大量文
艺评论文章。

[1]《纪念大连解放 60 周年大连优秀文学艺术作品选》编选委员会编《纪念大连解放
60 周年大连优秀文学艺术作品选·文艺评论卷》，文化艺术出版社，2005，第 244 页。

在《谈谈写剧本》一文中，钱醉竹精心分析一个剧本的写成要经过三个过程，一是从生活中看问题，二是从问题中找斗争，三是从斗争中写戏剧。钱醉竹指出，"从生活中看问题，指的是戏剧是生活的反映，生活是戏剧的源泉。我们看到了一出好戏，会说演得真好，像真的生活。戏剧就是对生活的提炼与加工，而且还有指导意义。从这个层面上说，生活越丰富的人，写剧本的材料也越多。可是单看见许多生活，而不加考虑，不问一个'为什么有这样的生活'，那么，不过是看见生活的现象罢了，单看生活的现象，好比走马观花，只留下一个'满园是花'的模糊印象，生活也是一样，只看表面的现象，不去想一想'为什么有这现象'，是发掘不出问题的。从问题中找斗争，指的是人生是斗争的，拿大事来说，有民主与反民主的斗争、封建与反封建的斗争、科学与自然的斗争，拿个人来说，包括和工作斗争（克服困难）、和学习斗争（定要学成）、和思想斗争（进步的思想和落后的思想），总而言之，人的一生，无时无刻不在斗争中，戏剧是反映人生的，因此，没有斗争，也就没有戏剧。抓住斗争来写剧，剧就有了内容，但斗争必须是很自然的，很真实的，才能合情合理，让人看了点头。如果没有斗争，或者斗争性不强而硬找斗争，硬强调不合理的斗争，那就不会得到什么效果，这是写剧本要注意的。从斗争中写戏剧指的是有了斗争，还要把这些斗争构成一个故事，比方土地改革，地主、富农和贫农总是有斗争的，可是斗争的方法就不一样，文艺创作必须把这种斗争，分别轻重，挑那最厉害、最难防、又最普遍的塑成典型，再形成完整的故事。有了完整的故事，还要把故事变成戏，要刻画故事中的人物，把这些人物的个性刻画出来，才能把一个死故事，变成一个活戏剧"，"一部剧，至少要顾到三个方面。一是内容要服从政治，有教育意义。二是故事要有真实的自然的斗争性。三是人物要有各个不同的个性，有思想，有情感。能兼顾到这三方面来写剧本，虽然比不上专门家写得好，但也不会太死板、太教条。还有一点要特别注意，就是在写剧本之前，要先问问自己为什么要写这剧，写这剧要它发生什么作用，达到什么目的。这是写剧的一个先决问题，能这样，才是'有的放矢'，才能根据这个先决问题来定主题，找材料，追思想，构故事，塑典型，写剧本。这是必须弄清楚的"。[1]

7. 手戈《谈平剧"改良"》

手戈提出平剧是中国的歌剧，非保存它中国的音乐味道不可。要改良平剧，就要作系统的、全盘的改良，包括音乐、唱词、脸谱（化装）等。要改良平剧，不仅要让平剧的内容与现实的距离不要过远，在形式上，特别是在化装上，也不要与现实的距离过远。[2]

---

[1]《纪念大连解放60周年大连优秀文学艺术作品选》编选委员会编《纪念大连解放60周年大连优秀文学艺术作品选·文艺评论卷》，文化艺术出版社，2005，第252页。
[2] 手戈：《谈平剧"改良"》，《海燕副刊》1948年11月14日，第4版。

创建文艺平台和阵地，刊发
重要文艺评论文章

这一时期，大连地区的新型报刊和出版发行机构相继创立。创刊的报纸一是大连市政府机关报《新生时报》（1945年10月30日创刊），该报的副刊办得非常灵活，常常刊发文艺作品和文艺评论文章，阿英、方冰、陈陇、李定坤等作家、艺术家经常在此发表文艺评论文章。东北文工团来大连时，《新生时报》特别开设《戏剧周刊》，由东北文工团主编，发表了王大化、沙蒙、颜一烟等人的文章。1946年鲁迅逝世十周年之际，《新生时报》的《戏剧周刊》出版了纪念专辑。二是中共大连市委机关报《人民呼声》（1945年11月1日创刊），这也是抗战胜利后中国共产党在国内大中城市中最早创办的报纸之一。《人民呼声》结合大连实际，宣传党的路线、方针和政策，及时配合各项中心工作，把团结群众、教育群众、巩固建设新政权、发展生产、安定民生作为报道重点，《人民呼声》开设文艺副刊《海燕》，发表大量批判旧社会、歌颂新社会的文艺作品，还开设辅导文艺创作的专栏，以大量篇幅发表了李一泯、罗烽、方冰、罗丹、李定坤等作家、艺术家创作的指导群众文艺创作和文艺活动的文章。创办的杂志主要有《大连青年》（后改为《民主青年》）、《文艺报》、《海燕》、《友谊》等。这些报刊刊发了大连新文艺作品和文艺评论文章，对创建和发展大连地区的文艺创作、培养创作队伍发挥了重要的作用。

1946 年，《新生时报》开设《戏剧周刊》

特别值得一提的是，为宣传马克思主义、毛泽东思想，普及科学文化知识，在中国共产党的领导下，大连相继成立了大众书店、光华书店、友谊书店。这些作为中国共产党在大中城市最早建立的新型书店，仅 1946 年至 1948 年两年间就出版图书 419 种，共计 1 802 563 册，其出版的《共产党宣言》《论联合政府》《新民主主义论》《毛泽东选集》等图书，以及《钢铁是怎样炼成的》等大量革命文艺作品，不仅在大连发行，还大量发行到全国各解放区，大连也因此成为中华人民共和国成立以前国内最早出版发行马克思主义图书和革命文艺作品的城市，这是大连的骄傲和荣光。

20 世纪 40 年代，大连大众书店印刷发行的图书

20 世纪 40 年代，大连光华书店印刷发行的图书

一、《人民呼声》刊发的主要文艺评论文章

1. 郭沫若《向人民大众学习》

《向人民大众学习》是郭沫若先生之前发表于重庆《文哨》的文章。文章指出，"伟大的事物逐渐要从民众中来，但今天我们走错了路的人，走上了脱离民众的这种错路的人，却须得赶快回到民众中去"，"人民大众是一切的主体，一切都要享于人民，属于人民，作于人民，文艺断不能成为例外。文艺和科学不同，文艺是生活的反映和批判，并不需要我们有什么超妙玄绝的理论。在人生范围的经验里面，深于某一范围内的生活的人，便是这一生活的专家。写农场生活，农人就是专家；写工场生活，工人就是专家；要向生活的专家们学习。有时还须得向小孩们学习。我们的路是走得太错，而且错得太厉害了。不要妄自尊大，应该向生活的专家们学习。号召文艺工作者深入农村，深入工场，努力接近人民大众，了解他们的生活、希望、言语、习惯，以及一切喜怒哀乐的内心和外形，用以改造自己的生活，使自己恢复到人民的主位"。[1]

2. 让大连人民热血沸腾的《黄河大合唱》

东北文工团于 1946 年 3 月来连演出《黄河大合唱》后，让大连人民群众热血沸腾。《人民呼声》刊发

1946 年，大连大众书店出版《黄河大合唱》

---

[1] 郭沫若：《向人民大众学习》，《人民呼声》1946 年 3 月 5 日，第 8 版。

文艺评论家系列评论文章，宣传演出盛况和影响，主要有：

陈陇的《美的音响，优秀的诗篇——听了〈黄河大合唱〉之后》。作者认为，"《黄河大合唱》本身，词是美的音响，曲是美的画幅；词是一篇优秀的诗，一篇生活的节奏，美的交响乐。《黄河大合唱》今天演唱在被日本帝国主义奴役了 42 年的海滨，这是作者的光荣，演唱者的光荣，是祖国的光荣，也是自由海滨人民的光荣。因为一首真正足以代表中华民族气质的，足以夸耀于中国音坛的，足以传述中国抗战史绩，表现民族哀怨苦衷的歌，过去从来不能听到的歌，听到了，这该是体面和幸福的"[1]。

达化的《介绍黄河大合唱及其他》。文中除了介绍《黄河大合唱》，还介绍了《参议会献歌》（中国民歌，刘炽配词），这是一首在民主政治自由天地之下的欢乐之歌。《八一五》（王大化作词，田风作曲），歌曲述说了"八一五"前东北人民的苦难，以及解放后的欢乐，更说出了应如何保护这用血换来的果实。《胜利鼓舞》（贺敬之作词，刘炽作曲），是一首民歌风的进行曲，1943 年为了庆祝红军的胜利反攻而作。《救国军歌》（塞克作词，冼星海作曲），是抗日战争之前的作品，是为了反对日本帝国主义进攻中

1946 年 3 月 19 日，《人民呼声》发表达化的《介绍黄河大合唱及其他》

[1]陈陇：《美的音响，优秀的诗篇——听了〈黄河大合唱〉之后》，《人民呼声》1946 年 3 月 20 日，第 4 版。

国及中国内部的投降派而作的，在关内各地非常流行。《长城谣》（潘子农作词、刘雪一作曲），描写了流离失所的东北人民，描写他们的苦难，描写他们的心情，更深深地写出了他们心里埋的恨。《喀秋莎》是一首苏联名曲，写出了人民对自己战士的爱。《打到敌人后方》（苏联名歌，抚石配词），是描写苏联对日战争，充分表现了红军之英雄气概。《我们是红色的战士》（苏联名歌，曹保华译词），是歌颂红军士兵的。还有《人不犯我，我不犯人》（苏联名曲，曹保华译词）、《穿过海洋，穿过波浪》（苏联海军名歌，曹保华译词）等。达化在文中写道："之所以要演出这些节目，主要是因为：一是现在的歌曲已由于群众的大翻身而起了变化，已由表现一个个体的，或是单纯某种趣味的欣赏，变到了写集体的、人民的力量了。即所谓群众的歌声，已非昔日的风花雪月靡靡之音了。因此我们歌颂这新的生活，歌颂新的生活的主人，我们所选的歌曲大多是这方面的，虽然这里面也还有独唱，但这独唱已经是代表了人民的某种典型而出现的。二是中国解放了，人民做了主人，在从前人民不能说心里话，现在可以说了，可以畅快的说自己心里的话，唱自己的歌。我们介绍了一些这方面的歌，希望能与当地音乐工作者互相研究，多创作一些唱出自己心里的话的歌曲。三是在日本统治的时候，日本人不让我们有自己民族的东西；现在不同了，咱们应当多了解自己民族的文化，自己民族的优秀作品，我们应大量的产生真正代表自己民族的作品。"[1]

　　关于《黄河大合唱》，其他有影响的评论文章还有：炎的《音乐的"八一五"——〈黄河大合唱〉听后感》，金坚的《我第一次听到这样雄壮的歌》，东方的《歌手、黄河、伟大民族——我对冼星海先生遗作的认识》，谢青的《把民族的歌声洪亮的唱起来——听了黄河大合唱后的感言》，等

---

[1] 达化：《介绍黄河大合唱及其他》，《人民呼声》1946 年 3 月 19 日，第 4 版。

等。这些文章认为，《黄河大合唱》是我们中华民族的一段历史，这是一段觉醒的历史，一段艰辛的历史，一段经历艰难锻炼到胜利的历史；《黄河大合唱》的声音，是我们中华民族优良的声音，这是自尊的声音，痛苦的声音，战斗的声音，是怒吼，是挺身，是一定要挺立起身来的健壮声音，是我们的"民族之声"；《黄河大合唱》的语言形式，是大众的语言，是民族形式，是群众通俗易懂、喜闻乐见的语言形式，因而，备受大众喜爱。

3. 卢正义《关于现阶段大连文化工作的商榷——在全市文化界民主建设协进会成立大会上的讲话》

卢正义在这篇讲话中指出，面向现实，反映现实，为人民大众服务的方向，已经成为大连市文化工作的主流。关于当时大连市文化工作的任务，作者认为包括以下几个方面："一是宣扬中国人民的民主革命斗争的历史事迹，宣扬全国人民的民主运动，宣扬民主政府的一切设施，宣扬人民大众在民主建设大道上的一切努力和贡献，使大连在实行地方自治，励行经济建设，安定社会生活，发展文化教育等方面都能迅速的赶上内地一切民主的先进地区。二是从思想上、文化上、教育上彻底肃清法西斯主义和封建主义的残余，才能给新文化、新教育、新思想的发展开辟一条宽阔的道路。三是开展新的文化启蒙运动，启发人民的民族精神、民主精神和科学思想，从现实出发，提倡实事求是，反对脱离现实的空想。四是文化必需为人民服务，文化必要帮助人民翻身，但这只是一方面，另一方面更需要帮助人民在文化上翻身，把文化交代给人民，使文化跟政治与经济一样，真正的为人民所共有所共治所共享。五是要根据革命的民族精神、民主精神和科学思想来批判的接受国内的和国际的文化及其历史的遗产。"[1]

---

[1] 卢正义：《关于现阶段大连文化工作的商榷——在全市文化界民主建设协进会成立大会上的讲话》，《人民呼声》1945年11月3日，第2版。

关于今后开展工作中需要注意和加强的几个问题，作者认为，"首先是团结，这是关于大连文化界的团结问题。大连市的先进的文化人士，需要在上述共同任务之下团结起来，实行民主的合作。没有这样的团结，没有这种民主合作，我们的工作就很难有大的进展与成就。但这样（的）团结与合作不要取消文化上的互相批评，因为真正的文化批评与文艺批评绝不同于乱捧与攻击，正确的文化批评与文艺批评才能使文化与文艺不断地改进和提高，而只有这样善意而又严正的批评，才能使文化界的团结更加巩固更有力量。其次是注重人才培养。第三是争取外援，更应当欢迎内地文化团体、文化人士各方面的帮助与指导。第四是沟通中苏文化，世界各国进步文化的交流，应当加以介绍与接受，过去中国新文化的发展所受苏联文化的帮助特别多，今后中国新文化的改进与提高，也必须借鉴于苏联社会主义文化。我们现阶段的文化运动还不是要建立社会主义的文化，而是要建立新的民主主义的文化"[1]。

二、《民主青年》刊发的主要文艺评论文章

1. 萧军《目前东北文艺运动我见》

这是一篇转载自《东北文艺》创刊号的文章。萧军认为，东北文艺运动有四个方面的积极意义，一是集中力量，建立核心；二是扶植新军，改造旧部；三是配合政治，联系人民；四是深入生活。"凡是被称一个真正伟大作家的，他必定是先把自己作为人民中间的一个，和人民取得血肉的联系，而后他所表达的思想、感情、理想、欲望……才是真正属于人民的，他的作品才能为人民所喜爱，为人民所保有。一个文艺工作者要表达、反

---

[1] 卢正义：《关于现阶段大连文化工作的商榷——在全市文化界民主建设协进会成立大会上的讲话》，《人民呼声》1945年11月3日，第2版。

映人民真正的思想、感情、意志和事业，就必须使自己走进工厂、部队和农村。获得到真正的'文艺源泉'。"五是加强学习，发展批评。"世界上可以有不学习的任何人物，却不应该有不懂或不学习的作家或文艺工作者。人们尊敬、看重作家，文艺工作者，就因为他们是懂得学习、喜欢学习、不断学习的人。"[1]

2. 陈陇《"写现实、写群众"一议》

陈陇在本文中指出，"当前的文艺工作，特别是戏剧演出，已经开始有意识地'面向群众，面向实际'了。同时，有些文艺团体在思想上已经初步地体会（到）文艺要为人民服务、为工农服务，以及如何为工农服务的问题。但在创作上，还没有反映工农新生活新事物的作品出现。《送公粮》《自寻烦恼》等反映关东实际的作品与出演，博得了当时一般群众的好评和赞许，这说明着'写现实、写群众'的问题，已经逐渐的形成为普遍的认识和行动，同时，工友们写自己、演自己也逐渐成为普遍的现象。这是一个进步，'写现实、写群众'应该成为我们知识分子文艺工作者，结合工农在写作上表现工农的中心课题"。陈陇又进一步分析，"所谓写现实，就是指写关东的新事物，目前就是指写生产。所谓写群众，意思就是写工农的新的生活，新的气象，和在新的生活中已现出的新的思想感情希望和要求。因此，'写现实、写群众'就不简单只是一个写作上的口号问题，它是从文艺为工农服务这个总的方向上提出来的写作思想问题。要解决'写现实、写群众'，首先就要解决文艺为工农服务的基本思想问题，进而要求我们的文艺工作者深入实际斗争，深入工农群众生活的底层去，去结合工农，去改造我们的思想。从而陶冶了自己，洗练了自己的思想感情，与工农群众真正打成一片，具体地了解了他们的生活实际，斗争实际，学习

---

[1] 萧军：《目前东北文艺运动我见》，《民主青年》1948年3月31日第27号。

了与真正学到了他们的朴实的作风，集体主义的劳动热忱，和他们的艰苦奋斗的工作精神。同时，学习了与掌握了他们的语言，才能够真实地表现我们，才能够形象地写出他们的生动、活泼的新生活，新气息，和他们的思想、感情、希望要求的真实所在"。[1]

陈陇号召一切文艺团体及文艺工作者首先应该打通"下乡"的思想和思想下乡的问题，必须围绕着1948年的生产建设，通过各种不同的形式，组织"文娱工作组"到工厂去，到农村去，到机器旁边去，到庄稼地里去。"大家应该深入学习研究毛泽东《在延安文艺座谈会上的讲话》和1948年颁布的经济建设计划相关文件，以便于有组织、有计划地深入实际，深入群众，为工农服务。"[2]

3. 贾霁《情调和作风》

贾霁认为，演戏时必得演出剧中人来，特别是剧中人基本的精神、态度，一定要演出来，而且要演得像，演得正确。"排演工农兵的戏，如果导演和演员不是工农兵也不是工农出身的，这个问题就格外严重。要避免要克服情调和作风上的毛病，要站对立场，这就是要有工农立场，养成实事求是、老实朴素的作风。根据现实，根据工农群众的利益和要求，很好进行排演工作，对工农不利的剧本，就要丢掉，有非工农情调的剧本，就要改掉它。"[3]

4. 草明《怎样写文艺作品》

草明结合实际，提出文艺创作要坚持做到两点："一是怎样去找题材，要抛开现象寻求本质，和时代密切联系，适合于人民大众的要求，写自己

[1] 陈陇：《"写现实、写群众"一议》，《民主青年》1948年3月31日第27号。
[2] 陈陇：《"写现实、写群众"一议》，《民主青年》1948年3月31日第27号。
[3] 贾霁：《情调和作风》，《民主青年》1948年3月31日第27号。

最熟悉的。二是有了题材以后，还要确定中心故事和主题，写好典型人物与典型环境，等等。"[1]对文艺创作很有指导性。

三、《大连日报》刊发的主要文艺评论文章

《大连日报》辟有《青年文艺》副刊（罗丹负责），王凡编排。1948年下半年与《海燕》合并。刊发当时文艺作品的评论，如秧歌剧《血泪仇》上演后，在1946年7至12月间，连续刊发徐大心的《埋在地下的血泪仇》、陈陇的《人民的控诉——看血泪仇之后》。

四、《关东日报》刊发的主要文艺评论文章

《关东日报》副刊1948年8月10日登载有《谈歌剧〈火〉》（作者夏彬）、《〈火〉剧观后》（作者飞燕）、《观〈火〉谈》（作者陈善文）、《评鲁艺美展》（作者倪贺蕾）。

五、《海燕副刊》刊发的主要文艺评论文章

1948年8月7日刊发《鲁艺美展介绍》（作者张望）、《鲁艺美展观后感》（作者王翼）、《木刻 剪纸——鲁艺美展观后》（作者李广生）；1948年8月10日刊发《谈鲁艺美展》（作者程默、钱小惠）。

这一时期，《实话报》《学习生活》等报刊都有专栏刊登文艺评论文章。

解放初期的大连文艺批评，积极宣传中国共产党的主张和方针政策，指导大连文艺创作和文艺活动的开展，引领文艺正确方向，改造大连文化的性质和面貌，是团结人民、教育人民、鼓舞斗志的有力武器。正如时任

---

[1]草明：《怎样写文艺作品》，《民主青年》1948年10月1日第43号。

区党委书记欧阳钦在关东文艺工作者协会成立大会上的讲话所言："我们的文艺是无产阶级领导的、人民大众的、反帝反封、反官僚资本主义的新民主主义的文艺，文艺工作的任务就是为党的总任务服务。"[1] 从这一意义上说，解放初期的大连文艺发挥了不可替代的特殊作用，光荣完成了历史使命，在大连文艺发展史上具有重要意义。自此，大连文艺以崭新的姿态融入新中国文艺的发展进程。

---

[1]1949 年 1 月 16 日，关东文艺工作者协会成立，欧阳钦出席大会并讲话。

第六章

社会主义革命和建设时期

的文艺批评（上）

　　1949 年 10 月新中国成立到 1978 年 12 月中共中央十一届三中全会召开，这是中国社会主义革命和建设时期，中国共产党对文艺工作的思想领导和组织领导得到了确认和加强，毛泽东文艺思想被确立为这一时期乃至之后应予遵循的文艺路线、政策，社会主义文艺体制据此得到了有序的建立和规范。1956 年，党中央确定了发展和繁荣社会主义中国的科学、文化、艺术事业的基本方针"百花齐放、百家争鸣"；1962 年 4 月 30 日，中共中央批转文化部党组和全国文联党组提出的《关于当前文学艺术工作若干问题的意见（草案）》；1962 年，中国作家协会在大连召开了"农村题材短篇小说创作座谈会"；1975 年 7 月 28 日，中共中央办公厅将毛泽东对电影《创业》的批示形成文件下发；1977 年，《人民文学》召开"促进短篇小说的百花齐放"创作座谈会，同年年底《毛主席给陈毅同志的一封信》在《人民日报》上公开发表；1978 年 5 月，中国文联在北京举行第三届全国委员会第三次扩大会议，宣布中国文联及五个协会正式恢复工作……30 年间先后出台的诸种文艺利好政策都益于促进"双百"方针的贯彻实施，对繁荣我国社会主义文艺事业具有重要意义。

　　和国内其他众多城市相比，1945 年 8 月由苏军解放的大连有两方面的"特殊性"：一方面更早沐浴到马克思主义、毛泽东文艺思想以及红色革命文化的阳光雨露，党的文艺方针、政策在这里得到了认真学习和积极贯彻；

另一方面，从 1945 年 8 月苏联红军进驻旅大至 1955 年 5 月苏军回国，大连地区防务为中国军队正式接管的这一段时期里，大连所获得的文化滋养是多元而开放的——肃清殖民文化余毒与接纳国际进步文化艺术经验同步展开，而且此种历史惯性在 1955 年之后还持续保留着。大连文艺评论界因而能一直领时代之先，在马克思主义、毛泽东文艺思想的指导下，与当代中国文艺事业始终保持高度同频共振，大连文艺批评的视野、胸襟亦因之而开阔疏朗，所思考的文艺理论问题有深度，有高度，有广度，文艺批评由此得到了健康、科学和理性的发展。

对马克思主义经典作家
理论著述的学习

社会主义革命和建设时期，毛泽东文艺思想尤其是《在延安文艺座谈会上的讲话》（以下简称《讲话》）是新中国文艺发展的思想准绳和指南。因此，对马克思主义经典作家的重要文艺论说尤其是《讲话》精神的学习与领会，就成为大连文艺评论界的必修课。当时，不光是评论家本人注重理论学习，旅大市委、旅大市文联也经常有针对性地组织和引导评论家们就党的文艺政策等方面加以学习探讨，这极大地提升了大连文艺评论界的理论水平和文艺批评实践能力。

这一时期，大连文艺评论界对马克思主义经典作家的理论学习和切实探讨出现过两次高潮。正是在对马克思主义文艺理论的深入学习和对党的文艺政策方针的认真研究中，文艺评论家们逐渐澄清了思想认识，并能以正确的思想理论和方法作指导有效地开展和推进文艺批评工作。

一、第一次学习高潮

20 世纪 50 年代中后期到 20 世纪 60 年代初的一段时间里，"双百"方针得到有效贯彻实施，这激发了大连文艺评论家们的理论学习热情，他们以此武装自己的头脑，消除过去封建文化、殖民文化毒素的残余影响，为建立社会主义新型文化而披荆斩棘。

1. 探讨典型问题

马克思主义经典作家对典型问题一直都有着非常成熟且精辟的论说，苏联文艺理论界的有关论述更是最大限度地启发了大连文艺评论家们的思维。张福高自 20 世纪 50 年代初就开始从事文学创作和文艺批评工作，他在学习了苏联《共产党人》杂志上发表的专论《关于文学艺术中的典型问题》后，结合自身对我国文艺现实的理解，先后发表多篇文章，围绕典型问题进行正本清源，并不断深化对这一问题的认知。其《艺术的特征——典型问题学习笔记之一》主张"既要反对脱离政治的、资产阶级的文艺观点，也要反对公式化、概念化的倾向"，因为这二者在实质上都违反艺术真实，都是反现实主义和反马克思主义的。文章结合当时的理论现实，澄清了马克思主义美学的典型问题的混乱现象，表示"创作中公式化、概念化的根源，就是往往从概念、政策条文出发，而忽略了生动的典型形象，忽略了艺术内容，仅仅把阶级特征加以形象化"，他认为影片《牛虻》之所以形象动人，并不在于情节的离奇和某些场面的惊险，而在于"深刻地表现了他的个性，表现了他的精神面貌"。文章还提到了文艺批评所存在的公式化、概念化问题："忽略艺术内容，表现在文艺批评、理论研究上，便是以庸俗社会学的公式去硬套丰富多彩的艺术现象"，"文艺评论离开了艺术创造，便会陷入简单地对照生活、对照政策条文，从作者主观意愿出发的歧途。"最后指出："充分认识和掌握艺术的特征和规律，检查并克服文艺创作上的公式化、概念化倾向和理论批评、文学教学中的庸俗社会学观点，这对于繁荣创作，提高理论批评和文学教学的质量，将有迫切的意义。"[1] 在《典型与党

[1] 张福高：《艺术的特征——典型问题学习笔记之一》，《旅大日报》1956 年 7 月 22 日，第 3 版。

性——"典型问题"学习笔记之一》中，他更就典型和党性之间的关系问题发表看法，认为不能把典型与党性简单地等同起来，这并不意味着典型与党性是矛盾的或对立的，也不意味着文艺创作可以不要党性，恰恰相反，"正是为了保卫文艺的党性原则"。文章进一步申明，工人阶级立场、共产主义世界观都不会妨碍创作自由发展的，典型与党性之所以要区别开来，原因在于党性与阶级性是两个含义不同的概念，看不见党性与进步性的区别，便无法理解古典作家和资本主义国家里进步作家的世界观与创作的复杂关系："曹雪芹创造了光辉的艺术的典型，这和他的世界观是不完全相称的。不从文学艺术的特点去研究微妙的关系，便会简单地根据作品的成就抬高或贬低作家，给作家划阶级成分，或者是看不见古典作品与现代作品的区别、古典作家与现代作家的区别。党性、进步性，决定于作家的世界观。世界观是作家认识生活、评价生活的基本观点。党性，不等于典型；作家的世界观，也并不能代表创作。有了正确的世界观，当然不等于就能写出好作品，还需要有其他条件；但没有正确世界观的指导，写不出好作品来，却是肯定的。"[1]张福高的这一系列理论学习文章晓畅地阐明了党性的具体历史内容，澄清了人们对党性与典型之间关系的错误理解，对读者研究现代作家、古典作家和资本主义进步作家，以及探明现实主义与社会主义现实主义的差异，意识到理论研究中的庸俗社会学倾向问题，都大有助益。

师田手在《怎样写人物》中主要运用恩格斯"典型环境中的典型性格"理论，结合中外文学作品来探讨文学创作应该怎样写好人物，其提到的很多建议都发人深省并具有可操作性，比如他主张先从真人真事着手，打下写人物的基础，再以某个人为模特儿，联系这一类人的特点以提高想象和

---

[1]张福高：《典型与党性——"典型问题"学习笔记之一》，《旅大日报》1956年8月5日，第3版。

虚构的能力。[1]

师田手

2.学习《讲话》精神

毛泽东文艺思想规定了共和国的文艺方向，对毛泽东文艺思想的学习和践行成为 20 世纪五六十年代文艺家们的必然选择。张秉舜的《一点感想——重读毛主席〈在延安文艺座谈会上的讲话〉》结合学习《讲话》精神，着重探寻当时教条主义创作出现的原因。他注意到有些同志将艺术作品水平低、艺术感染力不强，推过于受了教条主义批评影响。而实际上这种看法本身就有教条主义影子，结果教条主义批评加上教条主义创作，等于教条主义作品。他因此主张作家在反对教条主义的时候，也应该从自身找原因，这样才会提高自己的创作水平。[2]显然，毛泽东同志对作家世界观、作品主题思想等问题的论说唤起了大连文艺评论界对这些问题讨论的热情。

《海燕》在 1960 年开辟专栏《高举毛泽东文艺思想红旗奋勇前进》，相继刊登大连机车厂厂史编辑室的《毛泽东思想是我们工作的指南》、何天资的《听毛主席的话，在革命斗争和劳动锻炼中改造自己》、赵国安的《正确的认识生活，才能正确的反映生活》等文章，就作家正确世界观和正确思想立场之于准确真实反映生活所发生的作用这一面来讨论创作问题。《海燕》1960 年第 4 期还发表社论《高举毛泽东文艺思想红旗，争取文艺创作更大的丰收！》，回顾了解放以来我国文艺界进行的两条道路的斗争，以及毛泽东文艺思想对我国文艺创作的积极推动作用；《海燕》1960 年第 5

---

[1] 师田手：《怎样写人物》，《海燕》1959 年第 3 期。
[2] 张秉舜：《一点感想——重读毛主席〈在延安文艺座谈会上的讲话〉》，《旅大日报》1957 年 5 月 28 日，第 3 版。

期推出"纪念毛主席《在延安文艺座谈会上的讲话》发表十八周年"专栏，刊登了徐树贵的《用毛泽东思想武装起来，争取文艺工作更大的跃进！》、毛英的《重视文艺的政治标准》等文章，通过学习《讲话》来思考如何改进文艺工作，尤其是如何推动大连文艺批评建设工作，如主张文艺评论工作者在政治上要内行、艺术上多学习多接触等。1968年9月，"旅大市文艺界毛泽东思想学习班"成立，为大连文艺评论家们能以毛泽东思想理论武装头脑从而更好地投入文艺批评实践中去提供了重要的保障。

3. 发生思想交锋

由于观察视角有异，文学现象纷繁复杂，大连文艺评论家们在理论学习文章中，曾经围绕文学作品主题和作家世界观问题而展开过小小的思想交锋。

傅云枝的《文学作品的主题》主要将文学作品的主题和作家世界观问题紧密相连进行探讨。他认为，文学作品的主题是作者在作品中通过形象所反映和解决的中心问题，是作家根据一定的思想和政治立场所选择与阐述的一组生活现象；思想是作家在选择和阐述这组生活现象时所抱的态度和评价，意味着作家以什么态度和政治立场来对他反映的客观生活给予主观评价。文章以同是写水泊梁山好汉的《水浒》和《荡寇志》为例作比较，说明主题思想就是作品全部内容的归结，不能扔掉任何一方面。但是由于作家的世界观不同，就会产生主题相同而思想不同的作品："资产阶级作家不承认主题的时代性，而主张永恒主题的存在，他们所描写的也就只限于人类的爱、死、嫉妒之类的事情，他们认为这样的主题是超越人类的一切时代的，实际上是在宣扬超阶级、超时代的爱和死的反动论点。因为爱和死并不是抽象的，它是具有时代性和阶级性的。资产阶级作家主张有永恒主题的存在，主要是为了反对作家揭露资本主义社会的阶级压迫、阶级剥削等本质问题。"[1]

傅云枝这篇文章发表后，野牛写来文章表达不同意见，他认为傅云枝在文中把主题与思想分割开了，同时把题材与主题的概念混同起来了。在野牛看来，作家在深入生活、获得题材、发现问题、形成主题时，必不可免地已经予以评价了，即"主题使思想加深，思想又发展了主题"，主题与思想虽是两个概念，但是读者对主题的理解必然会涉及文学作品的思想，《水浒》和《荡寇志》这两部作品主题和思想截然不同，两书作者的思想和政治立场也不会一致。[2]

其实，傅云枝与野牛对主题和思想关系问题之所以有不同理解，主要在于对作家世界观会在创作的具体哪一阶段发生作用上产生分歧。傅云枝认为作家世界观的影响是在正式创作阶段体现出来的，而野牛认为作家世界观的影响是先验性的存在，在创作之前的观察、体验、对素材的选取等诸阶段，作家的世界观就已经发挥作用了。

二、第二次学习高潮

20 世纪六七十年代，由于对基本国情和社会主义本质缺乏深刻认识，并且急于求成，党在经济建设和政治生活方面一度发生"左"倾错误，自1975 年开始逐渐在思想战线上进行拨乱反正，直至 1981 年十一届六中全会召开，通过了《关于建国以来党的若干历史问题的决议》，从而胜利完成了党在指导思想上的拨乱反正。

大连第二次对马克思主义经典作家的学习高潮就出现在 20 世纪 70 年代后期，通过强化理论学习，对此前十余年时间里文艺创作中一度出现的

---

[1]傅云枝：《文学作品的主题》，《旅大日报》1956 年 7 月 29 日，第 3 版。
[2]野牛：《对〈文学作品的主题〉一文的意见》，《旅大日报》1956 年 8 月 16 日，第 3 版。

第六章　社会主义革命和建设时期
的文艺批评（上）

215

公式化、概念化的创作风气进行了有效清理，从而最大限度地促进了文艺创作的健康发展。

1. 研读《毛主席给陈毅同志的一封信》

国内文艺界对艺术观念、审美标准、创作手段和表现形式等林林总总所做的积极反思和正本清源，让文艺家们获得了更多的艺术创造的自由和理论自信。1977 年 12 月 31 日，《人民日报》上首先公开发表《毛主席给陈毅同志的一封信》，《诗刊》1978 年第 1 期紧随其后刊登了这封信，接下来全国各地重要报刊均纷纷刊载毛泽东同志这封写于 1965 年 7 月 21 日的信件，同时刊登了大量讨论文章。大连文艺评论界大受启发，借学习这封书信的机会重新回到了对马克思主义经典作家理论著述的切实阅读和深入探讨中，尽其所能恢复与发展了马克思主义科学原理，采取科学态度来对此前严重脱离现实的"神化"文艺创作进行反思和纠正，从而更科学而务实地解答了当时文艺实践中出现的诸种难题。

在第一次理论学习高潮中，主要是专业文艺理论工作者主导和参与了学习活动。而此次则有很大的不同，除了专业的理论研究工作者外，一大批不同行业、身份各异的"业余"人士也积极加入学习队伍中，他们分别来自机关、学校、部队和企事业单位，虽说理论水平和成色可能有所欠缺、不够专业，但为这次理论学习活动增添了持久的活力。

2. 众口评说"形象思维"

毛泽东同志在给陈毅同志的信件中提出"诗要用形象思维"。王续琨认为，《毛主席给陈毅同志的一封信》是"马克思主义文艺理论宝库的光辉文献"，其揭示了文学创作要用形象思维创作的根本问题，"没有形象的诗，就不会成为好诗"，而生动感人的艺术形象是从生活中来的。诗歌作者必须到工农兵群众中去，到火热的斗争中去，观察、体验、研究、分析社会上的各种人和三大革命运动的现实情况，进而对感性材料进行概括、提炼，创造出优美、深远的意境，用鲜明生动的形象教育人，感染人。同时他还意识到了批判地继承我国诗歌的民族传统的重要性，主张在认真学习民歌、深入研究民歌的同时，也要研究很值得一读的优秀古典诗歌，从而创造出具有中国作风和中国气派的新体诗歌来。[1]

驻军某部于宪东认为，《毛主席给陈毅同志的一封信》中提到新诗的将来趋势"很可能从民歌中吸取养料和形式，发展成为一套吸引广大读者的新体诗歌"，"这是我国新体诗歌发展的科学预见和正确方向"，是滋润我国新体诗歌苗壮成长的雨露阳光，有助于广大群众喜闻乐见的民族的新体诗歌的建立。[2]

辽宁师范学院王荣香认为，毛主席提出"诗要用形象思维"，"这是对马列主义文艺理论的一个重大贡献"，它揭示了一切文学艺术的普遍规律即创作始终不能离开具体的感性形象，作家的感情色彩、爱憎态度和美学思想都包含在生动的艺术形象之中。离开生活源泉，作家就无法创作出优秀的作品来。[3]

卢文辉、苗壮由《毛主席给陈毅同志谈诗的一封信》获得启发，认为写作者有必要向民歌认真学习，借鉴古代诗歌，创造吸引广大读者的新体诗歌，写出更多思想性艺术性完美结合的诗篇。[4]

叶纪彬认为，《毛主席给陈毅同志谈诗的一封信》"为我们运用马克思

---

[1]王续琨：《马克思主义文艺理论宝库的光辉文献》，《旅大日报》1978年1月12日，第3版。
[2]于宪东：《学习民歌，发展新诗》，《旅大日报》1978年1月12日，第3版。
[3]王荣香：《光辉的文献，锐利的武器——学习〈毛主席给陈毅同志的一封信〉》，《旅大日报》1978年1月12日，第3版。
[4]卢文辉、苗壮：《古诗比兴手法浅谈——学习〈毛主席给陈毅同志谈诗的一封信〉的体会》，《辽宁师院学报》1978年第1期。

主义观点正确地、科学地阐述这一理论问题提供了强大的思想理论武器"，其结合对马克思主义文艺思想的解读，认为作家在艺术实践中熟练自觉地运用形象思维是完全有必要的，这是由艺术创作规律决定的，必须排斥以抽象思维代替、干扰形象思维，否则会破坏艺术创作规律，削弱艺术形象感染力，走上本质化道路，造成作品概念化。[1]叶纪彬之后还写有《现实主义三题——学习马克思、恩格斯论现实主义札记》等文章，就现实主义与生活的关系、现实主义原则和现实主义能动作用等进行了深入系统的解析，从而肯定了马克思主义只能包括而不能代替文艺创作中的现实主义。[2]其对这一问题的论说其实道明了现实主义文艺创作道路的多样性，有助于创作者挣脱束缚去表现丰富多彩的现实生活。

总之，在这 30 年时间里，大连文艺评论界围绕着对马克思主义经典作家的重要论说的学习，对文学遗产继承、典型、文艺创作属性、文艺民族性、文学作品主题表达、人物塑造真实性、群众文艺活动等各种基本文艺问题都有专门的理论探讨，这不仅开阔了人们的理论视野，活跃了学习气氛，还深化了人们对文艺基本问题和创作规律等的认知，激发了创作活力，有效地阻遏住了概念化、教条化创作的产生。当时大连文艺评论家的理论建设意识和探讨自觉是值得给予充分肯定的。

---

[1]叶纪彬：《形象思维深化运动及其特点的探讨》，《辽宁师院学报》1978 年第 1 期。
[2]叶纪彬：《现实主义三题——学习马克思、恩格斯论现实主义札记》，《辽宁师院学报》1980 年第 2 期。

文艺遗产的批判继承

新中国成立之后，大连文艺评论工作者需要认真面对和思考的问题就是如何运用马克思主义经典作家的文学论说来重估中外文艺遗产，包括如何辨识这当中的精华与糟粕，以及怎样合理批判继承人类宝贵的精神财富等，这具体表现在对古今中外文艺名家名作的介绍与评论上。

一、对中国古典文艺作品的评论

1. 介绍古典文学常识

自 20 世纪 50 年代始，《旅大日报》就开辟了《文学常识》栏目，定期刊登一些介绍讲解古典文学常识和作品的文章，用以提高广大读者的文学素养。写作者大体都是在学校从事古典文学教学和理论研究的工作者，他们的文章重在向大众读者普及古典文学知识，文字通俗易懂，谈文论理深入浅出、娓娓道来。

育弟的《略谈唐绝句》主要介绍了唐绝句的常识性问题，由此提倡逐字"推敲"，认为古人从不马虎草率地对待创作的精神是我们学习的典范。[1]于原的《略谈填词》则主要介绍词的缘起、产生和盛行，还特别提到了词

---

[1] 育弟：《略谈唐绝句》，《旅大日报》1956 年 8 月 5 日，第 3 版。

与音乐之间的密切关联。[1]

2.导读古典文学名著

在 20 世纪五六十年代，常常有人因为阅读《西游记》《红楼梦》等古典文学作品而遭到单位领导的粗暴批评和干涉。针对这种对古典名著理解不恰当的情形，《旅大日报》刊登了不少评论文章，有的放矢地帮助和引导读者正确认识古典文艺作品的思想价值和艺术魅力。

浅的《怎样对待古典文学作品？》明确表示那些宣传功名利禄、色情、迷信等麻醉人民的作品，是应该抛弃的糟粕，而《西游记》《红楼梦》等古典文学作品"是我们祖先留给我们的在文学领域里的丰富而宝贵的看的小说"，因为这些作品真实地反映了当时的时代精神和矛盾，反映了当时人民的思想感情、斗争和愿望，而且都有生动的典型形象，"都是富有人民性和有高度艺术成就的作品"。文章就如何正确阅读上述小说提出了有益建议：应该从作品人物身上吸取可以吸取的精神滋养；必须注意古典文学中的人物是生活在古时的，他们的性格是当时社会里的特定性格。文章还提醒读者注意《红楼梦》中流露出来的对封建社会衰亡的惋惜情绪，以及在贾宝玉和林黛玉身上流露出来的悲观虚无情绪。[2]

白玉的《关于〈西游记〉的几个问题》就《西游记》是否是神话小说、构成《西游记》的主题矛盾性是什么以及如何认识《西游记》的现实性和人民性等至关重要的问题展开细致讨论，厘清了《西游记》的发展脉络，对读者认识作品主题思想的复杂性很有帮助。文章对《西游记》的现实性和人民性予以了肯定，"《西游记》中的人物并不能简单看作是阶级形象，而只能说他们具有某个阶级或某些阶层的特点"，认为小说"在暴露统治

---

[1]于原：《略谈填词》，《旅大日报》1956 年 11 月 16 日，第 3 版。

[2]浅：《怎样对待古典文学作品？》，《旅大日报》1956 年 1 月 17 日，第 3 版。

者的罪恶这一点上，与人民是一致的"。[1]

3. 讨论色情与爱情描写

浅的《怎样对待古典文学作品？》一文在谈到应该如何区分文艺作品中的爱情描写和色情描写这一严肃而复杂的问题时，并没有进行针对性的思考，而是将之抛给了读者。稍后，大连文艺评论界对这一悬而未决的理论问题展开了讨论。

伯鱼在《毒草与色情》中专就色情和爱情问题进行了思考，他认为色情和爱情的区别标准不好掌握，如果要真做到不让一点色情的东西放出来，那就势必同时窒息了一些描写爱情的文艺作品。三兵对此则有不同看法，其在《不许色情泛滥，不是"半开门"》中表示，应从两方面来看待色情和爱情描写：一方面，露骨的色情的东西已经被人民唾弃了，不敢大胆地生长了，而那些所谓和爱情不太容易区分的色情，就是生长出一些来也不可怕，因为这样的色情毒素已经寥寥无几了，人们终究还是会辨别出来的，会抛弃的；另一方面，色情和爱情到底还是两个性质完全不同的东西，当我们限制色情生长的同时，并不会窒息那些描写爱情的文艺。[2]

友长在《色情可以放吗？》中认为，不能把唯心主义（及封建迷信等）和色情等量齐观，唯心主义是世界观问题，而色情是道德问题。"色情"在作品里有两种表现情形：一种是以宣扬色情为目的，另一种是以色情描写为手段以达到某种批判目的。[3]

这次有关文艺作品中色情描写的讨论实际上关系到文艺作品该怎样正确表现爱情、人性和把握描写分寸，同时也触发人们思考应该如何正确对待文艺遗产以及去芜存菁的批判继承，这有助于读者在阅读古典文学作品

---

[1] 白玉：《关于〈西游记〉的几个问题》，《旅大日报》1956年12月14日，第3版。
[2] 三兵：《不许色情泛滥，不是"半开门"》，《旅大日报》1957年5月28日，第3版。
[3] 友长：《色情可以放吗？》，《旅大日报》1957年5月28日，第3版。

时领会写作者的创作意图，也对当时读者正确看待传统文学作品的成就与缺陷、精华与糟粕，建立起辩证唯物主义认识具有积极意义。

二、对外国文艺名家名作的评论

大连文艺评论界一直关切国际文艺形势，一方面结合国外经典作家周年诞辰或忌辰等重要时间节点对有关作家作品展开介绍，一方面将国外最新进步文艺思潮或进步作家作品及时推介给读者，从而为读者打开了瞭望国际文艺之"窗"。

1. 介绍经典文艺思潮及作家

林常生的《欧洲历史上的文艺复兴》描绘了欧洲文艺复兴运动中文学和造型艺术灿烂多彩的景象，指出文艺复兴的主要思想内容就是人文主义，自然科学的出现是当时社会发展所迫切需要的。[1]

易卜生是 1956 年世界和平理事会纪念的世界十大文化名人之一。参研的《社会问题剧作家——易卜生》就对易卜生的戏剧创作予以了详尽的介绍，认为易卜生"为近代戏剧的发展开创了一个新纪元"，其戏剧深刻地描绘了社会问题。《国民公敌》"是近代文学中思想力量与艺术技巧密切结合的光辉作品之一"，"剧中的斯托克曼医生，就是易卜生的代言人。剧中的台词全部都是对当时社会制度、政治活动、道德观念的直截了当的批判。"[2]

1956 年高尔基辞世二十周年之际，《旅大日报》特地约请苏联学者尤·阿涅柯夫撰写了《苏联青年作家的伟大教养者——纪念高尔基逝世二十周年》，向大连读者介绍高尔基在培养整整一批苏维埃作家上的

---

[1] 林常生：《欧洲历史上的文艺复兴》，《旅大日报》1956 年 7 月 19 日，第 3 版。
[2] 参研：《社会问题剧作家——易卜生》，《旅大日报》1956 年 8 月 2 日，第 3 版。

主张和经验，诸如主张培养作家"更细心、更谨慎地写作""学习观察"等。[1]

1956 年 11 月 29 日是普列汉诺夫一百周年诞辰，《旅大日报》特发表莫斯科特稿《纪念普列汉诺夫诞生一百周年》以作纪念，文章高度评价了普列汉诺夫世界社会思想和文化思想宝库中的卓越贡献。[2]奥斯特洛夫斯基逝世二十周年之际，《旅大日报》1956 年 12 月 22 日第 3 版刊登有霍士的《巨大的鼓舞力量——纪念奥斯特洛夫斯基逝世二十周年》以作纪念。

1960 年为契诃夫一百周年诞辰，《海燕》杂志刊发了灵秀的长文《略谈契诃夫短篇小说的艺术特色——纪念契诃夫诞生一百周年》，结合契诃夫具体作品，从思想、艺术形象和艺术构思等几方面对契诃夫短篇小说艺术特色进行了分析，认为契诃夫小说观察敏锐、思想深刻，"虽然只是写了生活的一瞬间的事件，但作者却以自己对当时社会的深刻观察，使人们从这一个细胞里，更广阔的看到当时社会的腐朽情形"，在塑造人物形象时"往往是抓住人物性格最主要的一面来加以集中刻画，因而人物性格的典型性就表现的更加突出，更加鲜明"，其作品结尾含蓄、有力，令人深思，耐人寻味。[3]1959 年是俄国作家果戈理诞辰一百五十周年，《海燕》刊登了编者的《怎样把主题思想表达的更深刻些》一文，特别介绍了果戈理《外套》对生活素材的提炼概括能力，以此教导写作者深刻表达思想主题。[4]

欧洲 17 世纪著名画家伦勃朗在 1956 年迎来其三百五十周年诞辰，他同时也是世界和平理事会 1956 年纪念的世界十大文化名人之一。虹光的

---

[1]尤·阿涅柯夫：《苏联青年作家的伟大教养者——纪念高尔基逝世二十周年》，《旅大日报》1956 年 6 月 17 日，第 3 版。

[2]《纪念普列汉诺夫诞生一百周年》，《旅大日报》1956 年 11 月 30 日，第 3 版。

[3]灵秀：《略谈契诃夫短篇小说的艺术特色——纪念契诃夫诞生一百周年》，《海燕》1960 年第 1 期、第 2 期。

[4]编者：《怎样把主题思想表达的更深刻些》，《海燕》1959 年第 7 期。

《伟大的现实主义画家伦勃朗》高度评价了伦勃朗画作的成就，肯定了其画作中所反映的先进思想和画家在晚年对现实主义艺术创作精神的顽强坚持。[1]

2.译介苏联当代佳作

20世纪50年代，一些有影响的当代苏联文艺作品得到翻译介绍，大连文艺评论家择其要者进行讨论，让大连读者大开眼界。如苏联作家尼古拉耶娃的小说《拖拉机站站长和总农艺师》译文在《译文》1955年8—10期和《中国青年》1955年23、24期上刊发后，国内文艺界就对这部作品有了快速反应，如王蒙发表在《人民文学》1956年第9期上的短篇小说《组织部来了个年轻人》中的主人公林震就阅读并喜爱这篇作品，还立志向小说中的人物娜斯嘉学习。大连文艺评论家也同样及时聚焦《拖拉机站站长和总农艺师》这部作品，助推大连读者跟踪了解苏联文艺动向，如张福高迅即撰文《为新事物开辟道路！》，为这部描写集体农庄生活的小说喝彩，认为"作者以卓越的艺术笔法，为我们展现了在飞跃发展中的苏联集体农庄的广阔图景，也为我们揭示了生活中新的和旧的、先进的和落后的两种思想的矛盾和斗争"。文章对娜斯嘉的斗争精神进行了分析，认为"娜斯嘉的斗争所以能够获得胜利，是因为她的工作是从人民的幸福出发的，因而受到群众的拥护，是因为她的工作是和党的路线相吻合的，因而受到党的支持"。文章也不避讳小说存在的明显缺点，认为娜斯嘉"在复杂的斗争中，走了平坦的道路，没有更深刻地、广泛地展开对人物斗争的典型环境的描写，因而人物所遇到的困难以及所作的斗争，显得缺乏更充分的根据"。[2]这篇评论显然切中了小说本身所存在的问题。张福高还在《劳动是

---

[1]虹光：《伟大的现实主义画家伦勃朗》，《旅大日报》1956年7月12日，第3版。
[2]张福高：《为新事物开辟道路！》，《旅大日报》1956年1月29日，第3版。

英雄、豪迈的事业》中评介了李克斯坦诺夫获得 1949 年度斯大林文学奖的长篇小说《小家伙》，肯定了小说所塑造的柯斯嘉·马雷歇夫这个热爱劳动和斗争的光辉形象。[1] 韦戈《在劳动中成长——小说〈顿巴斯〉读后》[2]、苏成成《需要什么样的荣誉——推荐小说〈不需要的荣誉〉》[3] 也都是值得一读的评论文章。前者是就戈尔巴托夫的长篇小说《顿巴斯》而作的评论文章，号召读者学习苏联工人实现社会主义工业化计划中的创造精神；后者是就伏罗宁反映官僚主义造成家庭悲剧的小说《不需要的荣誉》所作的评论文章，提醒读者要认真思考"需要什么样的荣誉"。这些评论文章对大连读者了解同步发展的苏联文学成果，以及认知苏联当时火热的社会主义建设高潮都有着积极意义。

《拖拉机站站长和总农艺师》

苏联小说《顿巴斯》

《不需要的荣誉》

[1] 张福高：《劳动是英雄、豪迈的事业》，《旅大日报》1956 年 1 月 18 日，第 3 版。
[2] 韦戈：《在劳动中成长——小说〈顿巴斯〉读后》，《旅大人民日报》1954 年 10 月 10 日，第 3 版。
[3] 苏成成：《需要什么样的荣誉——推荐小说〈不需要的荣誉〉》，《旅大日报》1957 年 4 月 27 日，第 3 版。

三、评论现代文学名家精品

20 世纪 50 年代开始，一批优秀的新文学作家作品如鲁迅小说、郭沫若诗歌、巴金小说、曹禺戏剧等相继得以再版或者被改编成各种艺术形式与广大群众见面，这就引发了一个值得深入探讨的问题：应该如何评价这些表现过去时代的新文学作品？这些作品在崭新的时代里是否还有文学价值和现实意义？如何看待它们本身所存在的局限？在这些作品走向经典化之路时，大连文艺评论家特别是那些在学校从事中国现代文学教学和研究的人员对此积极发表看法，很好地解答了人们的诸种文艺困惑。

1. 精读细解鲁迅

在 1949 年中华人民共和国成立之后，鲁迅作为现代经典作家的地位得到了巩固，其作品得以更广泛地出版、推介和研讨。大连文艺评论界对这位伟大的文学家、思想家作品的阅读也随之走向高潮，涉及对其诗歌、小说、散文诗等的评价。

秋晓的《鲁迅先生的一首诗》对鲁迅《自嘲》进行解读，肯定了这首诗歌立场坚定、爱憎分明。[1]张福高的《鲁迅小说的现实主义精神》认为鲁迅小说的特色之一，便是表现出深刻的现实主义精神："这种精神继承和发展了古典现实主义的传统，并给后来的社会主义现实主义奠定了基础。由"吃人"的封建礼教开始，鲁迅对整个封建社会制度展开了抨击和控诉。鲁迅小说所刻画的老栓、阿 Q、闰土、祥林嫂、单四嫂子、孔乙己等一系列人物，"是罪恶的旧社会里的被侮辱与被损害的形象"。文章注意到鲁迅能正视现实、以清醒态度对现实作深刻剖析和批判，这是其批判现实主义

---

[1]秋晓：《鲁迅先生的一首诗》，《旅大日报》1956 年 10 月 4 日，第 3 版。

与旧现实主义区分开来的关键，鲁迅在抨击旧社会旧礼教的同时，从未忘记对"病态社会""国民的灵魂"的剖析。[1] 文章对《阿Q正传》的意义解读以及对阿Q形象的解析、阿Q思想的危害及社会根源的透视均显示出了写作者对鲁迅思想的精确把握。张福高还在《鲁迅的散文诗〈雪〉》中以鲁迅《雪》作为景物描写的成功范例进行评说，认为"《雪》就是借助江南和北方的雪景，赋予以社会生活的象征意义，并用诗的凝炼和谐的语言创造出两种不同的意境，曲折地表达出作者对北方黑暗现实的感受，抒发出浓烈的爱憎感情"。此文更有意义的地方在于对"散文诗"这种文体的精准定义："散文诗，是散文又是诗，但它又不同于通常见到的散文和我们一般概念中的诗。它不象散文那样对现实中的人物、事件、场景做展开的描写；也不象诗歌那样高度的凝炼和大幅度的跳跃。但它又常用散文的手法借写人、叙事、状物来寓寄深刻的思想和浓厚的感情；同时又用诗的语言创造诗的意境，来做为表达思想感情的途径和方式。它象散文，但在描写上不要求展开，而要求凝炼，不要求逼真，而要求传神，寓诗义于其中，供人品味、思索、咀嚼，做到言有尽而意无穷。这就又有诗的特点了。"[2] 文章在对散文诗与散文以及诗歌的异同的辨析中强调了散文诗作为独立文体存在的正当性。

王忠的《阿Q性格简剖——读书札记》在对鲁迅尖锐而深刻地揭露了中国资产阶级的软弱性、妥协性，揭示了资产阶级不可能担负起领导中国人民革命历史任务的历史真实所做的分析上，同样鞭辟入里，发人深省。该文认为，阿Q是辛亥革命前后中国农村中的一个流浪雇农，小说揭示了整个封建社会和封建思想对人民群众的毒害这一现象的本质，因而使阿Q

---

[1] 张福高：《鲁迅小说的现实主义精神》，《旅大日报》1956年10月19日，第3版。
[2] 张福高：《鲁迅的散文诗〈雪〉》，《辽宁师院学报》1979年第2期。

这一形象有可能成为高度艺术概括的典型。虽然鲁迅还不具有明确的阶级观点，还没看到中国革命的明确的出路，但是其对于辛亥革命所进行的严正批判，能揭示出当时农村阶级对立的真实面貌，引导读者意识到辛亥革命的彻底失败。[1]

鲁迅小说中经常会出现第一叙述人"我"，"我"和作者鲁迅是否是同一人，这是众多读者所普遍关注的，也是容易产生误解的，像被收录在语文教科书中的鲁迅小说的插图上也习惯性地把"我"画成鲁迅。魏松年的《鲁迅小说中的"我"不是作者》就鲁迅小说中的"我"是否是鲁迅本人展开探讨，认为"小说创作不是真人真事的简单记录。它是作者对社会生活和现实人物进行艺术加工、典型创造的产物"，"鲁迅用第一人称写小说，是根据艺术处理的需要而运用的写作技巧"，[2] 从而解决了当时中学语文教学中困扰许久的问题。

1959 年是五四运动四十周年，《海燕》1959 年第 5 期开辟专栏发表多篇纪念文章，其中就多有对鲁迅文学创作的评论，如矛英的《做一个工人阶级文艺家》、定华（即余定华）的《继承与发扬五四运动的革命传统》、中民的《鲁迅是"五四"精神的伟大体现者》、戴翼的《现代文学四十年的简单轮廓》、康伲的《请再读〈狂人日记〉》等。这些文章对五四运动的优良传统、文艺成果及代表作家作品进行了较为细致的梳理。中民的《鲁迅是"五四"精神的伟大体现者》就鲁迅在五四运动感召下以小说和杂文为武器精深剖析旧中国社会、辛辣讽刺和无情攻击封建反动统治及其思想意识的代表进行了分析，肯定了鲁迅"五四"精神伟大体现者的身份。康伲的《请再读〈狂人日记〉》对

---

[1] 王忠：《阿Q性格简剖——读书札记》，《旅大日报》1956 年 10 月 4 日，第 3 版。
[2] 魏松年：《鲁迅小说中的"我"不是作者》，《辽宁师院学报》1978 年第 1 期。

鲁迅《狂人日记》进行了文本细读，认为有必要从中吸取革命的文学教育，在对"迫害狂"患者的真心话进行分析之后，认为这篇小说是"一篇革命史诗式的巨著"。[1]

2. 解读巴金

作为一个民主主义作家，巴金的作品一直广受青年读者的喜爱，其小说《家》等控诉了封建社会、封建家庭对年轻一代的精神戕害。那么，这样的作品在中国社会改天换日之后是否还有阅读的价值？这是引发人们认真思索的一道难题。《旅大日报》1956年12月6日、18日曾连续两期刊载鲁平的长文《谈〈家〉〈春〉〈秋〉中的人物形象》。这篇文章认为巴金的《家》《春》《秋》"是在同一的主题下，以一个封建大家庭的分化、败坏、以致最后崩溃为内容，反映了五四运动之后到一九二五年大革命这个历史时期的中国社会现实"，小说热情地歌颂青春、赞美自由，同时严厉地批判妥协、顺从的奴隶主义，向我们具体而形象地显示了旧的反动的东西在日趋灭亡，新的革命的力量在日益成长。文章认为觉慧"是五四之后初步觉醒了的热情地投向革命斗争行列的青年知识分子的形象"，"觉民和觉慧可以说是同一性格的互相补充，互相映照。觉慧大胆、热情，但对同旧势力作斗争的复杂性还缺乏冷静的分析，把握得不准"，因此他们的斗争都还是小资产阶级的个人主义式的斗争，论其思想体系，还是属于资产阶级民主主义的革命范畴。[2]文章对温顺善良但遭遇不幸的鸣凤、傲视一切的淑华、半斗争半要娇争取到个人自由的琴等女性形象及其命运进行了详尽分析，肯定了觉新在无数惨痛事实的教育下、在封

[1] 康侃：《请再读〈狂人日记〉》，《海燕》1959年第5期。
[2] 鲁平：《谈〈家〉〈春〉〈秋〉中的人物形象》，《旅大日报》1956年12月6日，第3版。

建大家庭的命运已经无可挽救的情况下的转变。该文从人物形象塑造出发，论说《家》《春》《秋》的文学史地位，也不避讳地谈到小说没能指出明确的革命方向、艺术结构有些松散等缺陷，对于读者认识新文学作品价值及过去的时代都富有效力。[1]

---

[1]鲁平：《谈〈家〉〈春〉〈秋〉中的人物形象》，《旅大日报》1956年12月18日，第3版。

大连文艺批评的载体
与"声音"

社会主义革命和建设的 30 年，报纸、期刊、图书等纸质媒体以及各种文艺创作座谈会、文艺讲座等都是刊登、发布和传播文艺批评的主要载体。以大连文艺评论界来说，当时大连屈指可数的报纸、期刊和一些会议都是传播大连文艺批评声音的重要介质。

一、纸质媒体

1.《旅大日报》

《旅大日报》是当时大连文艺界发表文艺批评最重要的载体，众多文艺评论家的评论文章都是在这一重要理论平台上得以展示和传播的。《旅大日报》前身为 1945 年 11 月 1 日正式出版的《人民呼声》，由当时的旅大职工总会出版发行，该报于 1946 年 6 月 1 日改称《大连日报》，1949 年 4 月 1 日与《关东日报》合并后易名为《旅大人民日报》，正式成为中共旅大市委的机关报纸。该报出色地担当起了旅大市委发言人的任务，向广大人民群众传达省市委和党中央的精神，同时及时准确地反映人民心声。1956 年 1 月 1 日后改为《旅大日报》，1981 年 3 月 1 日易名为《大连日报》。报纸对开四版，定期设有《文化生活》和《文艺》两个文化副刊，上面除了刊登文艺作品和文艺消息外，还辟出大量版面刊登诗词鉴赏、影剧评论、作家作品评介等，这些评论文章对促进和提高广大读者的文学阅读和欣赏水平起到了积极作用。

《旅大日报》文化生活版

2.《海燕》杂志

作为大连唯一一份公开出版的文艺杂志，这一时期的《海燕》同样是发表文艺评论的重镇刊物。要提及的是，作为《海燕》前身的《旅大文艺》的前身是旅大文协在大公街十二号所编辑出版的《人民文艺》，该报每期对开四版，1949年9月创刊，总计出刊67期，大体上保持一周出版一期的频次，到1951年2月1日为止已出版了58期，1951年3月10日出刊到第61期。《人民文艺》上面刊登的文艺作品样式丰富，有诗歌、报告文学、独幕话剧、小演唱、歌曲、小歌剧、相声、鼓词等，同时也刊登少量的文艺评论，如《祝〈唇亡齿寒〉上演》(《人民文艺》1950年12月1日第4版)、陶雄的《澄清戏曲的舞台形象》(《人民文艺》1951年3月2日第4版)、蔡若虹的《旧彩印图画的改革问题》(《人民文艺》1951年3月2日第4版)、魏央的《从最近的剧稿中看到的几个问题》(《人民文艺》1951 年 12 月 27 日第 1 版) 等, 从这些发表的评论文章来看, 明显比较偏重于对当时上演的诸种舞台戏剧戏曲作品的评论, 这和舞台艺术作品较之文字作品的受众在当时更多、影响更大应该有着直接关系。由旅大市文联主办的《旅大文艺》正式创刊于 1954 年 1 月, 方冰、邵默夏先后担任该刊主编, 后根据上级指示为集中力量办好省文艺刊物《辽宁文艺》,《旅大文艺》于 1955 年 12 月停刊。《海燕》创刊于 1957 年 10 月 1 日, 主编邵默夏, 1960 年 12 月停刊。时隔 18 年后, 于 1978 年 10 月在邵默夏领导下复刊。

《人民文艺》1951 年 3
月 10 日第 61 期

《旅大文艺》创刊号

《旅大文艺》1954 年第 5 期

《旅大文艺》1955 年 12 月号

《海燕》创刊号 1957 年第 1 期

《海燕》1978 年第 1 期

作为新中国前 30 年时间里国内最早创刊的地方性文学期刊，《海燕》及其前身刊物《旅大文艺》总计约 5 年的办刊时间，但一直高度重视文艺批评工作，常常开设《社论》《评论》《创作谈》《作品讨论会》《讨论》《读者论坛》等栏目，就国内重要文艺政策、文艺现象、国内外文学名家、文学创作知识、新人新作等进行及时评介和展开热烈讨论，成为大连、辽宁乃至全国重要的文艺批评平台。该刊编辑经常从来稿中选出具有代表性的作品或普遍存在的问题，以书信体形式的评论文章进行探究，如季思提倡写作者注重生活积累,巧于构思。[1]刘显昌注意到当时一些作品中的英雄人物塑造得苍白无力,认为原因在于写作者对英雄人物缺乏深刻认识,艺术技巧上有缺陷,因此主张"把英雄人物放在矛盾斗争中去描写,使他的性格得到充分的发展",并且不能脱离具体的历史环境孤立地去描写人物,还特别强调写作者要"提高政治思想水平,深入生活,全面、细致地观察一切人,加强对生活的认识能力,磨练和提高艺术技巧"。[2]《海燕》上的这类评论文章所遴选的话题往往具有代表性,对堪为典范的古今中外优秀文学作品征引评点,有利于解决文学爱好者写作上的种种困惑,同时提升读者的文学鉴赏水平。

3. 全国性文艺报刊

当时一些全国性的文艺报刊如《剧本》《人民美术》《美术报》《戏剧报》《文艺报》《人民音乐》等也都是大连文艺评论工作者发表文艺见解的重要理论平台,譬如《人民美术》杂志 1950 年第 5 期上发表的朱鸣岗(冈)《从旅大两次美展中看工人美术作品的进步》是就 1950 年大连先后举行的"五一"第一届和"八一五"第二届美术展览中所涌现的工人美术作品进行评说的。又如青年业余作者韩旭在《旅大文艺》1955 年第 4 期上发表独幕剧作《扩社的时候》,《剧本》月刊在当年第 12 期上转载了这个作品,紧接着在 1956 年第 1 期上还发表了李钦对这个剧作的评论《表现农业合作化运动中积极的力量》,文章高度肯定了《扩社的时候》的成功,认为"作者具有比较敏锐的观察力"[3]。再如拥有 80 余人的专业话剧团旅大市话剧团,自 1953 年开始,数年时间在大连各地区演出话剧,场次不断攀升,营业收入大幅增加,张扬为此在《戏剧报》1956 年第 2 期上发表《旅大市

[1] 季思:《生活要厚,构思要新》,《海燕》1959 年第 9 期。
[2] 刘显昌:《试谈英雄人物的描写》,《海燕》1959 年第 11 期。
[3] 李钦:《表现农业合作化运动中积极的力量——读独幕剧〈扩社的时候〉》,《剧本》1956 年第 1 期。

话剧团为什么能多演出》的评论文章，介绍和推广旅大市话剧团的演出深受大连地区人民群众欢迎的成功经验。再如王石路在《人民音乐》1956年第5期上刊文《旅大市的业余歌舞活动》，对大连充分运用有利条件、蓬勃开展业余歌舞活动的情况进行了介绍。

《人民美术》1950年第5期　　《剧本》1955年第12期　　　《剧本》1956年第1期

显然，大连的一些文艺活动、现象以及作家作品因为有了地区乃至全国性的影响而得到了大连文艺评论界的及时关注、理论总结和经验输出。这些评论文章因为占据了高端的理论平台而让更多人见证了大连文艺和大连文艺批评的健康成长。

4.高校学报

20世纪70年代后期，在连部分高等院校创办的学报如《辽宁师院学报》等也成为重要的传播文艺批评的平台，上面大量刊载探讨重大文艺理论问题、现象以及文艺新作的研究评论文章，如陈悦青、曲宗瑜的《比兴与意境——学习毛主席诗词札记》，卢文辉、苗壮的《古诗比兴手法浅谈——学习〈毛主席给陈毅同志谈诗的一封信〉的体会》，毛庆其、叶纪彬和张志勋的《人民的心声，报春的"惊雷"——话剧〈于无声处〉的创作成就》等，都及时地汇入到思想解放的潮流中去，为尊重文艺创作规律、传播时代精神、推送重要文艺作品进行了非常有必要的理论加持，不但为大连文艺批评的发展提供了良好的生长空间，也以积极而崭新的姿态迎接新的历史时期下文学的新生。这些评论文章的作者们大抵都在高等院校工作，其中如陈悦青、叶纪彬等在20世纪80年代以后有了更大的成长空间，成为"学院派"评论家的中坚力量。

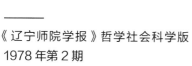

《辽宁师院学报》哲学社会科学版
1978年第2期

《辽宁师院学报》哲学社会科学版
1979年第2期

二、会议载体

除却上述这些纸质媒体，中国作家协会、旅大市委宣传部、旅大市文联等众多省内外和中央机关团体、事业单位在大连召开的各类座谈会、研讨会、举办的诸种文艺讲座也是当时公开和发布文艺评论的重要平台。因为会议或讲座的规模、层次、发言人和与会者的身份等差异，这些会议的声音实际惠及和影响的受众与辐射时长有所不同，有的在当时即形成文字，见诸报端，还有的在当时没能得到公开传播，但在日后实际产生的影响不容小觑。

1. 文艺讲座

旅大市文联当时经常有计划地举办一系列"文学艺术讲座"，以提高广大文艺爱好者及创作者的文艺欣赏水平和创作水准。如 1956 年旅大市文联曾分别就京剧、评剧、话剧、电影和文艺书刊等做过多次专题报告，从文艺角度对思想性较高、艺术性较强的演出及作品作具体讲解和分析，帮助业余作者观摩学习。1956 年 9 月、10 月是鲁迅诞辰七十五周年和逝世二十周年纪念月，旅大市文联借此机会举办各类纪念会、报告会、诗歌朗诵会和座谈会等，注重向广大人民群众普及推广鲁迅作品，提高对鲁迅小说、诗歌、散文等写作的认识水平。

旅大市中苏友好协会从 1956 年 12 月开始，举办俄罗斯古典文学讲座，由中苏友好俱乐部图书室给读者发放听讲证，旅大市中学教师进修学院教师于涵平、于植元、杜松贤等同志担任主讲，系统地介绍俄罗斯伟大作家的生平，并对俄罗斯作家的主要著作进行分析，讲座历时一年余，每月讲授两到三次，按照俄国文学史的编排顺序将普希金、列夫·托尔斯泰、车尔尼雪夫斯基、契诃夫、高尔基等重要俄罗斯作家讲授完毕。

2. 座谈会

1956 年 8 月 8 日，旅大市委宣传部邀请职业和业余作者召开座谈会，讨论"双百"方针贯彻实施情况。与会人员就繁荣创作和开展文艺批评以及过去在这方面的缺点提出了不少宝贵意见。从发言情况来看，大家都能无所顾忌，畅所欲言。姜沧寒在《把一切能动员的力量动员起来，并给他们以成长健壮的条件》中认为，首先要有"齐放"和"争鸣"的队伍，"旅大地区的批评落后于创作，而在创作的领导上又有些重戏剧轻散文的倾向，对其他形式的创作，如音乐、美术就更差了"。乐凤桐在《几点感想和意见》中认为，文艺批评不景气的现象和从事文学艺术活动者的主观思想上努力不够以及有关方面促进提倡得不好有关，直言"《旅大文艺》和《旅大日报》在这方面做的都不能令人满意。组织文艺批评方面的稿子完全是处于被动，甚至是为了装装门面"，期待旅大市文联更好地发挥对文艺界的组织领导作用。张琳作为《旅大文艺》编辑所做的书面发言同样犀利，他认为过去文艺界有很多错误和缺点都与不能很好贯彻"百花齐放，百家争鸣"的方针有关，这导致了旅大地区文艺批评不繁荣，例如《旅大文艺》在发表评论文章时往往写富有暗示性的编者按语，引导大多数读者倾向编辑部，因而不能公正、客观地引导大家自由展开讨论；《旅大日报》发动群众的批评活动，不请作者和原来的讨论发起者参加，这对自由讨论没有好处；文艺界对于文艺的特点、文艺的教育作用问题重视得很不够，也不明确，往往把文艺和政治宣传等同起来。孟广山在《如何才能鸣得好？》中认为，对争鸣意见应该不加任何限制，还以个人经历为例说明大连具体的文艺批评活动的缺失。[1]

1956 年 8 月 9 日下午，全国总工会和中国作家协会组织的作家参观团与大连 60 多位业余文艺创作者在民族工人文化宫的小会议厅里举行座谈会。座谈会分为散文、儿童文学、戏剧 3 个小组进行。与会知名作家有儿童文学作家陈伯吹、叶君健等，戏剧家汪金丁、何洛等，小说家陈登科、章靳以、陈残云、于峰、孔罗荪等，他们耐心细致地解答了大连作者的诸

---

[1]《如何贯彻"百花齐放，百家争鸣"的方针？》，《旅大日报》1956 年 8 月 21 日，第 3 版。

多问题，澄清了大连业余写作者们关于写矛盾、写悲剧、业余创作等很多问题的模糊认识。首先，与会作家认为，矛盾是表现生活的真实，有生活才有矛盾，但作家要用生活本身反映生活，不要单纯从矛盾出发，为写矛盾而写矛盾，从而人为地制造矛盾。也不是一切戏剧都非写矛盾不可，写矛盾也不能从简单的公式出发；不然就不能真实地反映生活。其次，在新社会是否可以写悲剧这一问题上，大家达成共识，即可以写悲剧，但今天的悲剧不是写个人的痛苦和悲哀，而是写像刘胡兰、黄继光、董存瑞那样为了革命牺牲自己的悲剧，像这样的题材，是可以写悲剧的；悲剧要有高尚的价值，要有一定的教育意义，至于个别人因跟不上时代而造成的个人悲剧，是不值得同情和描写的。再次，关于业余创作问题。于峰认为，业余作者是最能写出好的主题作品的，他以在广州有 80% 的作品是业余作者写的而且水平很高这一事实来说明，有好多名著都是业余作者写出的，因为大家分布在各个不同的岗位上，接触面广，生活接触得也很深。陈伯吹主张，现代作者应该熟悉什么题材写什么题材，儿童文学题材问题，就是作家的生活问题。叶君健就此进一步说明，儿童文学题材很多，由于儿童到社会上的时间短，缺乏社会生活，具有幻想的特点，所以只要能引起儿童幻想的新奇的东西，作者都可以写。要通过生动有趣的故事，像诗一样美丽的想象，来培养儿童性格、思想的成长。孔罗荪认为，作家写人物要有一个模特儿（典型对象），但还必须综合、丰富、加工一个人物的典型性格，所以要仔细地观察很多人，写出人物的概括性、典型性来，古典小说今天还吸引人，就因为把人物写活了、把生活中复杂的东西写出来了。他特别就《水浒传》中一百单八将每一"将"的出场都各有不同进行说明，建议写作者从简单入手，写作品要由小到大，写最动人的东西。尽管这些与会知名作家并没有形成专门的文艺评论文章，但他们的谈话都是经验之谈，且富有针对性地面向大连作家传经送宝，这对于推动大连文艺创作健康发展、提高文艺批评水准具有积极意义。

1956 年 10 月中旬，旅大市文联召开了旅大市青年文学创作者会议，总结过去两年来旅大文学创作上的成绩和缺点，交流创作经验，以此激发青年业余作者的创作热情，提高业余作者的创作水平。

3. 大连"农村题材短篇小说创作座谈会"

1962 年 8 月 2 日至 16 日，中国作协在大连召开"农村题材短篇小说创作座谈会"。这次会议规模并不大，有来自北方 8 个省市的 16 位作家和评论家，另有中宣部、中国作协的领导和会议工作人员，与会者一共 20 人左右，但本次"大连会议"影响深远。会议着重研讨了文艺创作如何反映人民内部矛盾，更好地为社会主义服务的问题，深刻地触及了小说创作和农村现实生活中的诸种问题。周扬、茅盾、邵荃麟、赵树理、周立波、康濯、李准、马加、韶华、西戎、李束为、胡采、刘澍德、方冰、陈笑雨、侯金镜、李曙光等当时国内一流的文艺理论家和文艺工作领导人均在会上作了长短不一的发言。

时任中宣部副部长、文化部副部长周扬在 8 月 10 日的讲话中表示："作家还是要写他所看见的、所感受到的、所相信的。没有见到感觉到也不相信的，不要去写。忠实于生活，忠实于真理，忠实于客观事物，对党讲真话，就是党性的体现。"[1]周扬在讲到农村题材创作时特别主张，文学取材范围可以更广泛一些，认为作家不要把创作搞得很狭窄，"有思想的作品，都是有美有刺……歌颂与批评不要分割开"[2]，"我赞成办个内部刊物，多登

[1]周扬：《在大连创作座谈会上的讲话》，载《周扬文集》第四卷，人民文学出版社，1991，第 201 页。

[2]周扬：《在大连创作座谈会上的讲话》，载《周扬文集》第四卷，人民文学出版社，1991，第 205 页。

些批评性的作品，揭露消极现象的长篇短篇都可以。只要没有什么恶意，语言尖锐些，发点牢骚，也没什么"[1]。其在会上的"有毒的香花"论可谓形象诠释了"愤怒出诗人"："我看过去的作品都是有愤怒的，现在的作品，没有愤怒，因为愤怒就会牵扯到攻击社会主义制度。现在也发一点愤怒，也许出现好作品……可以出现有毒的香花。"[2]据此，周扬还特别对东北文学题材的开掘表示了浓厚兴趣，谈到了大连历史在文学写作中的特殊意义："屈辱的历史，也应当写，可以教育人民，教育后代。现在大家写抗联、写解放以后的多。其实除了抗联，自发的农民斗争也可以写。旅顺有个万忠墓，是甲午战争时留下的，这个题材还是可以写的。反映日本侵略的历史题材的作品很有意义，主要是教育人民。跟日本人民的友谊是一回事，反对军国主义是不能动摇的。日本侵略者在东北的残酷统治和累累罪行，是近代史、现代史上的重要篇章，可能很多人都不知道。是不是有些题材还在我们的注意之外呀？"[3]著名作家、时任文化部部长茅盾在8月12日讲话中对周扬同志的发言表示赞同，同时就人物创作问题进一步表态："我们写两头的典型，写得非常生动鲜明，但还是太简单些。事实上精神状态还要复杂些"[4]，"人是不同的，多样的，农民也是复杂的。我们的作品有了很大的进步，但典型人物也还不够多样化，还有点简单"[5]。时任中国作家协会副主席、党组书记的邵荃麟在此次座谈会上先后作过3次讲话，在提

[1]周扬：《在大连创作座谈会上的讲话》，载《周扬文集》第四卷，人民文学出版社，1991，第 207 页。
[2]廖师文：《蚍蜉撼树谈何易》，《旅大日报》1969 年 12 月 18 日，第 3 版。
[3]周扬：《在大连创作座谈会上的讲话》，载《周扬文集》第四卷，人民文学出版社，1991，第 202 页。
[4]茅盾：《在大连创作座谈会上的讲话》，载《茅盾全集》第二十六卷，黄山书社，2014，第 580 页。
[5]茅盾：《在大连创作座谈会上的讲话》，载《茅盾全集》第二十六卷，黄山书社，2014，第 582 页。

到题材广阔性和战斗性问题时如是说："我们当然也可以写不是直接与生活斗争有关的，也不要把写内部矛盾与战斗性对立起来。"他认为，从反映现实的深度、革命斗争的长期性、复杂性、艰苦性来看，当时的文艺创作做得还不够："在人物创作上，比较单纯，题材的多样化不够，农村复杂的斗争面貌反映的不够。单纯化反映在性格上，人与人的关系上，斗争的过程上，这说明了我们的作品的革命性强，现实性不足。"在谈到典型问题时，邵荃麟以当时出版的几部长篇小说，如柳青《创业史》、周立波《山乡巨变》中的人物塑造为例，明确表示："强调写先进人物、英雄人物是应该的。英雄人物是反映我们时代的精神的。但整个说来，反映中间状态的人物比较少。两头小，中间大；好的、坏的人都比较少，广大的各阶层是中间的，描写他们是很重要的。矛盾点往往集中在这些人身上。我觉得梁三老汉比梁生宝写得好。亭面糊这个人物给我印象很深，他们肯定是会进步的，但也有旧的东西。"[1] 邵荃麟进一步指出，"《创业史》中的梁生宝，是最高的典型人物。但我不认为是写得最成功的。梁三老汉、郭振山等也是典型人物。谈《红旗谱》，只谈朱老忠，但严志和也是成功的典型"[2]。邵荃麟的讲话体现了那一代文艺理论家的文艺良知和理论担当。这次座谈会上提出的"现实主义深化论"和"中间人物论"两个文艺观点在当时乃至日后成为当代中国文艺理论发展中的重要议题。值得提及的是，在此次"大连会议"上，时任旅大文联主席方冰同志也有形象诙谐的发言，可谓快人快语，他说现在写英雄人物一味拔高，好像杀猪拔毛，把猪吹得鼓鼓的，把毛刮得光光的，

---

[1] 邵荃麟：《在大连"农村题材短篇小说创作座谈会"上的讲话》，载《邵荃麟评论选集》上册，人民文学出版社，1981，第 393—394 页。

[2] 邵荃麟：《在大连"农村题材短篇小说创作座谈会"上的讲话》，载《邵荃麟评论选集》上册，人民文学出版社，1981，第 402 页。

这肥胖光亮的猪很好看了，可这是头死猪啊！[1]

周扬

《周扬文论选》

茅盾

邵荃麟

方冰

　　虽说这次座谈会上并没有集中出现纯粹大连文艺理论评论家的声音，但中国当代文艺批评史上自此留下了重要的大连印记，其对当时乃至之后中国文学的健康发展，对展开正当的文艺理论争鸣都具有积极的推进和启

[1]赵郁秀：《诗人方冰和王二小》，《文艺报》2017年9月4日，第3版。

示作用，因而值得在大连文艺批评史册上记录下这重要一笔。更何况，从众多与会理论家们的发言来看，"大连"是一个重要的文艺符号，大连的历史和现实、大连的文艺创作是一直处在这些资深理论家的观察视野中的，日后诸多大连作家都在小说、散文创作中凝眸大连过往那段屈辱殖民历史，不能说和这次座谈会上专家领导们的发言和鼓励没有关系。

第四节
Section 4

大连文艺评论工作者的
构成和贡献

在社会主义革命和建设的 30 年的时间里，大连先后涌现了一大批在文艺评论写作方面卓有建树的作者。基于写作者的革命经历、专职工作、学识素养等，我们大体上可将这一时期的评论家分为"实践派""学院派"和"群众派"三类。

一、来自解放区的"实践派"

"实践派"指的是那些来自解放区的文艺工作者，他们作为"外来者"和文艺工作的领导者，将解放区文艺的精神火炬带到大连并在这里从事新民主主义文化的播种工作。他们是在中国共产党精心培养下成长起来的文艺家，一面经历了战火的淬炼，有着坚定的革命信仰；另一面接受了马克思主义文艺思想的洗礼，在基层文艺工作中积累了丰富的文艺创作经验，因而对文艺工作的领导和开展，对文艺问题的认识成熟而精准。文艺评论写作是他们本职革命工作的一个水到渠成的延伸，是他们在开展文艺工作中就所关心的文艺创作问题而进行的理性观察和评述。这一类代表有方冰、余定华、邵默夏等。

1. 方冰

方冰（1914—1997），原名张世方。男，安徽凤台人。1938年进入陕北公学学习，同年加入中国共产党，在华北敌后晋察冀边区打游击的同时开始担任宣传工作，由此开始了诗歌写作生涯。在解放区的街头诗运动中，他和田间是积极的发起者与倡导者，他还担任《诗建设》编辑，其1942年创作的诗歌《歌唱二小放牛郎》为作曲家李劫夫谱曲后，广为传唱。1944年，方冰返回延安，后创作了反映敌后抗日根据地人民艰苦斗争生活的长篇叙事诗《柴堡》，抗战胜利后来到东北，先后担任新民县委宣传部长、旅大市文教局长、文化局长兼文联主席，中国作协沈阳分会主席，辽宁省作家协会副主席等职，著有《战斗的乡村》《大海的心》等诗集。20世纪50年代，国内掀起评论昆曲《十五贯》的热潮，方冰写有《试谈〈十五贯〉的艺术成就及其现实意义》，是大连文艺评论界众多评论文章中最有理论深度的一篇。当1958年新民歌运动在全国轰轰烈烈开展之时，方冰写有《新民歌对我的影响》，就新民歌之于新诗建设的功用及其前途加以肯定："新诗只有从民歌——尤其是新民歌出发，才有广阔的发展前途，才能成为人民的东西"，"民歌——尤其是新民歌的形式，不仅不单调，而且是丰富多彩的，它完全能够反映最复杂的生活斗争，而且随着生活斗争的发展在发展。它永远是新诗取之不竭的源泉。"[1]20世纪60年代，辽宁工人诗人刘镇作为诗坛的一颗新星冉冉升起，方冰欣然为其诗集《晨号集》作序，结合刘镇的诗歌创作，对刘镇模仿马雅可夫斯基的楼梯式、民歌体并有自己风格和语言上的独特创造进行了细致的论说："刘镇创造性地运用工人的语言，吸取中国古典诗词同新旧民歌的表现手法，以他独具特色的风格和形式，比较成功地反映了新中国工人阶级的生活，唱出了新中国工人阶级的

---

[1] 方冰：《新民歌对我的影响》，《诗刊》1958年第10期。

声音，塑造了新中国工人的形象，在诗歌园地里开放出一枚灿烂的花；不但引起文艺界的重视，而且得到广大工人群众的喜爱，说：'这才是咱们工人的诗！'"[1]

方冰与女儿方青卓

方冰作词《歌唱二小放牛郎》

2. 余定华

余定华（1923—2020），男，籍贯江西。1938年秋参加上海党地下组织上海学生协会工作，1942年7月在苏中加入中国共产党，1949年4月被调到大众书店任副经理兼编辑部长，具体负责《学习马列主义理论的补助资料》，该书主要摘编马恩列斯经典著作中的有关论述，同时编选了毛主席的有关论著，共计12篇文章。1949年9月，余定华去北京参加全国新华书店出版工作会议，中央部委领导在审阅了其所携带的《学习马列

[1] 方冰：《刘镇的成长——序刘镇〈晨号集〉》，《诗刊》1964年第7期。

主义理论的补助资料》一书清样后给予了肯定。1950 年 1 月，上下两册共 140 万字的《学习马列主义理论的补助资料》出版，受到全国读者的欢迎。1955 年 5 月，余定华调任旅大市人民政府文化局，以后长期担任副局长、局长、党组书记等职。1958 年，合作改编李季的叙事诗《菊花石》为京剧剧本，由大连京剧团搬上舞台，获得很好的反响。20 世纪 60 年代初，余定华还曾使用笔名"甘日骆"发表了不少针砭时弊的杂文，其中较为著名的有《避聒与没字碑》，他后来还在戏曲戏剧研究方面有很大成绩，担任《大连市戏曲志》顾问。1959 年五四运动四十周年之际，余定华在《海燕》1959 年第 5 期发表了《继承与发扬五四运动的革命传统》一文，在对五四新文学革命运动和四十年来我国革命文艺的优良传统进行了较为细致的梳理之后，对毛泽东文艺思想有着切实而认真的领会，主张文艺工作者要在更深的程度上和工农群众相结合以创作出"足以表现我们伟大时代的丰富多彩的艺术作品和艺术形象"，特别看好并主张发挥群众业余创作的巨大潜力，"广大业余创作活动数量的发展和质量的提高必将会推动专业作者的提高，会有利于我国文学事业的发展"，"只有专业作者和业余作者都在政治思想上和艺术技巧上达到成熟的程度，我们才能建立起一支真正强大的工人阶级的文学创作队伍"。[1]

《大连市戏曲志》

---

[1] 余定华：《继承与发扬五四运动的革命传统》，《海燕》1959 年第 5 期。

3. 邵默夏

邵默夏(1927—2018),原名王乐宾,曾用笔名"谷汀"。男,山东招远人。少年时即参加抗日救亡活动,1940年参加革命工作,1944年5月,加入中国共产党,1945年调至东北,先后任大连关东日报社编辑、科长,新华社记者,大连广播电视局副局长、党组副书记。1954年后,先后担任大连文联创作组长,《旅大文艺》和《海燕》主编,大连市文联主任、党组书记,大连市作家协会主席等职。国家一级作家,著有《窗下》《寻儿记》《厂报事件》《蓝天呼唤》《步云山夜话》等作品。邵默夏(谷汀)曾在纪念鲁迅逝世二十周年之际写作了《纪念鲁迅,学习鲁迅》一文,通过释读鲁迅与青年作家的一些通信,对鲁迅关于文学创作的精湛而切实的见解进行介绍。比如文章中提到鲁迅对文学的阶级性的肯定,从而提醒当下文学写作

邵默夏

邵默夏手稿

者要学会用政治头脑去考虑文学创作。如果只是单纯认为"只要合人情就可以写",或者只是因为"社会的压力"所致而进行创作的,这是不可取的。文章还以鲁迅教导青年不要把文学当成敲门砖和进身之阶为例,主张写作者要以韧的精神从事文学创作,并和实际斗争紧紧相连。[1]

4. 师田手

师田手(1911—1995),原名田质成。男,吉林扶余人。九一八事变后流亡关内,在北平弘达学院读高中。1933年参加中国左翼作家联盟,1934年入北京大学中文系就读并担任北平"左联"组长,1936年参加中华民族解放先锋队,1938年赴延安任文艺协会组织部秘书、党支部书记,后任三五九旅七一八团文艺工作队秘书。1945年后在沈阳《东北日报》任记者,1946年担任吉林省备粮工作队秘书主任、工作队长,1948年担任吉林双阳县县长、县委常委,1949年后担任吉林省教育厅长、吉林省文教委员会副主任、东北作家协会执行副主席等。主编《文学丛刊》,有短篇小说集《燃烧》《大风雪里》,诗集《螺丝钉之歌》《歌唱南泥湾》,文艺评论集《红雨集》等。

——— 《大风雪里》

---

[1] 谷汀:《纪念鲁迅,学习鲁迅》,《旅大日报》1956年10月2日,第3版。

二、来自学府的"学院派"

"学院派"评论家通常受过较系统较正规的学院教育，建立了对古今中外文学的认知体系，在学校（尤其是高校）如大连大学、辽宁师范学院（今辽宁师范大学）等从事文学教学和研究工作，如张福高、于植元、韩悦行、戴翼、叶德浴等。他们的文艺评论文章或者是对中国现代作家作品的分析解读，或者是对马克思主义经典作家论述的学习阐释。"学院派"评论家是当时大连文艺评论界的中坚力量，到了新时期以后，他们有更大的学术成长空间，不但在文艺批评领域纵横捭阖，积极建言献策，显示了不凡的见识，更在自身的专业文学研究方面成就卓著。尤其是新时期以后，越来越多来自学校的评论家加入此列，所产生的社会影响和文艺批评的成就也越来越大。

于植元

1. 于植元

于植元（1927—2003），男，山东文登（现威海市文登区）人。著名学者、教育家、书法家。1946年来到大连，先后在大连市立初级师范、旅大师范、旅大教师进修学校、大连大学等校任教，曾任大连大学副校长、大连师范学院院长，辽宁省文史馆馆员。20世纪五六十年代之交，于植元发表了诸多评论，如《关于鲁迅诗歌研究》《鲁迅诗本事质疑》《与郭沫若关于〈兰亭序〉研究的商榷》等。1979年后对满族文学多有研究，著有《清代满族著名文学家：英和与奎照》一书。

2. 张福高

张福高（1925—），曾用名张甫、张翅、张静。男，辽宁旅顺人。1948 年毕业于北平中国大学。曾在大连大学等学校长期从事教育工作，在现代文学研究和古代文献整理方面都有所得。曾任大连市作家协会副主席、大连市委顾问、大连市政协常委兼提案委员会副主任。其文学创作主要侧重少年儿童文学方面，先后出版了《高尔基》《红领巾的故事》《人民的旅大》《中国人民志愿军的故事》等书，校点过《情史》，著有《〈野草〉浅释》等，发表了 100 余篇文学评论文章，1991 年出版《文学创作论集》。

3. 戴翼

戴翼（1927—），曾用笔名代一。男，辽宁辽阳人。1945 年在黑龙江参加工作，1953 年毕业于北京师范大学中文系。先后执教于东北教育学院、沈阳师范学院、辽宁师范大学等学校，长期从事中国现当代文学教学和研究工作。主编《中国现当代文学辞典》，参编《爱情新诗鉴赏辞典》，在各级报刊上发表研究鲁迅、郭沫若、巴金等现代作家作品的学术论文及文艺评论、文学作品等近百篇，较著名的有《正确理解"白莽作〈孩儿塔〉序"》《郭沫若前期的文艺思想不是"为艺术而艺术"》《向一个垂死制度的控诉——〈激流〉的悲剧描写》等。五四运动四十周年之际，戴翼写有《现代文学四十年的简单轮廓》，该文是对 40 年来现代文学运动发展概况的勾勒与梳理，文章以 1942 年毛泽东《在延安文艺座谈会上的讲话》发表和 1949 年中华人民共和国成立为界，将现代文学分为 3 个阶段，在对新中国成立以来文学运动的梳理中，文章特别提到了以《阿诗玛》为代表的少数民族文学艺术、工农兵作者创作的新民歌、"工厂史""农村史""革命回忆录"等新型表现形式和毛主席诗词，认为这些都是"我们

戴翼

文学中最光辉的典范和宝贵的财富"。[1]20 世纪 70 年代后期写作《不朽的艺术生命——郭老建国后诗作简论》一文,主要就郭沫若新中国成立后的诗歌创作进行总体评析,文章对郭沫若诗歌中饱满的政治热情予以肯定,认为郭沫若的当代诗歌创作表现了鲜明、强烈的时代内容和精神,反映了诗人高度的时代敏感性。[2]

4. 张琳

张琳(1929—2007),原名张钦禄,曾用笔名李音、王双木。男,山东蓬莱人。1945 年肄业于大连商业学堂。其后在大连第三完小、大连文联等单位任教师、编辑等。曾任《旅大文艺》月刊副主编、《海燕》文学月刊主编、大连市作家协会副主席。1946 年开始发表作品,著有长篇小说《银河浪漫曲》、中篇小说《叶茂花红》、长篇报告文学《晚霞美丽》、中短篇小说集《大海之恋》《旅顺口的友谊》、中篇报告文学《火车女司机》、报告文学集《五彩星光》、大型话剧剧本《红旗》(合作)等。短篇小说《亲爱的妈妈》入选 1956 年中国作家协会编选的全国优秀短篇小说集。先后写有《冲突——戏剧的生命——读〈独幕剧选〉》《对〈四郎探母〉及其批评的意见》等评论文章。《冲突——戏剧的生命——读〈独幕剧选〉》通过

---

[1]戴翼:《现代文学四十年的简单轮廓》,《海燕》1959 年第 5 期。

[2]代一:《不朽的艺术生命——郭老建国后诗作简论》,《辽宁师院学报》1978 年第 2 期。

研读收录了 10 篇独幕剧的《独幕剧选》一书归纳出戏剧创作的重要准则："冲突，这是戏剧的生命。然而，仅仅选择了冲突还是不够的，还必须正确地去表现它，处理它。冲突的具体表现方式是因生活真实的不同而不同的。戏剧冲突有着广阔的表现方式。冲突表现在思想感情、心理活动上。"[1]《对〈四郎探母〉及其批评的意见》就剧中杨四郎的形象塑造进行了分析，对其复杂的性格和矛盾的心理成因进行观照，主张对这部剧作加以适当修改以助于对照地刻画出杨家将忠烈的鲜明性格来。[2]

5. 韩悦行

韩悦行（1932—），男，辽宁大连人。1954 年毕业于东北师范大学中文系。先后于旅大师范学校和大连第三中学担任教师。出版《辽东古邑——大连牧城驿》《大连掌故》等书。

———
张琳

———
《大连掌故》

---

[1] 李音：《冲突——戏剧的生命——读〈独幕剧选〉》，《旅大日报》1956 年 8 月 19 日，第 3 版。

[2] 李音：《对〈四郎探母〉及其批评的意见》，《旅大日报》1956 年 10 月 11 日，第 3 版。

《七月派：新文学的骄傲》

6. 叶德浴

叶德浴（1920—2019），笔名伊凡，男，浙江杭州人。先后任大连师专、大连大学汉语言文学教育系教师。曾出版《鲁迅小说研究》《胡风事件材料评说》《七月派：新文学的骄傲》等专著。他在大连师专任教时，后来成为著名鲁迅研究专家的孙郁（鲁迅博物馆前馆长、中国人民大学文学院前院长）、散文作家素素和剧作家高满堂，都在他的引领下走上了文学研究和创作的道路。

7. 何天资

何天资（1934—），男，辽宁大连人。20世纪50年代开始发表作品，有故事、小说、报告文学作品、文学评论等。历任小学教员、机关干事、中共沙河口区委统战部部长等职，退休前为沙河口区政协副主席。

8. 叶纪彬

叶纪彬（1938—2021），笔名荆溪，男，福建闽侯人。1962年毕业于华东师范大学中文系。20世纪70年代后期发表的《形象思维深化运动及

何天资

其特点的探讨》《现实主义三题——学习马克思、恩格斯论现实主义札记》等文章有效地揭示了文学创作规律。在《文艺研究》《文艺理论研究》《社会科学战线》等刊物上发表百余篇学术文章，有代表性论著《艺术创作规律论》《中西典型理论述评》等出版。

———
叶纪彬

9. 徐斯年

徐斯年（1937— ），男，浙江永康人。毕业于辽宁师范学院中文系并留校任教。先后发表《试论鲁迅的〈科学史教篇〉》《鲁迅和〈吕超静墓志〉》等多篇鲁迅研究文章。后调至苏州大学工作。在鲁迅研究、通俗文学研究和戏剧研究等方面均有诸多成果。他的《试论鲁迅的〈科学史教篇〉》对鲁迅早期论文《科学史教篇》的创作主旨和历史意义进行了探究，认为《科学史教篇》对资产阶级旧民主主义革命的思想理论基础的建设具有独特而杰出的贡献。

———
徐斯年

三、来自基层的"群众派"

　　"群众派"评论家多为工农群众或者驻连部队官兵,在本单位从事文化宣传等工作,文艺评论写作多为兴趣使然,虽然不一定有多么高的理论水平,更多来自个人的文艺直观感受,属于秉笔直书,但是充分体现了对文学写作的关注和热情。他们在20世纪六七十年代的文艺评论界占据主流,评论意见在广大工农群众读者当中具有比较强的代表性。其所从事的职业往往和所评论的作品题材有关联,也因此带有某种权威性。如刘淑娥的《看少年儿童电影周上映的影片》,对《青春的园地》和《罗小林的决心》等儿童电影进行评析,充分肯定了这些电影的教育意义,但也提到这些影片对儿童心理的了解不够深也不够透,人物性格不足以显现出少年儿童活泼勇敢的性格和青春活力。[1]这些看法本身就很有启发性,加之作者是全国青年社会主义建设积极分子、旅大师范附小总辅导员,就令其意见具有了某种权威性。还有一部分"群众派"的文艺评论发表时通常不署作者姓名,而是刻意强调作者的集体创作身份,以此说明写作成果属于集体智慧,是代更广大的人民群众发声,多冠以"批判组"或"写作小组"之名,如"旅大市文艺系统革命大批判写作小组""大连铁路北站革命工人批判组""大连水产专科学校革委会革命大批判组""沙河口区拥军人民公社革委会"等,如是强调写作者的集体性和权威性。即令标署评论者的姓名,也多是用"丁学雷""吕革宣""吕学文""冀向东""群力"等化名,这些笔名本身富有相当的政治寓意,而且很可能也是集体创作而成。还有的评论在署名时格外强调写作者的职业、身份、单位、组织等特征,如"海军某部×××""凌水公社窑沟生产队队长×××""沙区革委会'五七'战士毛泽东思想学习班×××""铁路工人×××"等,以此强调作者的评

---

[1] 刘淑娥:《看少年儿童电影周上映的影片》,《旅大日报》1956年3月6日,第3版。

论意见具有相当的代表性，这些都打着深深的时代烙印。

这一时期，在众多"群众派"评论者当中，也涌现出来一些有所成就的评论者。较为典型的如王续琨，他属于业余写作者，对诗词兴趣尤其浓厚，曾先后发表多篇评说老一辈无产阶级革命家诗词的评论文章，如《浩气壮山河，诗情荡人心——〈朱德诗选集〉读后》，认为朱德的诗作风格质朴、亲切平易，"正是他那种谦虚谨慎、朴实厚重的伟大人格的艺术折射，是无产阶级高贵品质的生动体现"。[1]《诗如其人——读〈陈毅诗词选集〉一得》一文对《陈毅诗词选集》中的150首诗词进行了细致评说，肯定了陈毅诗词中反映的思想感情和特有的艺术风格，表达了这样的认识："要写出革命的诗歌，必须努力使自己成为坚定的无产阶级革命者。"[2] 在《马克思主义文艺理论宝库的光辉文献》中，根据毛泽东信件中关于"诗要用形象思维方法"以及"从民歌中吸引养料和形式"的看法，主张诗歌创作者要认真学习民歌、深入研究民歌和优秀古典诗歌，以此创造出具有中国作风和中国气派的新体诗歌来。[3]

上述三类文艺评论工作者——"实践派"也罢，"学院派"也罢，"群众派"也罢，当然都不是专门的职业文艺评论家，他们的评论写作都属于业余创作，尽管在思想认知、评论水平上会有差距，但对文艺评论工作充满热情却是一致的，他们的真知灼见都构成了大连文艺批评的坚实基石。

---

[1] 王续琨：《浩气壮山河，诗情荡人心——〈朱德诗选集〉读后》，《旅大日报》1978年10月6日，第3版。

[2] 王续琨：《诗如其人——读〈陈毅诗词选集〉一得》，《旅大日报》1977年11月27日，第3版。

[3] 王续琨：《马克思主义文艺理论宝库的光辉文献》，《旅大日报》1978年1月12日，第3版。

第七章

社会主义革命和建设时期

的文艺批评（下）

　　新中国成立后的前 30 年，大连文艺评论界自觉地以马克思主义、毛泽东文艺思想作为重要的精神指南，认真研讨基本文艺理论问题，积极关注纷繁多变的文艺现实生活。虽说这一时期大连文艺批评发展并不总是一帆风顺，围绕一些文艺问题或作品也会产生激烈的争论，也会有认识上的反复甚至可能存在不可避免的时代局限，但文艺评论家们均能以现实主义精神观照各类创作和现象，基于社会历史角度积极切入有关问题探讨，为后来者留下了宝贵的艺术经验和重要的理论启示。

第一节
Section 1

文艺论争

1949 年，中国新民主主义革命取得了伟大胜利，当 1956 年社会主义改造基本完成之后，中国又昂首阔步积极探索适合国情的社会主义文化建设道路。在这波澜壮阔的 30 年时间里，年轻的共和国文艺在发展过程中面临着诸如社会主义文艺道路建设、文艺遗产的继承、作家世界观改造、人物形象塑造、文艺作品真实性判定等各种亟待思考和解决的问题乃至难题，可谓头绪纷繁，情况复杂；文艺批评发展路途上因此而有波峰、有波谷、有差异、有分歧乃至争执，也都是再正常不过的事情了，毕竟人们的审美认识本身就是矛盾和统一的结合体。此间大连文艺评论界当然不能自外于世界，也会成为我国纷繁变化的文艺界的一个缩影。

《旅大日报》副刊和《海燕》一直都是大连文艺创作者们的重要摇篮，这上面发表的诗歌、小说等作品所受到的关注度也格外高。虽说这些作品大部分都并非名家名篇，但很能反映出来当时大连文坛的真实写作状况，并能将文艺的真实性、人物塑造的典型性等大众读者特别关切的文艺话题端到台面上来，同样能召唤起评论者的讨论热情。同时，大连在此期间的各种文艺演出也较为频繁，像《十五贯》《四郎探母》等均在当时国内戏剧戏曲界享有盛名，在给观众带来视听享受的同时，也带来了思想上的冲击。对这些活生生的文艺现实投以关注，积极应对各种文艺难题的挑战，是大连文艺评论界义不容辞的责任。

一、关于京剧《四郎探母》的讨论

1956 年，旅大京剧团上演了《四郎探母》这出取材自杨家将故事的传统戏，而国内评论界一直以来对于这出戏的思想倾向褒贬不一，或认为剧作在人情刻画上有深度（如对"投敌者"杨延辉的塑造），或认为戏剧美化了杨延辉这样的叛国投敌者。大连文艺评论界同样针对这部剧作展开了热烈讨论，焦点即在如何评价剧中主人公杨延辉。

旅大京剧团《四郎探母》剧照

1. 讨论肇始

讨论最初是由林之零的《〈四郎探母〉这出戏》一文引发的。林之零认为《四郎探母》这出戏的思想内容实在没有什么高超的地方，杨延辉被涂上了一层模糊的色彩，"剧作对杨延辉的悲剧，在处理上缺乏明确的爱憎，对杨延辉这个背叛祖国的人缺乏应有的批判"。文章指出，剧作把民族矛盾的历史背景推到了极次要的地位，剧中着重渲染的是杨延辉的故国之思，而集中刻画的又只是他们母子、兄弟、夫妻之间的悲欢离合（探母）、夫妻之间的恩爱情深（坐宫、回令）。虽然比较深刻地写出了他们之间的"人情味"，但离开了民族矛盾这一历史背景，丢开了民族气节的因素，变成了一种不真实、毫无意义的东西，甚至模糊了人们的认识。杨延昭一家在剧中被简单化地处理了。人们从他们身上看不到杨家固有的性格特征和英雄气概，

他们仅仅被描写为一群儿女情长的孤儿寡母，这既破坏了人物形象，又不真实。文章由此认为："改编一个剧目，最好循着剧目的本来面目和风格；粗暴地对待民族遗产，只能是有损无益的。"[1]

2. 王恋笛的商榷文章

林之零的文章发表不过几天，《旅大日报》即刊发了王恋笛的商榷文章《杨延辉不是一个正面人物》。该文表示，"用社会科学的研究方法来代替艺术特征的科学分析，就势必导致对民族遗产采取粗暴态度"，认为《四郎探母》中的杨延辉固然不是个值得同情的正面形象，然而的确够上了一个否定人物的典型。

《杨延辉不是一个正面人物》》

---

[1] 林之零：《〈四郎探母〉这出戏》，《旅大日报》1956 年 8 月 28 日，第 3 版。

《四郎探母》写出骨肉间的"悲欢离合"，夫妻间的"恩爱情深"，不仅不能冲淡戏剧性的矛盾冲突，相反地会更加有力地表现这出戏的悲剧效果。戏剧结尾，杨延辉十分驯顺地接受太后命他把守边疆的令箭时，不是"破坏了"悲剧，而是"发展"了悲剧；这个灵魂丑恶的虚壳不仅将屠杀自己的民族兄弟，也将用自己的手屠杀自己的骨肉了。文章认为，有些观众在观剧中不自觉地对杨延辉表现了某些同情，是由于几千年来封建社会阶级压迫造成的文学与人民分家的缘故。[1]

　　3. 林之零的支持者

　　寸木的《"四郎探母"没有模糊人们的意识》大体同意林之零的看法，认为《四郎探母》这出戏主要是批判杨四郎的，不是在表现杨家将和番邦之间的矛盾，也不是重在表现杨家一家的英雄气节，《四郎探母》在一定程度上也批判了杨延辉没有民族气节。所以这出戏并没有模糊人们的意识，也没有引起人们对杨延辉的同情。文章认为，剧本对萧太后和国舅一类统治者的冷酷和愚蠢的描写不足以唤起人们的痛恨，还容易让人觉得他们有点人情味。[2]

《"四郎探母"没有模糊人们的
意识》

[1]王恋筋:《杨延辉不是一个正面人物》,《旅大日报》1956年9月2日, 第3版。
[2]寸木:《"四郎探母"没有模糊人们的意识》,《旅大日报》1956年9月2日, 第3版。

4. 金石的看法

金石的《哪能嗅到一丝民族气味？——评〈四郎探母〉》是在读过讨论《四郎探母》的众多文章后写的。作者认为，"这出戏的思想内容实在没有什么高超的地方"，甚至在基本思想上是利用传统宗法社会的家族观念代替了民族矛盾；作者认为，杨延辉是个被批判的人物，"他是个毫无民族气节的人，在英勇抗敌的父母兄弟之间，他是杨家将唯一的败类！是一个苟且偷生的俘虏"，他的回宋动机是从一个"游子"的思想出发的，并无一点作为宋室臣民"思念祖国"的因素在内，这是一个连思想都被俘虏了的典型汉奸。这出戏并没有因为彻底批判了杨延辉而有强烈的人民性，反倒是用家庭问题中的"人情味"代替了这一场尖锐的民族斗争。故此，作者猜测，《四郎探母》这出戏可能是四大徽班进京后，出自满族统治阶级文人的手笔，就这出戏的艺术性而言，"坐宫""盗令""别家""回令"等场面都很精彩，"在人物形象上它成功地刻画了苟且偷生凄凉悲怨的杨延辉这个典型俘虏，另外又新颖地塑造了一个京剧中少见的穿绣花缎子'旗袍'、满口京白的真挚多情活泼可爱的铁镜公主"。文章据此认为，要改动一个缺点较多的传统剧目，不从其主题思想着手，单纯留恋其"艺术性"，是不对的。[1]

5. 野火的肯定

野火的《杨四郎无"罪"——也谈〈四郎探母〉这出戏》一文反对把一出戏剧的艺术成就和思想意义分割开来的做法，认为《四郎探母》有很高的艺术性，思想性也有高超的地方："思想性是在生动紧张的戏剧场面的变化中，深刻地刻画了异邦俘虏杨延辉和铁镜公主等人复杂矛盾的心理状

[1]金石：《哪能嗅到一丝民族气味？——评〈四郎探母〉》，《旅大日报》1956年9月9日，第3版。

态，反映出剧中人物母子、夫妻之间真挚的情感。"文章最终认为，肯定或否定一个戏剧中的人物，应该根据的不是什么历史资料，而是这个人物在舞台上所表现的形象。同时也不避讳这出戏的缺点，如对萧天佐、萧天佑两个人物处理得不够恰当，对佘太君、萧太后两个人物心理刻画得也不细致，戏中没有把他们的思想斗争明显地表现出来。[1]

6.李音的"定音"

李音（即张琳）的文章《对〈四郎探母〉及其批评的意见》首先分析杨四郎是一个贪生怕死、不惜丧失民族气节、并认敌作父、没有骨气的小人，认为剧本对杨四郎的投降"基本上是批判的"，从杨四郎这个特定的人物来看，悲剧是适宜的，但还写了他某些"好的感情"，杨四郎的性格是复杂的，心理是矛盾的，但并没有突破他作为贪生怕死的小人的本色，他的行动和矛盾是符合他的性格的。文章认为，剧作的主要毛病在于剧本，或者说是作者的主观意图给作品带来的损伤，最突出最严重的表现在"闯营""见娘""哭堂""别家"这四场探母的戏里，剧作对忠心耿耿的杨家将作了严重的歪曲：六郎成为一个徇私情的人了，佘太君见了在敌国那里招驸马的儿子，不但没有责备之意，反而"听罢言来喜心怀"，这种儿女情长的感情与民族仇恨之间是有深刻矛盾的。剧本未能具体地、艺术地写出这种矛盾，甚至把这一冲突取消了。作者同情四郎，为四郎开脱，粉饰罪过，往四郎脸上贴金，这是违反现实主义的严重缺陷，也是四郎取得某些观众同情的主要原因。文章据此总结这出戏"大体上写出了一个贪生怕死、苟安偷生的胆小鬼在思念故土、回家探母中所遭遇的悲剧性的冲突，并表现了这类人物由于自己性格所决定的悲哀"，认为如能适当加以修改，

---

[1]野火：《杨四郎无"罪"——也谈〈四郎探母〉这出戏》，《旅大日报》1956年9月9日，第3版。

会有助于对照地刻画出杨家将的忠烈的鲜明性格。[1]

从这场关于《四郎探母》的旷日持久的讨论中可以看到，当时大连文艺评论界的相关思考实际上关涉的是如下一系列饶有意味的话题：如何认识纷繁复杂的历史和创作经得起历史和现实检验的历史剧（文学）？如何正确表达人性人情？怎样才算成功塑造人物形象和表达主题思想？如何在旧戏改革中提取有益成分并汰除其中的不良因素？其实一场大讨论并不可能将如此多的问题一并解决并给出一个最终答案，但这样的讨论显然会深化我们对有关问题的认知，而且即使到今天，上述讨论文章的观念表达也仍然不过时，仍会给我们有益的思想启迪。

二、关于诗歌创作的争论

1956 年，《旅大日报》文艺副刊上发表业余写作者的《致苏伊士运河》《渔船上的笑声》等 4 首诗歌，一些评论者对此展开了热烈的讨论。

1. 愉原的评论

愉原的《读〈文艺〉副刊第六期的几首诗》一文对这 4 首诗歌逐一进行了评论，肯定了《致苏伊士运河》"情感热烈"，"我"的形象也很显明，但对另外 3 首诗歌提出了批评，如认为《渔船上的笑声》"还看不到显明的形象，语言也显得贫乏"，其中"半文半白字词的使用，缺乏加工"。文章据此认为，诗里的对话不能散文化，它必须精练和富于诗意，字词的使用需要加工，同时希望诗歌写作领域能得到延展，题材能更丰富一些，多组织一些反映海防战士、工人生产竞赛、农庄的新生活、知识界向科学进军以至渔民农民生活等等的诗歌。[2]

---

[1] 李音：《对〈四郎探母〉及其批评的意见》，《旅大日报》1956 年 10 月 11 日，第 3 版。
[2] 愉原：《读〈文艺〉副刊第六期的几首诗》，《旅大日报》1956 年 8 月 23 日，第 3 版。

2. 李召的附和

李召的《读报杂感》对这种意见表示了附和，他认为诗歌《渔船上的笑声》所描绘的是一幅我们十分不熟悉的情景："在高山下，两旁栽满柳树的河里，捕鱼的船只穿梭般来往。显然，这不是旅大的情景，而是别地的情景。"文章因此质疑"为什么不以旅大的景色作为背景来写这首诗呢"，李召主张地方报纸的副刊应该办得更有地方特色一些，为此推想作者可能是根本没有大连的现实生活经验，"只是以过去的一些印象作为背景，就写出了这首诗"，进而对这种不严肃的写作态度提出了批评。文章同时还对《旅大日报》8 月 16 日文艺专页上刊登的《姑娘们的理想》一首诗歌中所表述的把修个水库这样的现实生活当成"理想"的情形进行了分析，认为诗歌作者同样缺乏这方面的生活，故而只凭主观想象就写出这首诗来，由此李召提出，"生活是创作的源泉，脱离生活的创作一定要出漏子"。[1]

3. 于植元的参与

于植元在看到上述作品和评论文章后也写了《民歌为什么能够流传？——对〈读"文艺"副刊第六期的几首诗〉一文的意见》，表达了自己的看法，他认为评论文章的作者愉原同志的看法不正确，对诗歌标题的说法尤其不当："首先，谁都知道，民歌是人民在生活斗争中有所感，要求发抒而出现的口头创作。在创作之前，并不一定像学生在作文课上那样，先出题，再做文章。其次，我们凡是读过一些诗或词的人，往往能背诵出自己喜欢的篇章或诗句，但却不一定能记清它们的标题。这说明决定作品价值的是内容和足以很好表现这内容的形式，而不是标题。"文章结尾提出来评论者在引用民歌作为例子时，应该更慎重些才好，"过于随便，对

---

[1] 李召：《读报杂感》，《旅大日报》1956 年 8 月 30 日，第 3 版。

读者是会造成混乱的"。[1]

4.吕梁的"总结"

吕梁的《读〈读报杂感〉有感》表示,被批评的两篇诗作并非完美无缺,但同时认为李召等评论者的批评意见过于粗暴,分析不公平。他认为《渔船上的笑声》作者以自己过去的生活做文章,这是无可厚非的,主张评论更应就作品思想性、艺术性来分析,"只抓住作品的一段情景描写做结论,未免有点'过于执'了"。[2]

这次诗歌论争并没有延续下去,但触及了如下一些问题:创作者在进行文艺创作时该如何动用个人生活经验?地方文艺报刊尤其是地方报纸在刊发文艺作品时是否应该更注重所刊登的文艺作品对本土经验的书写?诗歌写作应该如何表达形象、提炼字词并拓展表现空间?诗歌价值判定的重要因素是什么?文艺批评关注的核心问题应该是什么?这些问题的提出和参与讨论者尝试给出的答案,都反映着当时的文学读者或评论者的思想认知。

三、关于小说创作的争论

1.关于《在岗哨上》的争论

《旅大日报》副刊曾刊有业余作者柳清波的小说《在岗哨上》,这篇小说讲述了新入伍的战士罗清顺在值夜班时发现两个特务并与之顽强斗争的故事。小说发表后,刘桓、海滨的《对〈在岗哨上〉一文的意见》对柳清波小说《在岗哨上》进行评论,一方面认为"作者通过一个新战士罗清顺的成长过程,深刻而细致地描写了一个初入伍的新兵的心情和愿望,描写

[1] 于植元:《民歌为什么能够流传?——对〈读"文艺"副刊第六期的几首诗〉一文的意见》,《旅大日报》1956年9月6日,第3版。
[2] 吕梁:《读〈读报杂感〉有感》,《旅大日报》1956年11月23日,第3版。

了他怎样在领导和老战士的亲切关怀下逐步成长起来，创造出不平凡的业绩"，另一方面指出了作品中明显情节不够真实的地方：战士罗清顺在漆黑夜里站岗回想往事，说明他"是一个失职的哨兵，因为他已经失去了一个哨兵应有的警惕性。这个哨兵的形象，不能令人满意"。罗清顺发现特务时一开火就撂倒一个的情节不合乎常情，"不能连一句口令都不问，就向对方开火"。文章认为，小说有的情节交代不够完整，容易让人怀疑罗清顺的英雄事迹带有一定的偶然性。[1] 陈坤在《罗清顺的形象不真实吗？——从对〈在岗哨上〉一文的意见谈起》中则针锋相对："断定一个哨兵在站岗时没有其他思想活动，这是不客观的。也不能结论说哨兵丧失了警惕性，这要看当时想的是什么"，"小说中关于站岗时回忆的描写不但是真实的，而且是必不可少的。因为罗清顺还不是一个老练的哨兵，他这样做正表现了他某种程度的不冷静，这是符合他的性格发展的"。同时也指出这篇小说在重要地方草率收场，"妨碍了罗清顺性格的发展"，"对特务的描写显得有点拙笨而且不真实"。[2]

这次讨论并没有在更大范围内展开，但讨论的话题很有意义，直接关系到了怎样认识和书写生活，怎样真实、正确而形象地塑造人物尤其是英雄人物形象，还涉及了究竟应该怎样开展心理描写。这在当时乃至后来实际上也是困扰众多创作者的一个大问题。这个大问题没有办法、也不可能在短短时间内就得到很好的解决，类似讨论在日后还持续不断。

2. 由《"快如风"和"慢腾腾"》引发的争鸣

《海燕》1959年第4期发表了大连纺织厂工人钱雪盛的小说《"快如风"和"慢腾腾"》，这是一篇源于一线工人工厂生活的小说，塑造了"快如风"

---

[1]刘桓、海滨：《对〈在岗哨上〉一文的意见》，《旅大日报》1956年11月23日，第3版。
[2]陈坤：《罗清顺的形象不真实吗？——从对〈在岗哨上〉一文的意见谈起》，《旅大日报》1956年12月14日，第3版。

和"慢腾腾"这两个性格截然对立的工人形象。同期还刊登了《大纺工人评〈"快如风"和"慢腾腾"〉》，对来自大纺工人的诸种不同评论意见择要予以刊登。在第5期上又刊登了讨论这篇小说的多篇文章，正反两方面意见可谓针锋相对，肯定者认为作品"及时而准确的反映了现实"，"描绘出普通工人的优秀本质"[1]；否定者则认为小说"违背了生活的真实"，"歪曲了工人阶级的形象"[2]。

《海燕》1959年第4期发表的另一篇小说柯夫的《秩序》同样引起了广泛热议，在《海燕》第5期《读者论坛》栏目里也刊登了有关讨论文章，《海燕》杂志特别加有《编者按》，表示对上述两篇作品的评论，涉及文艺创作上的一些重要问题，如：文艺作品如何反映人民内部矛盾；如何反映生活中的落后现象；生活真实和艺术真实的关系等等。"这些问题是目前文艺创作中、作品阅读和欣赏中普遍存在的"，欢迎读者、作者本着"百花齐放、百家争鸣"的精神继续来稿，热烈参加讨论。[3]《海燕》第6期和第7期上又陆续刊登讨论这两篇小说的文章。可以看到，对《"快如风"和"慢腾腾"》的讨论已经扩展到了大连以外地区，沈阳的凌翔、上海的庆子、湖南的碧帆、南京的金陵、长春的阎雍刚，都纷纷撰文就小说各抒己见。如读者金陵就主张，对于作品的讨论，不仅要注意作品反映了怎样的矛盾，更重要的要看作者是站在什么立场上来反映这些矛盾，并怎样解决这些矛盾的："我们只有结合作品对于这些问题作了细致的全面的分析后，我们的评论才能是比较公正，比较正确。"[4]

---

[1] 钱虚影：《一篇充满浓厚生活气息的小说》，《海燕》1959年第5期。

[2] 孙振起、龚林平、刘碧克：《〈"快如风"和"慢腾腾"〉是篇失败的作品》，《海燕》1959年第5期。

[3]《编者按》，《海燕》1959年第5期。

[4] 金陵：《谈作品如何反映人民内部矛盾问题》，《海燕》1959年第7期。

3. 围绕《收猪》的讨论

《海燕》1960 年第 6 期刊出的李军小说《收猪》同样在较大范围内引起了讨论。这篇小说讲述杏树屯供销社生猪收购员张月青如何说服自己的准婆婆，将准备用于迎娶自己而留的猪卖给国家以支援社会主义建设。《海燕》在刊发这篇小说时加有《编者按》："自从开展毛泽东文艺思想的学习以来，不仅掀起了文艺创作的新高潮，在文艺评论方面也出现了空前活跃的局面。广大读者和作者在阅读文艺作品时都力求按照毛主席评价文艺作品的标准加以衡量。对于李军同志的这篇小说《收猪》，有许多同志读过之后，看法各有不同。为了辨明是非，活跃文艺评论，我们把它公开发表出来，让广大读者和作者共同参加讨论。希望同志们积极的发表自己的意见。"[1]

在接下来的第 7 期、8 期、9 期、10 期，《海燕》连续发表讨论文章 15 篇，就该作品到底有没有歪曲农村现实、宣扬个人主义展开热烈讨论。从讨论文章来看，认为该作品有毒有害的声音占了上风，只有第 9 期王川华的《替〈收猪〉翻案》和杨惟的《应当怎样看待〈收猪〉？》两篇文章属于公允说理之作，对《收猪》予以肯定。这也反映着当时文艺评判标准的严苛。

4. 对小说《一个女报务员的日记》的讨论

对小说《一个女报务员的日记》的讨论和批评，在大连文艺批评史上讨论时间最长，影响甚巨，并且外溢到了省级和中央媒体。旅大邮电局工人作者汤凡在《旅大文艺》1954 年第 8 期发表短篇小说《一个女报务员的日记》，同期还有该刊副主编张琳署名"沙石"撰文《读〈一个女报务员的日记〉》予以推荐："这是一篇很吸引人的短篇小说。它没有一般化地去说明、解释这个主题，不仅故事情节穿插得自然巧妙，并且也在相当程度上，生动地写出了人物——女报务员细致的内心变化、丰富的感情抒发以及她

---

[1]《编者按》，《海燕》1960 年第 6 期。

那热诚、坦率而又娇羞的少女的性格。增加了艺术的说服力量。"文章分析了小说的主题:"当革命利益和个人得益发生矛盾的时候,一个革命工作人员应该无条件地抛弃个人利益去服从革命利益。这是一个很普通的道理。但,这个很普通的道理中却包含着多少不同的思想斗争啊!《一个女报务员的日记》,就是写这个主题的短篇小说。"文章认为,小说吸引读者的原因在于"作者真实地、朴素地、不粉饰地写了生活,尤其值得提出来的是对生活细节描写的真实、生动",同时也指出作品对张昆的描写还有些概念化、模糊不清。

《一个女报务员的日记》发表后,编辑部收到不少读者来信,其中也有相当严厉的批评,文其人的《这是什么样的爱情》就认为小说宣扬了不健康的、没有政治基础的爱情,认为沙石的《读〈一个女报务员的日记〉》对小说的肯定实际上是一种无原则的赞美,"将会给读者以有害的影响"。[1]《旅大文艺》第 10 期在发表正反两篇评论全文外,还摘要发表了十几名读者各种意见的"来稿综述"。在第 11 期开设的《〈一个女报务员的日记〉讨论》专栏里刊发了《这是什么样的批评》等 4 篇肯定文章,同时还有《〈一个女报务员的日记〉是一篇不健康的作品》这篇否定文章。从该期《编者按》来看,此期《旅大文艺》又收到讨论稿 33 篇,其中肯定这篇小说的来稿明显占多数,共 29 篇,而否定这篇小说的来稿只有 4 篇。《旅大文艺》认为否定者的意见代表一些人对文艺作品如何反映现实生活亦即对社会主义现实主义的理解有不同看法,遂希望继续展开深入讨论,以对今后开展旅大地区文艺批评与文艺创作有很大好处。

1955 年 2 月,《辽宁日报》接连发表了《评〈一个女报务员的日记〉和〈旅大文艺〉对它的看法》和《为什么〈旅大文艺〉不应该推荐〈一个女报务

[1] 文其人:《这是什么样的爱情》,《旅大文艺》1954 年第 9 期。

员的日记〉》两篇文章，认为《一个女报务员的日记》是一篇歪曲现实、散布资产阶级毒素的作品，同时批评《旅大文艺》编者"不了解文学的倾向性""走上了腐朽的反动的自然主义的道路，堕落到自然主义的肮脏的泥坑里"。其后《旅大人民日报》除了全文转载上述两篇文章外，还组织发表了《〈一个女报务员的日记〉究竟给了读者什么？》等文，对小说展开不留情面的批评。

《文艺报》1955年第4期发表了《关于〈一个女报务员的日记〉的批评和讨论》，《文艺学习》发表了《不能简单地了解人的生活和感情》，认为《一个女报务员的日记》的主导思想还是积极的，"这些思想原则大体上也还是通过比较生动的艺术描写体现出来的，并不是概念化的、简单的说白"，从而肯定了小说所具有的感染力和教育意义。《旅大文艺》1955年第6期以编辑部的名义按照《文艺报》文章口径发表了《关于介绍〈一个女报务员的日记〉及组织讨论过程中的几点检讨》。次年"双百"方针贯彻实施之时，《一个女报务员的日记》继续得到肯定，但很快又被认定为流露了资产阶级不健康的情调。直到1978年，辽宁省委召开座谈会才再次对该作品做出了"思想基调是好的""艺术上也有独到之处"的评价。[1]

从这场牵涉了各方面且旷日持久的讨论来看，文艺作品究竟应该如何表现生活，作家应该怎样健康描写人物的私密感情，读者又应该如何准确把脉文艺作品的症候，这些都是当时广大文艺工作者和读者一直关切且争论不休的问题。单纯就《一个女报务员的日记》前前后后所发生的认识上的反反复复，亦能有效反映出不同时期的政治气象和舆论生态。而政治层面上对该作品尘埃落定的终评，也多少反映了文艺受众对权威评论声音的渴望和认同。

---

[1] 张琳：《风和日丽笑逝川——忆〈一个女报务员的日记〉事件》，《海燕》2019年第7期。

电影评论

　　作为一种向广大人民群众传播文化、传递思想的大众艺术兼宣传工具，电影一直受到党和政府的高度重视，也一直为广大群众喜闻乐见。1948 年 10 月 26 日，中共中央宣传部在《关于电影工作给东北局宣传部的指示》中指出，可以通过拍摄电影的方式让群众熟知一些政策或知识，并提高他们的思想觉悟。新中国的电影事业在 1949 年之后得到高速发展，先后推出了《董存瑞》《天仙配》等诸多本土独立制作的优秀电影作品，同时海外一些优秀影片也被先后介绍进来。此期几乎每有影片上市，大连文艺评论界都会有相关影评文章，很好地发挥了文艺批评的精神引领作用，黄国宁、林之零、韩悦行等都是当时非常活跃的影评作者。

一、评介苏联等社会主义国家电影创作

　　30 年的中外电影文化交流中，一致的意识形态、相似的国家命运和共同的发展道路，使得苏联、东欧和朝鲜等社会主义国家的影片占据了最大的市场份额。这其中素以故事性和艺术性兼重闻名的苏联电影在大连观众当中获得了很好的口碑。

1. 苏联影片的接受高潮

大连在 1945 年 8 月解放后，苏联影片即很快得到公开放映。新中国成立之后，大连地区更举办过多次"苏联电影周"活动，向广大观众集中推介苏联电影。正如一位观众表示的那样："十年以前，当苏联影片第一次在本市上映的时候，我们就爱上了它。"[1]

此期大连放映的苏联影片主要有两类：一类是根据契诃夫、列夫·托尔斯泰、谢德林等名家名著改编制作的影片，如《脖子上的安娜》《安娜·卡列尼娜》《牛虻》等，多反映 19 世纪后半叶欧洲尤其是旧俄时代的社会生活。相关影评文章就旨在帮助观众理解旧俄时期欧洲腐朽社会制度和下层人民困苦生活。根据契诃夫小说改编的电影《脖子上的安娜》讲述了 19 世纪俄国底层社会女孩安娜凭借自身美貌步入上层社会的故事，如何理解安娜这个原本纯洁善良的少女的堕落？沐霆、薇子的《〈脖子上的安娜〉说明了什么？》主要分析了主人公安娜的堕落表现并探索根源所在，文章认为安娜原本纯洁的性格被罪恶的社会制度所腐蚀，成为只知追求享乐，过着糜烂生活的"上流社会"的荡妇，"契诃夫通过这些生活现象的描绘，揭露并控诉了旧社会是制造悲剧和罪恶的渊薮"。文章注意到影片中关在笼子里的松鼠这一镜头，认为该镜头富于艺术的暗示作用，暗示了安娜被关在笼子里依人为生的境遇没有改变。[2] 电影《假情假义的人们》是根据19 世纪俄国伟大现实主义作家谢德林的讽刺剧《影子》改编而成，无情地揭露了沙皇制度腐朽的社会本质。傅云枝的《〈假情假义的人们〉都是些怎样的人？》对影片中几个不同性格的人物以及他们之间相互"倾轧、欺骗、堕落、腐化"的关系进行了分析，借用了最终获得将军头衔局长位置的克

[1] 章村：《新影片，新成就》，《旅大日报》1956 年 11 月 15 日，第 3 版。
[2] 沐霆、薇子：《〈脖子上的安娜〉说明了什么？》，《旅大日报》1956 年 1 月 15 日，第 3 版。

拉维洛夫的一句台词概括了电影主题："你使我看清了这个社会的生活，你使我对生活感到厌恶。"[1]

——— 《脖子上的安娜》电影海报

——— 《假情假意的人们》电影介绍

列夫·托尔斯泰的小说《安娜·卡列尼娜》中的安娜·卡列尼娜是已婚身份，她对纯真爱情奋不顾身的追求和失败结局固然引人同情，但也会引发争议。林之零的《怎样看〈安娜·卡列尼娜〉》就同名影片对安娜·卡列尼娜的塑造进行了分析，认为安娜·卡列尼娜是一个美丽、热情而勇

[1]傅云枝：《〈假情假义的人们〉都是些怎样的人？》，《旅大日报》1956年9月9日，第3版。

敢的妇女，影片将其塑造成为富于反抗精神和纯洁人类情感的妇女形象，是真实而成功的，尤其是作品里所揭露的家庭问题与社会及政治上的主要问题发生着密切关系；19世纪70年代正处在沙皇专制制度趋向崩溃和人民革命新风暴将要到来的前夜，因此，安娜·卡列尼娜既是这个时代的牺牲者，又是控诉者和反抗者。文章继而对电影所运用的多种技巧进行了分析，比如择取了影片中安娜·卡列尼娜和丈夫卡列宁一同观看沃伦斯基赛马以及安娜·卡列尼娜卧轨自杀的经典片段："赛马会一场，看不到赛马的经过，但从观众的表情和对话上却反映出了竞赛的紧张情形，同时又能集中地表坝主人翁的心理活动。安娜自杀时火车逼近的镜头却又运用了电影技巧，使人有与主人翁共呼吸的感觉，因而能更亲切地体会到安娜的命运。这都是导演的卓越的艺术手法，使得剧本有了更加完善的表现。"[1]这篇影评既注意剖析电影的思想主题以澄清思想迷雾，又注重分析电影镜头语言的运用技巧以帮助观众更好地理解电影，特别是在电影技巧的优点解读上富有深度。

比较而言，韩悦行的《谈影片〈牛虻〉》更多注重对电影《牛虻》的技术分析，肯定了影片对小说原著精神实质的充分表现，认为其很好地发挥了电影艺术特点而删减了小说中某些与表现牛虻性格游离的情节，如电影略去了牛虻去南美的生活一

电影《安娜·卡列尼娜》

---

[1] 林之零：《怎样看〈安娜·卡列尼娜〉》，《旅大日报》1956年2月7日，第3版。

段而仅用字幕"13年之后"就巧妙连贯下来；影片还避免了小说中一些不健康的思想——诸如牛虻的错误恋爱观、个人英雄主义意识和他对蒙泰尼里的病态心理等，这种处理方式使得电影对牛虻形象的塑造要比小说中的更充实更完美。[1]时隔20多年，当《牛虻》这部影片重新公映时，旭罡的《看〈牛虻〉》则又重新回到对影片思想意义的分析上，其主要分析了牛虻这一人物形象的两面性，即身上具有进步性的同时也有局限性："牛虻不是无产阶级英雄人物，他始终是一个民族资产阶级革命者。他流露的某些思想感情也有不尽健康的地方，我们不应该欣赏和模仿。"[2]显然是借助对电影的评说来帮助观众更好地理解小说、认识小说主人公形象的丰富性。

　　另一类在大连上映的苏联电影是反映苏联现实生活的影片，如《驯虎女郎》《忠诚的考验》等。毕竟国与国之间文化有差异，影片所反映的时与世、事与情未必是我国观众所能充分消化得了的，因此，当时大连电影评论人义不容辞的责任就是帮助观众正确理解电影镜头下的"他国"图景，从而发挥电影好的教育效果。苏联电影《驯虎女郎》上映后，有观众投书报社对这部影片中主人公在爱情问题处理上的态度和选择表示不能理解：影片中的

小说《牛虻》

[1]韩悦行：《谈影片〈牛虻〉》，《旅大日报》1956年7月3日，第3版。
[2]旭罡：《看〈牛虻〉》，《旅大日报》1978年8月27日，第3版。

列娜和摸金从小就认识，但为什么列娜不爱摸金而爱上了耶尔？耶尔和摸金的行为是否自私之举？《旅大日报》的《文化信箱》栏目据此刊登《关于影片〈驯虎女郎〉的几个问题》，有针对性地回答了上述问题。该文先是全面肯定了《驯虎女郎》是一部饶有趣味的喜剧片，有助于教育观众应该怎样对待自己的劳动，接下来着重分析了影片对主要人物列娜、耶尔和摸金之间的爱情处理方式，解析了摸金的形象并就其缺点是否属于本质性的而予以分析，最终确认影片实际上对他的男权思想是作了批判的。[1] 如是评论就很好地解答了观众观影时所产生的种种思想困惑。同样地，苏联影片《忠诚的考验》在大连上映后，这个讲述苏联一个钢铁工人世家表面其乐融融而实则蕴藏诸种危机的婚恋故事也引起了人们对社会主义制度下是否会产生悲剧这一问题的思考，士虹的《珍视自己的爱情——苏联影片〈忠诚的考验〉观后感》就针对此予以了解答："社会主义制度下的家庭是幸福的，但在幸福的家庭里，同样也会产生悲剧，这种悲剧往往是由于人的品质堕落而形成的；《忠诚的考验》就揭露了形成这种悲剧的本质因素，反映了生活的真实，提出并争取解决人应该怎样对待'爱

电影《驯虎女郎》

---

[1]《关于影片〈驯虎女郎〉的几个问题》，《旅大日报》1956 年 3 月 4 日，第 3 版。

情'的问题。"[1]文章比较科学理性地解答了观众观影所产生的种种困惑，对社会主义制度会产生悲剧进行了富有法理的解释，利于观众经由艺术而更好地认识和把握现实生活。何天资的《看影片〈两个顽皮的小朋友〉》就苏联名作家恩·诺索夫根据自己的中篇小说《维嘉·马列耶夫在学校和家里》改编的儿童影片《两个顽皮的朋友》发表看法，认为该影片和小说一样很吸引人，"反映了苏联少年儿童活泼愉快的生活和苏联国家与人民对儿童的关怀以及在儿童教育事业上所取得的成就"，还描写了正确的友谊在少年儿童生活中所起的作用。[2]

2. 东欧社会主义国家影片的展映

二战以后，南斯拉夫的电影事业得到了迅速的发展，昊的《南斯拉夫的电影艺术》对南斯拉夫繁荣的电影事业发展状况进行了较为详尽的梳理和介绍，对南斯拉夫表现人民解放斗争题材的影片的成就予以肯定，评介当时正在大连上映的反映二战中两个农民舍身援救一个游击队员的影片《当机立断》"从始到终，都充满尖锐的矛盾和冲突"[3]。易水的《有声色的艺术形象——看南斯拉夫影片〈旧恨新仇〉》侧重分析《旧恨新仇》的艺术成功之处，诸如编导者独特而又合乎情理的艺术处理、情节一环紧扣一环、人物形象合乎自身性格发展逻辑等，还由此概括出南斯拉夫影片的总体特色是"出人意外的艺术处理和一步紧一步扣住观众的心的情节发展"[4]。家康的《学会对待人的艺术——看捷克斯洛伐克彩色影片〈钢城两父子〉》则从影片主题引申开来，提倡观众从这部有深刻教育意义的影片中学会待

[1] 士虹：《珍视自己的爱情——苏联影片〈忠诚的考验〉观后感》，《旅大日报》1956年8月9日，第3版。
[2] 何天资：《看影片〈两个顽皮的小朋友〉》，《旅大日报》1956年2月18日，第3版。
[3] 昊：《南斯拉夫的电影艺术》，《旅大日报》1956年12月13日，第3版。
[4] 易水：《有声色的艺术形象——看南斯拉夫影片〈旧恨新仇〉》，《旅大日报》1956年12月18日，第3版。

人的艺术并理解中国与友好国家的友谊："学会全面地观察人、细致地了解人的艺术，在社会主义和人民民主国家里，各族人民都是兄弟和朋友。"[1] 影评显然具有更强的现实针对性。纪思文的《〈春香传〉与美国生活方式》在介绍朝鲜彩色影片《春香传》的同时，将其与韩国在美国文化影响下拍摄的《春香传》进行了对比，在对不同体制下所拍摄的两部不同版本的《春香传》的比较中注意到了"资本主义文化艺术令人吃惊的堕落"[2]。文章在对电影的评说中很好地发挥了政治宣传的效果。

二、关注资本主义国家优秀影片

20 世纪五六十年代，反映二战后西方社会失业、人民生活困苦的意大利新现实主义电影和法国新浪潮电影一时间掀起了热潮，产生了广泛的世界影响。这当中的一些优秀电影如《罗马 11 点钟》《警察与小偷》《没有留下地址》等都较及时地引进和介绍到了国内，有关影评大多侧重于对这些影片思想内容的分析和介绍，以帮助观众认清资本主义社会制度的黑暗与罪恶。

1. 热议意大利新现实主义电影

郑浅的《看〈罗马 11 点钟〉》认为，影片《罗马 11 点钟》有着精巧的构思和刻画人物的才能，把资本主义国家报纸上的一条社会新闻变成了一部优秀影片，影片把应该由谁来负责失业和贫困这人间悲剧的问题留给观众自己回答了。[3] 很明显，影评矛头所向即是资本主义社会制度。文林的《看影片〈警察与小偷〉》认为，《警察与小偷》这部充满悲剧性的喜剧

[1]家康：《学会对待人的艺术——看捷克斯洛伐克彩色影片〈钢城两父子〉》，《旅大日报》1956 年 6 月 13 日，第 3 版。
[2]纪思文：《〈春香传〉与美国生活方式》，《旅大日报》1962 年 3 月 16 日，第 3 版。
[3]郑浅：《看〈罗马 11 点钟〉》，《旅大日报》1956 年 7 月 12 日，第 3 版。

片出色而生动、含蓄而尖锐，"它逼得你不能不为某些虽然远离着你自己的生活事实作严肃的思考"，影片的魅力和剧情的巧妙安排密不可分，编剧具有惊人的敏锐的观察力和社会概括力量，能从平凡的生活事件中提炼影片情节，突出地集中了某种重要的概括。[1]文愫的《谈〈橄榄树下无和平〉的特色》肯定了意大利影片《橄榄树下无和平》的现实主义倾向性，认可影片对环境的注意和运用的成功以及对人们性格和命运的真实展现，同时也指出该影片存在着对人物的理解和挖掘较简单化概念化、单纯追求戏剧效果等缺陷。[2]雷鸣的《看到了生活中的人——看〈没有留下地址〉》分析了法国影片《没有留下地址》所表现的深刻社会意义："观众跟随着找人的出租汽车，浏览了许多具有特征意义的角落：看到了自私自利的医生妻子，看到了漠不关心别人的警察和他的老婆，看到了拖着疲惫的身躯的巫女，也看到了一些称赞方司蒂或和他有着同样灵魂的小市民。不管他们追逐的是名，是利，是肉，是刺激，都同样显示出被发霉的资本主义社会制度所扭曲了的性格和病态的人与人之间的关系。"[3]比较而言，白焰的文章《一部趣味横生的法国影片》在对法国喜剧影片《勇士的奇遇》进行评介时，并没有像前述影评那样千篇一律地将批判之剑对准资本主义社会制度，而是将目光聚焦影片的讽刺和嘲弄才能，对作者、导演、演员本色的创作和表演以及影片里许多趣味横生的对话进行了充分肯定："几乎自始至终都要使你大笑，有时笑的很厉害，然而你却挑不出它在哪一个情节上是作者、导演、演员故意地矫揉造作。"[4]

[1] 文林：《看影片〈警察与小偷〉》，《旅大日报》1957年11月29日，第3版。
[2] 文愫：《谈〈橄榄树下无和平〉的特色》，《旅大日报》1956年10月11日，第3版。
[3] 雷鸣：《看到了生活中的人——看〈没有留下地址〉》，《旅大日报》1956年11月29日，第3版。
[4] 白焰：《一部趣味横生的法国影片》，《旅大日报》1956年11月10日，第3版。

2. 评论《世界的心》

联邦德国 20 世纪 50 年代拍摄的《世界的心》是一部优秀的历史传记影片，通过表现奥地利女作家苏特纳的一生来表达德国人民要求和平、反对侵略战争的诉求，该影片是第一部在我国上映的联邦德国影片，当时作为社会主义国家的民主德国也高度看好这部影片。原青的《和平是世界人民的心愿——介绍西德影片〈世界的心〉》就对《世界的心》的主题进行了解读，认为这部保卫和平、反对战争的影片的成功拍摄本身便是保卫世界和平事业的一个胜利。[1]

3. 赏鉴印度和日本影片

禾和的《殖民者的末日已经来到——印度影片〈旅行者〉观后》对这部根据印度小说家阿南德《两叶一芽》改编的影片发表了看法，认为电影对小说原作的情节所做的大幅度更改，有利于更好地表达反对殖民统治的主题。[2] 黄国宁的《三个优秀的短片——介绍日本电影〈正是为了爱〉》对《卖花姑娘》《飞来的新娘子》《正是为了爱》三个故事短片进行了分析，认为这几个故事短片内容虽然不同，但都反映了日本人民在现实生活中所遭受的压迫和痛苦，也在不同程度上表现出日本人民争取和平民主而斗争的不屈意志和热爱生活、追求幸福的强烈愿望，对促进中日两国人民友谊和文化交流，是有意义的。[3] 很显然，像绝大多数影评一样，这篇评论也在就如何从影片中抽取出来重要的现实意义元素予以申说。

[1] 原青：《和平是世界人民的心愿——介绍西德影片〈世界的心〉》，《旅大日报》1956 年 7 月 27 日，第 3 版。
[2] 禾和：《殖民者的末日已经来到——印度影片〈旅行者〉观后》，《旅大日报》1956 年 5 月 12 日，第 3 版。
[3] 黄国宁：《三个优秀的短片——介绍日本电影〈正是为了爱〉》，《旅大日报》1956 年 7 月 8 日，第 2 版。

4.老片新议

20世纪前半叶拍摄并上映的国外"老"片也经常被择取重新上映。如20世纪30年代上映的英国影片《鬼魂西行》。由于该影片涉及了鬼魂等不存在的事物，如何正确认识这些影片中的鬼怪现象，也是评论界需要认真思索并积极应对的问题。林源的《掠夺者掠夺掠夺者——〈鬼魂西行〉观后》认为，《鬼魂西行》的现实意义在于对美英帝国之间矛盾的表现，故事虽离奇甚至怪诞，却有助于人们认识美英新老殖民主义者之间矛盾的现实。[1] 在这部影片上映前后的几年时间里，我国文艺界就出现过类似人神或者人鬼同台的戏剧戏曲演出，曾引发评论者们的热烈讨论。林源这篇评论虽是就英国"老"片中的鬼魂登场现象发表看法，但也属基于另一角度对相关问题的介入，更何况这实际上牵涉到的是艺术"荒诞"手法运用是否合理的话题，就更具有启示意义了。

电影《鬼魂西行》

三、关切国产电影发展

中国现代电影史上的优秀影片如《一江春水向东流》《夜半歌声》等深受观众喜爱，在新中国成立以后，这些现代经典影片得到了重映的机会。

---

[1]林源：《掠夺者掠夺掠夺者——〈鬼魂西行〉观后》，《旅大日报》1962年12月26日，第3版。

在新的社会制度下究竟应该怎样看待这些"老"电影，是大连文艺评论界必须直面的话题。共和国成立后，电影事业得到迅猛发展，先后出现了《董存瑞》《南岛风云》《怒海轻骑》《水乡的春天》《嘉陵江边》《马兰花》《暴风骤雨》《红旗谱》以及舞台纪录片《梁山伯与祝英台》《梅兰芳的舞台艺术》等众多优秀影片，这也焕发了大连文艺评论者观影评说的热情。

1. 热议复映的优秀国产影片

1956年，大连开展了"五四"以来优秀影片展映活动，诸如《渔光曲》《一江春水向东流》《夜半歌声》等现代电影精品得以重新和广大观众见面。《旅大日报》为此开辟了《"五四"以来优秀影片笔谈会》专版，对这些影片展开鉴赏性的评论，影片的思想内容和艺术手法是评论焦点所在。

电影
《一江春水向东流》

张甫的《看〈一江春水向东流〉》认为影片成功地把爱情矛盾贯穿在民族矛盾与阶级矛盾之中，并以爱情矛盾为线索，展开了一系列的矛盾与冲突。影片的"戏"来自生活的矛盾斗争。影片编者经过艺术概括，巧妙地通过具有现实基础的巧合，构成了一幅充满矛盾与冲突的画面。文章提到影片对具有典型意义的细节的选择及运用："一个极其普通的签到的镜头，却表现了一个特定环境的特色，具有不平凡的意义。"生动的细节丰富了戏剧内容，赋予影片以艺术生命，给人以真实感，使人物、环境、气氛成为观众的艺术境界的不可分割的一部分。文章将片中主人公张忠良的堕落归罪于罪恶的社会。同时提到该片的缺点：影片的前半部，比较深刻地揭示了民族矛盾与阶级矛盾，对中国现实作了较深的剖析，但在后半部，随着"天亮"，却把这个矛盾尤其是阶级矛盾，转化到爱情矛盾、家庭纠纷中去了，因此削弱了影片的思想深度与广度。[1] 这篇文章对电影《一江春水向东流》的分析非常专业，注意到了影片编导对生活挖掘不深、概括不广而导致某些人物性格塑造不鲜明、结尾无可奈何等现象，可谓眼光犀利。宇文在《迎〈一江春水向东流〉的重新上映》中肯定了该片在开拓现实主义的道路中所取得的巨大胜利："在解放前的悠长岁月中，再没有一部影片曾经获得像《一江春水向东流》这样数量巨大的观众。"[2] 雷鸣的《生动的细节描写》对这部电影中有助于凸现鲜明而真实人物的细节描写进行了细致入微的探讨，其中在分析电影中一个日寇用力牵着张家的牛的镜头时，认为这不仅渲染了悲惨的气氛，而且揭露了敌人的残酷和战争带给人民的祸害；电影中表现张忠良理发、签到的细节有助于说明张忠良被国统区肮脏现实所污染，电影中的宴会细节有助于认清参加宴会的这批人都属于官僚买办资产阶级，他们一方面和英美帝国主义公然勾结，一方面又和当时的敌人明来暗去；素芬自杀前和儿子难舍难分的细节描写则说明社会现实的残酷所带来的压力已经不是母子之爱所能承担得了的，观众在深深地同情素芬的遭遇时，不能不深深地憎恨那种吃人的社会。[3]

[1] 张甫：《看〈一江春水向东流〉》，《旅大日报》1956 年 10 月 26 日，第 3 版。
[2] 宇文：《迎〈一江春水向东流〉的重新上映》，《旅大日报》1956 年 10 月 26 日，第 3 版。
[3] 雷鸣：《生动的细节描写》，《旅大日报》1956 年 10 月 26 日，第 3 版。

20 世纪 30 年代，马徐维邦编导的融合了爱情、复仇和恐怖等多种元素在内的电影《夜半歌声》，深受当时观众喜爱。昊的《〈夜半歌声〉话旧》一文细致分析了其中缘由，认为影片主要是以反封建争自由的主题、吸引人的故事情节和浪漫主义的表现手法而取胜的。文章认为影片主角革命青年宋丹萍的悲惨遭遇并不罕见，凄凉的《夜半歌声》为当时很多感到失意和彷徨的青年们唱出了内心的忧郁和激情。还对《夜半歌声》中由田汉作词、冼星海作曲的主题曲予以分析，认为"歌词缠绵而激昂"，"那是诗人田汉对时代的呼声，这种呼声通过音乐家冼星海的绮丽曲调，给观众以深刻的印象。"[1]

电影《夜半歌声》

2. 专注新片

关于新片的评论大多结合我国人民生活斗争的历史和现实而就电影内容及人物塑造问题展开讨论，进而对电影的宣传教育功效予以阐发。《钢铁运输线》是反映战斗在朝鲜运输线上的英雄们的大型纪录影片，正戈的《〈钢铁运输线〉是一部成功的纪录片》就肯定了这部电影及时跟踪报道抗美援朝前线动态，还对电影中"像诗一样的动人的解说词"[2]予以了高度评价。孙鉴、臣又贝的《一个坚实的老工人形象——看影片〈嘉陵江边〉》对由四川峨眉电影制片厂制作的第一部故事片《嘉陵江边》中的老工人坚强性格

---

[1] 昊：《〈夜半歌声〉话旧》，《旅大日报》1956 年 12 月 20 日，第 3 版。
[2] 正戈：《〈钢铁运输线〉是一部成功的纪录片》，《旅大人民日报》1954 年 10 月 27 日，第 3 版。

成长过程的真实刻画赞不绝口。[1]宋舞的《地覆天翻的阶级斗争——浅谈影片〈暴风骤雨〉中的几个人物》认为电影《暴风骤雨》展现了真实、具体、典型的历史生活面貌，给观众以感染和力量，影片在人物塑造上比较成功，如赵玉林的光辉形象、喜剧性人物老孙头等都可圈可点。[2]宋非的《革命农民斗争的壮烈史诗——试谈影片〈红旗谱〉》认为电影《红旗谱》有生动的艺术描写："形象地告诉我们一个颠扑不破的真理。朱老忠等三代的斗争和走上革命斗争的过程，正是中国广大农民接受党的领导，成为自觉的有组织的革命队伍的发展、壮大过程。"[3]希贤的《介绍童话片〈马兰花〉》肯定童话故事片《马兰花》富有现实教育意义，它将有助于培养儿童们的劳动观点和集体主义思想。[4]这一时期，还有少数来自中国香港地区的电影如《乔迁之喜》《水火之间》等获得介绍，帮助观众正确看待这些来自另一个社会制度下的影片，是大连影评人不可推卸的责任。张福高的《怎样看影片〈乔迁之喜〉？》从影片《乔

电影《马兰花》

[1]孙鉴、臣又贝：《一个坚实的老工人形象——看影片〈嘉陵江边〉》，《旅大日报》1961年1月8日，第3版。
[2]宋舞：《地覆天翻的阶级斗争——浅谈影片〈暴风骤雨〉中的几个人物》，《旅大日报》1961年10月2日，第3版。
[3]宋非：《革命农民斗争的壮烈史诗——试谈影片〈红旗谱〉》，《旅大日报》1961年8月17日，第3版。
[4]希贤：《介绍童话片〈马兰花〉》，《旅大日报》1961年6月2日，第3版。

迁之喜》中所反映的建筑公司小职员孟子迁因结婚而乔迁的经历，看到资本主义社会制度的不合理和罪恶，以及对这个社会制度下所形成的你欺我诈、冷酷无情的人与人之间的关系。文章同时提到影片挖掘得不深、表现得不广，"还没能从阶级观点和群众基础上去观察分析，说明这些问题"，事实上缓和、冲淡了社会矛盾。[1] 郑浅的《掌声为什么而发？——谈影片〈水火之间〉》认为《水火之间》结尾所出现的赶跑小玉舅舅的镜头，使人感到小市民阶层过着"水深火热"的贫困生活这一社会问题轻而易举就得以解决，影片这样处理生活不真实，也不恰当。[2]

可以发现，和同时期的外国电影评论比较而言，这些国产电影的评论文章更注重对影片思想教育意义的开拓。

3. 讽刺影片引发的热议

当然，也会有"例外"。如 1956 年根据何求小说拍摄的讽刺影片《新局长到来之前》在大连上映时，影评作者们围绕这部影片的技巧运用问题展开过热烈讨论。欧阳的《从"牛科长"身上看到的——看影片〈新局长到来之前〉》认为，导演和演员是有意把牛科长作为一个官僚主义人物来处理的，因而影片里有些过分夸张的地方，诸如牛科长喜欢阿谀奉承，吹牛拍马等，就未免有些故意寻找噱头。[3] 何向并不赞同这种批评意见，在《似是而非的"教训"——对欧阳同志的〈新局长到来之前〉的影评的意见》中认为，对于仍然存在于我们中间的一些败德恶行，特别需要文艺工作者以对人民事业无限忠诚的热忱加以无情鞭挞。文章据此认为，影片的摄制

---

[1] 张福高：《怎样看影片〈乔迁之喜〉？》，《旅大日报》1956 年 4 月 19 日，第 3 版。

[2] 郑浅：《掌声为什么而发？——谈影片〈水火之间〉》，《旅大日报》1956 年 6 月 7 日，第 3 版。

[3] 欧阳：《从"牛科长"身上看到的——看影片〈新局长到来之前〉》，《旅大日报》1956 年 9 月 29 日，第 3 版。

是值得重视的一个可贵尝试，它是忠实于小说原作并传达出原作精神的："它通过几个主要人物的鲜明的个性的刻画，相当生动而又深刻地抨击了我们今天社会中残余的不健康的现象，并指出了这一现象必将逐步归于死灭的历史真实。我们在谈到它的缺点时，不应该避免尖锐，但无论如何，总该本着实事求是的态度。这样，才能真正有助于影片制作者改进工作，有助于讽刺作品的发展。"该文特别提到牛科长"乱吹"的

————
电影《新局长到来之前》

一场戏是完全符合作品中生活逻辑的要求的，典型化的手段和方法是多种多样、无穷无尽的，这一情况的产生决定于具体艺术样式的特征，决定于艺术家的思想和创作任务，"讽刺作家有权利大胆运用夸张手法"。[1] 虽说这两篇影评的写作者意见并不一致，但在各抒己见当中能帮助群众更好地理解讽刺作品的特征和技巧运用，很好地发挥了批评使命。

4. 戏曲片评论

我国的一些传统地方戏曲作品如《梁山伯与祝英台》《炼印》等在这一时期被以声光影电的方式呈现出来，方便了不同地域人民群众的观赏，大连的一些影评文章在帮助观众提高思想认识和审美情趣上发挥了积极作用。1954 年，越剧片《梁山伯与祝英台》在大连公演，伊苒的《优美的民间故事——谈彩色舞台纪录片〈梁山伯与祝英台〉》就剖析了这部影片能

---

[1] 何向：《似是而非的"教训"——对欧阳同志的〈新局长到来之前〉的影评的意见》，《旅大日报》1956 年 10 月 16 日，第 3 版。

在街头巷尾得到议论的原因之所在，即人们热爱这个优美、动人的传说故事并同情梁祝的理想和斗争。文章还就电影剧本在唱词和情节两个方面的删改进行了详细分析，认为有关删略不仅仅是为了节省时间，还考虑到了人物的刻画。[1]福建传统喜剧《炼印》被搬上银幕后，金石的《对封建统治阶级的一场胜利斗争——闽剧舞台纪录片〈炼印〉观后》就解析了影片《炼印》所显示的强烈的人民性，认为影片在对杨传、李乙两个正面人物思想性格的刻画上比较现实而深刻："由于作者在这个戏的人物刻画上面巧妙地深入地掌握了人物的特性，使每个人物显现出他的鲜明的性格，就使这个戏显得异常集中、紧张、变化多、有光彩。尤其可贵的是这个剧采用了喜剧形式，从头至尾给人以充满胜利信心的乐观情绪，增加了人们的精神力量。"[2]显然，这一类影评在发掘传统文艺作品的"亮点"上用心良多，当然也会对其中未能剔除尽的"不良"因素有所注意，如金石的《谈影片〈天仙配〉的艺术成就》在肯定《天仙配》具有较高思想性和艺术性的同时，也指出其中存在着的迷信的宿命论色彩，认为"槐荫别"一场"枣梨枣梨，夫妻迟早分离"的带有谶语色彩的唱词应当去掉，否则"真好像他们的离别是早在冥冥中注定的了"。[3]显然，对于新时代的人们来说，当面对偌大的文艺遗产，如何有效择取精华、去除糟粕，就一直都是一道艺术难题。

5. 积极建言

其实，大连的影评文章不仅对传统文艺作品能够做到好处说好、坏处说坏，就是在评论表现现实生活的国产影片时也能积极建言、不避忌讳。

---

[1]伊茸：《优美的民间故事——谈彩色舞台纪录片〈梁山伯与祝英台〉》，《旅大人民日报》1954年10月31日，第3版。

[2]金石：《对封建统治阶级的一场胜利斗争——闽剧舞台纪录片〈炼印〉观后》，《旅大日报》1956年1月6日，第3版。

[3]金石：《谈影片〈天仙配〉的艺术成就》，《旅大日报》1956年3月18日，第3版。

如由长春电影制片厂拍摄、知名导演于彦夫制作的《夏天的故事》是反映两条道路斗争中初中毕业生热心农村合作社事业的影片,蓝天的《影片〈夏天的故事〉观后》肯定该影片以轻松明朗的情调、比较生动具体的形象对新青年如何积极参加复杂尖锐的农业社会主义改造斗争的表现,同时也不留情面地指出缺点:"人物塑造粗糙,在某种程度上概念化了。"[1] 韩英的《漫谈影片〈南岛风云〉》对《南岛风云》这部反映抗日战争时期华南敌后游击斗争的故事片进行评论时,就提到影片在揭示人物感情世界和解决心理矛盾方面不够深入细腻,有概念化的毛病。[2] 柏萧的《从冲突中展示人物的性格——谈影片〈马兰花开〉》,认为影片通过人物与人物之间性格上的冲突,展示了正在成长中的中国妇女的新的思想面貌,适当批判了大男子主义思想,但影片存在着为了激化矛盾而故意安排老工人的自尊心描写的问题,且人物冲突写得也不够深刻,似是而非。[3] 希贤的《一部好儿童故事片〈新队员〉》在肯定影片人物形象比较鲜明、故事简练、情节动人的同时,也提到影片"有些地方显得简单,有几个孩子的话有点大人气"。[4] 黄国宁的《人民的英雄,真正的战士——影片〈董存瑞〉观后》认为,"董存瑞这一英雄形象在千万观众心灵中所产生感染力量和教育作用,也是影片本身在刻画人物、塑造典型方面所达到的高度的艺术水平所致",同时就影片如何描写和塑造英雄做了进一步讨论,认为首先要看影片所描写的英雄"是否具有他自己独特的个性,是否能通过他这独特的性格来揭示英雄的本质",还要看这个英雄人物的成长是否符合事件发展逻辑、符合生活真

[1] 蓝天:《影片〈夏天的故事〉观后》,《旅大日报》1956年1月11日,第3版。
[2] 韩英:《漫谈影片〈南岛风云〉》,《旅大日报》1956年4月3日,第3版。
[3] 柏萧:《从冲突中展示人物的性格——谈影片〈马兰花开〉》,《旅大日报》1956年8月4日,第3版。
[4] 希贤:《一部好儿童故事片〈新队员〉》,《旅大日报》1961年8月13日,第3版。

实。[1] 上述针对具体电影制作的评论意见无疑都很有现实指导意义，显示出大连影评作者们的使命担当来。

　　春秋的《不能做到和不愿做到的——影评杂感之二》是一篇针对影评的评论文章，内中一些见解精警。该文直陈当时妨碍影评质量的原因所在：影评作者水平有限，没能对电影做深刻分析，而且作者受到许多清规戒律的束缚而不肯去"评"；地方报刊影评编发者往往追求四平八稳、人云亦云，在发表影评之先必看中央报刊怎么说的、名人怎么说的，以求编发的影评不易出错；编者和作者还因忧虑批评之后会影响影院的上座率而不"苛责"电影。由此主张提倡独立思考分析问题，鼓励自由发表意见，应当容许地方报纸杂志大胆展开实事求是的批评讨论。[2] 这篇评论文章在一定程度上道出了当时大连影评发展过程中所面临的尴尬生存状况，文章对健康批评生态的声声呼唤到今天也仍然响彻耳畔，富有意义。

　　这一时期的电影评论表现出来这样两个明显特点：一是多着眼于影片主题、题材以及思想内容的开掘，注重阐发电影作品的现实教育意义；二是注重电影独特表现手法的分析，就电影影像语言在人物典型化塑造、对现实的艺术概括能力等更深层次的问题时有触及。当然，部分影评还存在着简单、肤浅以及千篇一律的倾向。毕竟，电影在当时来说还是比较新鲜的"第七艺术"，共和国的电影事业还处于起步阶段，评论者们要精准掌握电影艺术的特殊规律还需要足够时间的艺术历练。

---

[1] 黄国宁：《人民的英雄，真正的战士——影片〈董存瑞〉观后》，《旅大日报》1956 年 3 月 29 日，第 3 版。

[2] 春秋：《不能做到和不愿做到的——影评杂感之二》，《旅大日报》1956 年 8 月 28 日，第 3 版。

第三节

Section 3

文学创作评论

大连文艺评论界对文学创作的关注主要有两个侧重点，其一是对国内文学创作的凝视，其二则是对大连本土文学创作的关注。

一、关注国内文学创作

大连文艺评论家们对国内文学创作的评论一直紧跟时代潮流，其中最抢眼的就是对儿童文学创作的关注和评介，有关见解不乏亮点。

1. 关注儿童文学创作

1955 年 9 月 6 日，时任全国人大常委会副委员长的宋庆龄在《中国青年报》上发表《源源不断地供给孩子们精神食粮》；1955 年 9 月 16 日，《人民日报》发表社论《大量创作、出版、发行少年儿童读物》，对中国作家协会、各地文联、各省市人民出版社和书店过去很少认真研究发展、出版和供应少年儿童文学读物的错误思想予以批评。郭沫若亦在《人民日报》上撰文《请为少年儿童写作》。在这之后，大连的文艺评论工作者也紧跟时代步伐，密切关注儿童文学的发展。1956 年，中国作家协会编纂出版了收录我国优秀少年儿童文学作品的《儿童文学选（1954.1—1955.12）》，韩悦行的《儿童们的丰富的精神食粮——介绍〈儿童文学选〉》即对这本书中所收录的作家作品进行了细致的评说,看法颇为中肯,如认为马烽的儿童小说《韩梅梅》以具体的事实、显明的形象批判了那些认为有文化就不能参加农业生产的思想;刘真的《我和小荣》以"柔婉、生动的笔调,洋溢的热情,反映了抗日战争时期八路军两个小交通员的故事";金近的儿童诗《小队长的苦恼》《最糊涂的同学》以幽默、轻松的笔调勾勒出脱离群众、存在主观主义的小队长和马马虎虎、糊里糊涂的曾清楚;诗人袁鹰精辟地运用了节奏优美的语言,描画出战士对儿童的赤诚之心(《篝火燃烧的时候》)和孩子们愉快的生活(《和太阳比赛早起》);陈伯吹的童话《一只想飞的猫》"教育儿童不应该骄傲自满,独断孤行,要养成有事大家商量、虚心学习助人的优点,改正自己缺点的习惯";阮章竞的童话诗《金色的海螺》有清秀的文字,优美的抒情,严谨的章法,曲折动人的情感,鲜明的人物的性格。文章还特别提到了"科学童话"这一不大为人所注意的体裁,"它是以科学(自然科学)为内容,通过文艺形式来阐述自然科学的原理、功用等。它充满了幻想、创造和乐趣,引导儿童进入科学世界,寻求自然的秘密,启发儿童的想象,丰富儿童的知识"。[1]

另一篇有价值的儿童文学评论是张子敬的《漫谈儿童文学》,该文认为,儿童文学是以艺术形象来教育儿童的,这是其他任何一种教育工具所不及的。因为这种"教育"和"知识"是蕴藏在鲜明突出的形象和生动引人的故事情趣之中,它具有潜移默化的作用,"儿童读物也是培养儿童的信念和意志的很好的工具。"[2]该文旨在澄清儿童文学的服务对象、写作目的和社会功效,文中对苏联波列伏依、古巴列夫、杜布罗留波夫等文艺言论的借重和引用,显示出苏联文艺理论家和作家的文艺论说是当时文艺评论者

---

[1] 韩悦行:《儿童们的丰富的精神食粮——介绍〈儿童文学选〉》,《旅大日报》1956年5月31日,第3版。

[2] 张子敬:《漫谈儿童文学》,《旅大日报》1956年11月30日,第3版。

的重要理论资源。

时任共青团旅大市委书记舒新环在《海燕》上发表了《为培养共产主义新人，创作更多更好的儿童读物》，文章基于青少年教育的角度号召全市文艺工作者为少年儿童创作作品，"善于把革命的政治内容和尽可能完美的艺术形式更好地统一起来"，且特别鼓励传记作品和科学读物的创作："努力塑造领袖、革命英雄、模范人物的伟大形象"，"我们也要大量创作和出版有关科学知识的读物，以满足广大少年儿童日益增长的需要。希望多创作一些向儿童介绍尖端科学、科学技术以及科学幻想故事的书籍，并通过儿童读物去指导少年儿童开展科技活动，大搞科学试验"。[1]

2. 关注文艺批评建设

同样能显示出此时期大连文艺评论家宏大视野和开放格局的，是对文艺批评的重视。为了集中展示共和国文学的创作成果，中国作家协会于1956年1月编选了从1953年9月第二次文代会至1955年底的作品，共计包括《儿童文学选》《诗选》《短篇小说选》《散文特写选》《独幕剧选》5种选集，但没有文学理论和批评的专门选集。陆星有感于此，撰文批评中国作家协会对文学理论、批评工作重视不够，而且当时国内"还没有一份专门发表研究成果和批评意见的刊物"，文章很为文艺批评遭到歧视鸣不平，认为"文艺科学独具的特性决定了它们不如小说、诗歌易于为一般群众所接受"，为中国的文学理论、批评落后于世界水平而忧虑。[2] 其为中国文艺批评的健康发展鼓与呼，可谓先知先觉、大音希声。

大连文艺评论工作者们在关注活生生的文艺现实方面还有一些亮点。比如对少数民族文学的关注，虽然不多，所关注的作家作品本身在当时

---

[1]舒新环：《为培养共产主义新人，创作更多更好的儿童读物》，《海燕》1960年第6期。

[2]陆星：《文学理论、批评工作者的苦恼》，《旅大日报》1956年12月21日，第3版。

也没有那么大名气。如雪申的《读短篇小说集〈春到准噶尔〉》就是对新疆作家权宽浮著的短篇小说集《春到准噶尔》中的8个短篇小说进行评介的，评论认为这些小说"题材是新鲜的，它具体地向我们说明我们的生活是多么丰富多彩"，"勾画出了驻新疆生产部队的生活图景和精神面貌。"[1]

3. 热议热读小说

20世纪五六十年代，《林海雪原》《创业史》等小说受到了国内读者的热读热议。《北京日报》曾刊文对小说及影片《林海雪原》所展开的热烈讨论进行了介绍，诸如少剑波形象是否塑造成功、关于党的领导、关于反面人物、关于历史真实和文学真实等问题，都是读者普遍关注的话题。《旅大日报》据此一面在1961年6月18日第3版刊发《少剑波及其他——介绍〈林海雪原〉的讨论》，一面报道大连评论界尤其是高等学校师生对该作品的讨论。师中青的《关于〈林海雪原〉的争论》一文汇总了当时辽宁师范学院中文系师生就《林海雪原》思想性、艺术性和教育作用等问题所产生的争论意见，将广大师生对这部作品所持的3种观点总结如下：其一，《林海雪原》是一部革命现实主义的作品，真实地反映了当时的历史，无论是思想性和艺术性都达到了一定的高度，对人民群众的教育作用不可低估，继承了我国古典文学的优良传统，使人物更鲜明，使读者更爱这部作品；其二，小说思想性不强，艺术性不高，教育意义也不大，理由在于没有体现出党的领导作用，群众路线描写得不多，而是单单地突出了小分队几十个人的作用，少剑波这个人物形象的塑造不成功，白茹小资产阶级情调浓，不像解放军的女战士；其三，小说基本上还是一部革命现实主义作品，有

---

[1]雪申：《读短篇小说集〈春到准噶尔〉》，《旅大日报》1956年7月12日，第3版。

很大的教育意义，但有一些缺点，带来消极影响。[1] 众师生的意见虽然东鳞西爪、零碎珠玉，但对作品的成就和问题的发现均能切中肯綮。

师田手的《评小说和影片〈林海雪原〉》认为，小说"情节相当细致，人物性格鲜明，景物雄伟，对敌战斗的思想情感饱满"，肯定小说在杨子荣和孙达得、刘勋苍、高波等一些人物的塑造上比较成功和健全，同时指出"小说的极重大的缺点和问题，主要表现在塑造和刻画少剑波这个青年指挥员的身上"，同时也富有意味地表示："评一部作品，不能折中，也不能绝对化。我们的无产阶级革命文学还在青年时代，这两种的批评态度对我们的年轻的文学创作都是有害的。"[2]

当时国内文艺评论界对柳青小说《创业史》中的人物形象塑造问题多有关注，为梁生宝和梁三老汉这二者谁塑造得更为成功发生过较大争论。石可人则另辟蹊径注意到小说中的一个不大为人所关注的次要人物高增福，他在《阶级熔炉铸新人——简谈〈创业史〉中的高增福》中认为，作者"虽着笔不多，但却深刻地揭示了他的精神境界的美，一个贫雇农成长为无产阶级所要经历的必然里程"。[3] 文章通过对高增福的形象分析，最终对柳青在人物塑造和主题表达上的成功予以充分肯定。

又如《旅大日报》在 1978 年 9 月 3 日和 4 日转载了卢新华的小说《伤痕》后，编辑部收到很多读者来信来稿，绝大多数意见都认为小说《伤痕》是一篇感人至深的好作品，这得益于小说人物及情节的细腻描写。庄河县高阳公社的肖德安在《突破悲剧这个"禁区"》中据此期望全市

---

[1] 师中青：《关于〈林海雪原〉的争论》，《旅大日报》1961 年 6 月 18 日，第 3 版。
[2] 师田手：《评小说和影片〈林海雪原〉》，《旅大日报》1961 年 6 月 25 日，第 3 版。
[3] 石可人：《阶级熔炉铸新人——简谈〈创业史〉中的高增福》，《旅大日报》1962 年 12 月 19 日，第 3 版。

小说《伤痕》，载《文汇报》

专业、业余作者都能从小说《伤痕》获得启示，清除思想上的伤痕，拿起笔来，突破创作"禁区"。[1]这种对突破创作禁区的呼求尽管人微言轻，但在当时思想解放大潮尚未彻底席卷神州大地之际仍显得难能可贵。

4. 评说散文大家

秦牧、杨朔等是新中国成立后的30年间国内享有盛誉的散文家。流畅的《游"花城"——读秦牧同志的散文》主要以秦牧散文集《花城》为中心展开评议，认为秦牧的散文题材十分广泛，"散文想象丰富，浮想联翩，娓娓叙来，情趣盎然"，"还善于从丰富多彩的日常生活事件的叙述，告诉你一个生活的哲理。字里行间洋溢着浓郁的抒情气氛"。[2]

季长空的《生活·作品——读〈杨朔散文选〉随感》肯定杨朔散文"不落俗套，又入人意中；构思奇巧，又合情合理；意境深远，又通俗朴实。真是翻开引人入胜，掩卷回味无穷"。还对杨朔散文能达到如此精巧的原因进行了分析："杨朔散文是他辛勤劳动的结晶。不仅在于他的伏案执笔，更在于他认真地体察生活。他的一些作品，也许只是生活的一鳞一爪，一

---

[1] 肖德安：《突破悲剧这个"禁区"》，《旅大日报》1978年10月19日，第3版。

[2] 流畅：《游"花城"——读秦牧同志的散文》，《旅大日报》1962年11月23日，第3版。

角一毛，但因为有着自己独有的、生活本身固有的特色，喷涌着从心海深处升华出来的真挚的情感，总是那样强烈地吸引、撼动着读者的心。"文章借着对杨朔散文的肯定，实则指向了当时散文创作所存在的一些通病，比如内容空泛、构思雷同等，希望散文作者能像杨朔那样在厚实的生活、巧妙的构思和新奇的意境的共同作用下写出"独到"的作品。[1]

5. 传授文艺经验

大连文艺批评在指点国内文学创作"江山"的同时，亦力求由此观照本地文学创作，为大连本土文学发展带来有益经验。如季思的《谈诗歌中的景物描写》主要分析了闻捷的《酒泉风光》一诗，向上还牵涉对古代风景诗名篇如岑参《白雪歌送武判官归京》、柳宗元《江雪》等出色的风景描写和独特意境的分析，借此传授诗歌鉴赏和写作经验。[2]季思还在《关于故事情节和人物描写的几点意见》中对王愿坚表现红军战士同志情谊的小说《三人行》在故事情节和人物描写上的优长进行了重点分析："主题很清楚，事件比较集中，人物形象也完整、鲜明"，"不仅写出了人物的行动表现，而且也深刻的揭示了人物的精神面貌和精神状态"。[3]文章以此为标杆，重点分析本地作者同类题材写作所存在的各种问题。

二、瞩目大连文学创作

1. 本土文学创作的崛起及有关评论

30 年间，大连文学创作突飞猛进，方冰、滕毓旭、高云的诗歌，汤凡、高玉宝、张琳、邵默夏的小说，邵默夏、康伣的散文，张琳的报告文

---

[1] 季长空：《生活·作品——读〈杨朔散文选〉随感》，《旅大日报》1978 年 7 月 19 日，第 3 版。

[2] 季思：《谈诗歌中的景物描写》，《海燕》1959 年第 12 期。

[3] 季思：《关于故事情节和人物描写的几点意见》，《海燕》1959 年第 11 期。

学，白晓的儿童文学等都在国内产生了较大影响。如邵默夏散文《窗下》在 1956 年辽宁省《东北文学月刊》上发表之后获评为优秀作品，被翻译为英文、世界语向国外介绍，中央人民广播电台还将之制作成配乐散文，中国作家协会沈阳分会青年作家工作委员会 1957 年编选的散文特写和评介集《窗下》，更是以该文题目冠名全书。评论家成均撰写了近 3000 字的评论文章《平凡中的伟大——〈窗下〉读后》，认为"《窗下》的形式和它的内容是统一、和谐的，用抒情的散文，白描的笔调，朴素的语言写了平凡的生活，但却接触到伟大的心灵。全文洋溢着热爱祖国热爱生活的激情。这是一篇优美的散文诗，一首动人的生活赞歌"[1]。著名评论家、翻译家林淡秋对《窗下》更表达了由衷欣赏："较长的《窗下》也不过四千多字，却给了我们多么丰富的感受！作者用善于刻划性格特征的笔，画出了一群活生生的男女老小的鲜明形象，打开了新生活的一角，让读者看到活的诗篇。"[2]

《1956 散文小品选》封面

30 年间，大连的文艺报刊刊发了不少特写、通讯等纪实作品，像《海燕》创刊后几乎每期都有特写文章，对时代模范先锋人物进行大篇幅报道，如《英雄小志》(《海燕》1960 年第 1、2 期合刊)、《不断革命的人》(《海燕》1960

---

[1] 成均：《平凡中的伟大——〈窗下〉读后》，载中国作家协会沈阳分会青年作家工作委员会编《窗下》，辽宁人民出版社，1957，第 60 页。
[2] 林淡秋：《序言》，载中国作家协会编《1956 散文小品选》，人民文学出版社，1957，第 3 页。

年第 4 期)、《当代英雄》(《海燕》1960 年第 5 期) 等。大连文艺评论作者还对具体的通讯、特写作品进行及时评介,如刘焰的《英雄的赞歌——〈志愿军英雄传〉(一集)介绍》评价人民文学出版社的《志愿军英雄传》的优点之一就是生动、传神,复活了英雄人物的声音、笑貌,它的感人力量尤为深刻。[1] 大连工农作者在"大跃进"期间写作《海上巨龙》《果园史话》《忆长征》3 部报告文学作品并交由春风文艺出版社出版,其中,《海上巨龙》是写大连造船厂工人用 28 天的船台周期建成尖端技术产品万吨巨轮"跃进号"的英雄史实;《果园史话》描写了大连市复县得利寺人民公社社员把偏僻贫困的山区建成富饶的花果之乡的故事;《忆长征》是由参加长征的革命干部、时任旅大电业局局长的黄良成同志所撰写的长征回忆录。《旅大文坛上的三朵鲜花》就对上述 3 部报告文学作品予以热情评价,认为虽然 3 本书在技巧上有不足,"笔触却刚健清新,气势磅礴,真实的、具体的反映了现实"[2]。《海燕》1960 年第 12 期刊出师中青的《革命精神万岁!》,着重分析了报告文学《海上巨龙》的写作,认为该书生动真实地表现了造船工人的冲天干劲和无穷智慧,作品在人物形象塑造上的白描手法、新颖结构和简练朴素、明朗清新的语言运用值得肯定。[3]《海燕》1960 年第 1、2 期合刊上刊载了由王自仁、陈冠华、海声等撰写的表现 1959 年出席全国群英会的旅大代表们赴京前后生活片段的 7 篇短小精悍的报告文学《英雄小志》,第 3 期即登出侯东升的评论《时代的特征——读〈英雄小志〉》,肯定这些作品的高度思想性,并期待工农兵文艺创作能就此获得更大发展和繁荣。

---

[1] 刘焰:《英雄的赞歌——〈志愿军英雄传〉(一集)介绍》,《旅大日报》1956 年 8 月 2 日,第 3 版。
[2]《旅大文坛上的三朵鲜花》,《海燕》1959 年第 12 期。
[3] 师中青:《革命精神万岁!》,《海燕》1960 年第 12 期。

2. 对特写的研究

正是因为有如此多通讯、特写和报告文学作品的问世，大连文艺评论界才能对特写这一文艺体裁进行及时而认真的研究。其中比较值得注意的有傅云枝的《什么叫特写》和师田手的《发挥散文特写的战斗性》两篇文章，对读者了解特写的写作方法和文体特征很有启发。

《什么叫特写》对"特写"追根溯源，认为这个名词来源于电影，电影中的特写镜头专门显现一个人物的面部表情，或者专门显现一个自然景物，文学创作中着重对生活中某一事件，或一个人物的某一点或者某几点加以集中、精细地描写的散文就叫做特写，文章还借鉴了奥维奇金《谈特写》一文中对特写的分类法，将特写分为记录性特写和研究性特写两种，认为这两种特写都富有强烈的政论性和艺术性，都要以真人真事为基础，并对这两种特写的区别进行了辨析：记录性特写既要求有真实的典型人物和事件，也要求有一定的故事性；研究性特写允许作家想象、虚构，可以从许多人物中找出代表性特点用以创造一个典型，在选择典型上和小说有些相似，但不像小说那样要有完整情节，提出的问题却十分尖锐深刻。[1] 这篇文章认定研究性特写可以有一定的虚构与想象，但和纯虚构的小说还是有一定的区别，即情节不必那么完整，但问题一定是尖锐深刻的。

《发挥散文特写的战斗性》认为，散文特写多半以写真人真事为基础，形式又随内容可以多样变化，易于反映和发扬革命的斗争，其包罗的方面非常之多，根据作者的写作能力、风格，以及深入生活的时间长短，接触面的广度，掌握素材的多少，有了一定的认识，激起一定的热情，就可以适当采取最适合的形式来写，特写有时具备完整的小说形式，以人物为中

---

[1] 傅云枝：《什么叫特写》，《旅大日报》1956 年 8 月 23 日，第 3 版。

心，人物性格典型，故事内容多样曲折。[1] 这篇文章认可散文特写的虚构性，甚至还为此将部分特写和小说等同。即使放到今天，上述两篇文章也仍然具有重要的理论意义。

3. 对本土业余创作的凝视

大连文艺评论界在对本土文学创作的关注上，往往不论作者出身、名气或专业与否，但凡作品具有一定代表性、能触动评论者心思，都会得到及时评论。所以在《旅大日报》《海燕》上发表作品的不少业余作者都受到了大连文艺评论界的热情关注。

比如对本土诗人诗歌创作的评论。季思的《要抒劳动人民之情》以致一位业余诗歌作者信件的方式，针对业余作者的具体诗歌创作提出自己看法，这篇书信体评论特别提到一位未具名的本土诗人"你"的组诗《劳动》，在描写一群知识青年参加劳动情景时出现了一种极不健康的思想感情，其中的《工地之景》让人看到的是"脱离万马奔腾、波澜壮阔的生活海洋的一个孤岛"，是"一个迷恋湖光水影、充满资产阶级情趣的行吟诗人的形象"，"在这首诗里，你也把人们对祖国自然景物的感情和他们两者之间的关系，作了庸俗的理解。你把那学到湖边游览休息的人们，都描绘成是一些欣赏少女身姿、追求少女爱情的求爱者"。据此寻绎出当时业余创作者文学创作当中普遍出现的对生活庸俗、灰色的描绘与理解，给这种文学病症开出了治疗良方："必须要重视思想改造、认真学习马列主义和毛泽东思想，加强改造世界观。"[2] 陶传本的《对〈旅大民歌〉的意见》就《海燕》1958年第12期所发表的《旅大民歌》发表看法，在肯定了一些民歌作者说出了读者心里话的同时，也提到一些民歌所存在的不足，如"为了押韵，竟把

---

[1] 师田手：《发挥散文特写的战斗性》，《海燕》1960年第6期。
[2] 季思：《要抒劳动人民之情》，《海燕》1960年第3期。

些含意不够确切的词句生拉硬安上"，有的标题不明显、通俗，还有的民歌比喻不合适等。[1]

又如对本土业余作者小说创作的关注。大连机床厂修理车间吴振东的《读〈云消雾散〉》认为，一峰小说《云消雾散》"写作技巧比较成功"，但存在细节问题，"忘记了应该把工人的劳动热情更恰当地描绘出来"，"交代不够明晰"。[2]汪萍的《喜读〈老洛师傅〉》肯定了钱雪盛的小小说《老洛师傅》"注意从人物出发来构思作品、表达主题思想，这是件可喜的收获"，但"在刻画人物、塑造形象上存在一些不足之处，比较肤浅和一般化"。[3]

再如对戏剧创作的评论。《海燕》1957年第11期上发表了剧本《共产主义战胜死神》，吴昂的《闲话〈共产主义战胜死神〉》就以主客问答的方式展开对该剧本的选材、主题思想和艺术处理的评说。[4]《海燕》1960年第1、2期合刊上有大连机车厂锻冶车间文艺队根据本车间生产跃进事实而集体创作的剧本《总路线光芒万丈》，在1960年第4期上刊登《话剧〈总路线光芒万丈〉座谈会记录》，收录的都是该车间职工对此剧的观后感，虽然这些感想都属于感性认知，评论还够不上专业或者体系，但对一线工人读者意见的吸纳，有助于作者写作水平的提高，也利于激发专业评论者的思想。

《海燕》一直秉持开放办刊、海纳百川的气度，这吸引了很多外地评论者在《海燕》上发表对该刊作品的意见，如《海燕》1959年第5期上刊登了王其寿的小说《主人》，沈阳的李佳星在第6期上发表《小说〈主人〉

---

[1] 陶传本：《对〈旅大民歌〉的意见》，《海燕》1959年第2期。

[2] 吴振东：《读〈云消雾散〉》，《旅大日报》1956年8月5日，第3版。

[3] 汪萍：《喜读〈老洛师傅〉》，《旅大日报》1962年3月16日，第3版。

[4] 吴昂：《闲话〈共产主义战胜死神〉》，《海燕》1959年第2期。

描写上的问题》，对小说作者不能纯熟地掌握艺术规律而导致存在的人物描写上的不足提出批评；[1]北京的荣平《用自己的构思和语言写诗》是就《海燕》1958 年和 1959 年所刊登的新民歌而写作的评论，既有对感人诗歌创作的肯定，也有对东拼西凑的模仿之作的无情批评。[2]南京的曹侠在《好形式，好内容》中对《海燕》所设置的《读稿杂谈》一栏对初学写作者所带有的普遍性问题的指导表示认可。[3]这些来自外省市的评论声音事实上为大连文艺批评的健康发展注入了生生不息的活力。

---

[1] 李佳星：《小说〈主人〉描写上的问题》，《海燕》1959 年第 6 期。

[2] 荣平：《用自己的构思和语言写诗》，《海燕》1959 年第 7 期。

[3] 曹侠：《好形式，好内容》，《海燕》1959 年第 11 期。

第四节

Section 4

舞台剧评论

　　30 年间，大连戏剧舞台上相继演出了历史话剧《清宫外史》《天国春秋》、话剧《红岩》《方珍珠》、评剧《十五贯》《剔庄货》、京剧《四郎探母》《十五贯》《蝶恋花》等诸多舞台剧。大连文艺评论界借着评论上述舞台剧的机会也将讨论延伸到作品主题、人物刻画、民族风味以及如何正确对待民间传说资源乃至更好地批判继承传统文化遗产等诸多有意义的话题上来。

一、话剧评论

　　1. 对《家》的评说

　　1956 年，吉林省话剧团来连演出据巴金小说《家》改编的话剧《家》，引起了大连文艺评论界的关注。允芬的《看〈家〉的演出》认为，这出戏的演出情绪很饱满，是富于战斗性和说服性的，有层次地揭露人物的思想本质。文章认为，演员们在挖掘人物内心世界上是认真严肃的，塑造出了栩栩如生的人物形象，尤其是对几个反面人物的刻画，更给人以深刻的印象。同时也提到了话剧对觉新的内部动作的挖掘，有些过多地受到了考虑外形的影响，而疏忽了由于特定情境中所引起的人物内部节奏的强烈变化，把一些应该激情的地方都松松地放过去了，因此，在全剧的展开与人物性格的发展中，就影响到觉新在动作节奏上的鲜明性；导演在全剧进行中对节奏较强的几个地方的调度有些琐碎，缺乏速度上的强调，还提到演员在"读台词"方面的规范化问题。[1]

2. 对《雷雨》剧本及表演的解读

1956年，《雷雨》经由旅大话剧团改编搬上话剧舞台，《旅大日报》刊发多篇文章对《雷雨》进行解读。沐聿东的《看〈雷雨〉的演出》着重探讨该剧演员的表演，认为演员把"真我"和"假我"交融在一起，沁入了人物的心灵深处，肯定了扮演繁漪的演员的成就并分析了繁漪的性格："繁漪是个难演的角色，而她获得了分外的成功。繁漪的性格底基本特征是一种在高压下的愤怒，无聊的生活带来的苦闷，四顾无援时的悲哀，以及像濒于溺毙的人抓住一根草似的绝望的追求。这些的综合就是繁漪型的抑郁。恰当地表现繁漪的性格是不容易的。而我们却能通过剧情的开展，一步步地接近了繁漪的内心世界。"文章认为鲁贵的扮演者"由于不恰当的夸张而流于漫画化了"，认为演员在戏剧第一幕关于周朴园逼繁漪喝药的表演没能够表达出来周朴园的专横，第二幕中周朴园的保镖腰揣手枪满脸凶煞的样子也破坏了周朴园性格的完整性。文章还提到话剧有待注意的一些表演细节，如某些场面处理不简练，冗杂零乱的动作徒使剧情的进行变得拖沓起来，演员的发音失误损伤了话剧语言的音乐美等。[2] 剧评作者显然有着非常丰富的舞台表演经验和理论积累。

---

[1] 允芬：《看〈家〉的演出》，《旅大日报》1956年12月9日，第3版。
[2] 沐聿东：《看〈雷雨〉的演出》，《旅大日报》1956年11月10日，第3版。

旅大话剧团《雷雨》剧照

　　宇文的《谈谈〈雷雨〉这个剧本》则主要分析了《雷雨》巨大的感人力量以及社会意义的关键所在，认为这一剧作在相当程度上反映了国民党统治的社会生活中某些重要的真实的东西。从董事长周朴园和工人代表鲁大海水火不相容的仇敌关系中看到"尖锐的阶级矛盾的历史真实"，从周朴园和鲁妈以及他家庭成员的关系中看到"一个封建家庭的丑恶和罪恶的面影"。文章认为，作品通过一系列活生生的有着鲜明个性的人物揭示出这些生活的真相，在不同程度上创造了一系列光辉的典型形象如被侮辱被损害的鲁妈、四凤、蘩漪等。文章还提到了《雷雨》的显著缺陷在于"贯穿全剧的'宿命论'的观点和那种神秘的气息"，认为这是和作者当时的世界观、对生活的理解力密切联系的。文章对《雷雨》的版本修改有所注意，提到在1954年新出版的版本里删去了原来的"序幕"和"尾声"，并在最后一幕相应更改了鲁妈的最后结局，并认定这些删改是必要的，更符合生活逻辑。[1] 读者的《从〈谈谈〈雷雨〉这个剧本〉谈起》对宇文的《谈谈〈雷雨〉这个剧本》一文提出商榷意见。文章认为《雷雨》成功的真实原因并不在于宇文所说的它描写了雇主和工人之间的阶级冲突，且这种冲突是全剧中的次要事件，剧作对这种生活表现得既概念化，又缺乏艺术的完整性。文章认为，解放后曹禺对原作做的若干修改"是一次失败的手术"，《雷雨》成功的主要原因在于它通过典型形象的塑造，成功地展示了封建制度的腐朽性和封建道德的虚伪性，即它的强烈的民主主义色彩和积极的反封建的主题。《雷雨》所描写的是一个具有鲜明社会意义的家庭悲剧，一切人的悲剧都来源于周朴园所代表的腐朽的封建力量，来源于作为雇主和封建家长的周朴园的道德败坏。这就有力地宣告了封建主义必然崩溃的命运。[2] 这两篇评论是以崭新的价值观来观照从前的作品的，尽管都带着那个年代的特有气息，但其对作品的精准把脉值得肯定。

旅大话剧团《雷雨》导演徐宁的《我对周萍的看法》属于"创作谈"，其中就剧作对周萍这一形象的塑造谈了自己的认识：周萍和周朴园是同属于资产阶级的两种不同的典型人物，他们之所以不同，在于他们成长的历史时代和接受的教育不同，因而形成了两种不同的典型。周朴园出生于封建王朝统治末年，成长在封建主的家庭里面，他的幼年时代受的是封建主义的教育，青年时代在德国又受了帝国主义的教育，因此他发展成了一个血腥的、无恶不作的买办资产阶级的代表人物。而周萍成长于动荡的、灾难深重的、军阀混战的时代，资产阶级民主革命开始接近高潮的"五四运动"时期，生活在那样一个时代里的大学生周萍不能不感受到一些民主主义的思想，在一股幼稚的热情冲动下，他当时对繁漪的爱是真挚的。可是

---

[1] 宇文：《谈谈〈雷雨〉这个剧本》，《旅大日报》1956 年 10 月 14 日，第 3 版。

[2] 读者：《从〈谈谈〈雷雨〉这个剧本〉谈起》，《旅大日报》1956 年 10 月 28 日，第 3 版。

当他进入社会，幻梦一个一个被残酷现实淹没了，在封建伦理道德的包围下，他认识到和繁漪的爱是一种极不正常的关系，是无法实现的，而且他父亲的权势是无法动摇的，他还要依靠他父亲去生活，他的阶级出身决定了他没有能力反抗封建主义的伦理道德，把一个被侮辱的、他爱的、爱他的女人从火坑里救出去。那些脆弱的民主主义思想又使他清楚地意识到，他自己恰又侮辱了一个他所同情的女人。周萍对四凤的爱完全是自私和虚伪的。文章甚至判定周萍将来一定会抛弃四凤，尽管这种推理已经越出了剧本所规定的情节。文章认为，悲剧不是因为周萍玩弄女性构成的，而是那个罪恶的社会制度和统治着那个社会的代表人物的罪恶所造成的。归根结底，周萍是"一个中国式的资产阶级的人物典型"，社会上的寄生虫和废物，他不满于封建主义和帝国主义的殖民主义压迫，但他又无能也没有勇气去反抗恶势力的统治，因此自觉不自觉地走上了悲剧道路。[1]徐宁对周萍这一形象的社会性解读细腻而深刻。

《我对周萍的看法》，载
《旅大日报》文化生活版

---

[1] 徐宁：《我对周萍的看法》，《旅大日报》1956 年 11 月 22 日，第 3 版。

3.《宝玉与黛玉》的讨论

1962 年，抚顺市话剧团在大连演出了话剧《宝玉与黛玉》，系根据赵清阁剧本《贾宝玉与林黛玉》改编而成。居有竹的《几点看法——话剧〈宝玉与黛玉〉观后漫笔》首先就剧本对小说的改编发表看法，肯定剧作能在纷纭的情节当中比较恰当地理出一个头绪，抓住原作中的主要情节，集中笔力写了几个主要人物，而且大部分还写出了性格，但改编者未能就宝黛爱情关系和悲剧结局充分写出这个悲剧的内在意义

———
《贾宝玉与林黛玉》

和真正根源；其次就舞台再现时过多地把原作中的情节描写和人物对话原样搬上舞台表达了异议。[1] 该文的意义在于提醒舞台剧创作者注意在再现剧本的舞台时，不应简单照搬剧本，还应该考虑到舞台表现力而有二度创造。

二、京剧评论

传统戏剧发展到当代，必然是在精华中夹杂着或多或少的糟粕，而正确地认知、接受和继承我国民族艺术遗产，这是值得人们认真思考的。这

---

[1] 居有竹：《几点看法——话剧〈宝玉与黛玉〉观后漫笔》，《旅大日报》1962 年 4 月 11 日，第 3 版。

一时期关于京剧的评论文章总体上来说量并不多，主要集中于两个方面：其一是京剧常识的普及，李和春、李璞的《京剧常识：角色分类》介绍了丑行、武行、流行等京剧中的各种角色分类，[1] 虽是属于常规京剧知识介绍，但对提高读者京剧鉴赏水平很有帮助；其二则是对一些现代京剧的即时评论。

1. 评说《玉堂春》的人民性

古月的《略谈京剧〈玉堂春〉》着重分析了京剧《玉堂春》中的人民性的体现。文章认为，该剧歌颂了坚贞的爱情，支持了人民对封建压迫的反抗，表现了人民战胜封建势力的胜利，剧作成功地塑造了苏三这个具有强烈的反抗性格的妇女形象，"剧作者带着极大的同情赞颂了这个人物，肯定了这个反封建的性格，这样一种鲜明的倾向性，正是这个戏深刻的人民性之所在"。而王金龙对苏三的感情始终如一，背弃了自己的封建贵族阶级，"也正是在这一点上，他被当做一个正面人物来描绘，这应当说是符合于历史实际的"。文章还对崇公道这一典型人物进行了分析："他正直，有强烈的正义感，他同情无辜的受难者"，"如实地而不是概念地、丰富地而不是简单地，站在观众面前"。文章认为剧作结构精练简洁，唱腔丰富多变，唱腔与剧情和人物的心理状态紧密结合，戏味十分浓厚，剧作对封建社会的暴露批判大胆尖锐，这些都是群众喜爱该剧的原因；文章重新审视了这部剧作与生俱来的缺点："这个恋爱故事的结果如何是没有得到回答的；而演起全本来又有拖拉太长之弊"，"两个陪审官的性格也还不够鲜明，崇公道在过去的演出中插科打诨太多，以致脱离剧情而有损公道的性格"，"个别的接转不够紧密自然，语句不够恰当明朗"，由此呼吁需要从多方面

---

[1] 李和春、李璞：《京剧常识：角色分类》，《旅大日报》1956 年 12 月 20 日，第 3 版。

努力进一步正确推进京剧改革工作。[1] 这篇文章在恰当阐明原有传统剧目的思想内容和艺术魅力上用力甚多，就如何在原有基础上将京剧推陈出新、发扬光大提出了许多切实可行的意见。

2. 评说《蝶恋花》的"两结合"

1977 年，中国京剧院新创编了现代京剧《蝶恋花》，一上演就引起了轰动，像"古道别""晚霞临窗喜看书信"等都在后来成为经典唱段。李雨岷的《壮歌赞骄阳——喜看京剧〈蝶恋花〉》就对剧作者在暗转"古道别"一场戏里运用革命现实主义与革命浪漫主义相结合的手法予以了充分肯定，认为该剧"通过层层纱幕的延伸以及杨开慧同志与群众的迂回辗转，深刻而细腻地抒发了'绵绵古道连天上，不及乡亲情谊长'的鱼水深情，把群众在古道上一程又一程相送的感人场面，做了形象的再现"。[2]

三、对《十五贯》的讨论

1956 年 4 月，浙江国风昆苏剧团的昆曲《十五贯》进京演出后获得巨大成功，而后在各地巡回演出。自此在全国范围内发生了对《十五贯》的讨论。大连的文艺评论家如李东潮、方冰等均及时对昆曲《十五贯》的演出以及艺术成就和现实意义进行了深入的剖析。

1. 对昆曲《十五贯》的评说

李东潮的《祝〈十五贯〉在旅大演出》认为这部剧作"对于我们反对主观主义和官僚主义将有重要的推动作用"，肯定艺术刻划上的成功在于两方面："对剧中每个人物性格的刻划都非常突出而鲜明"；"对情节和矛盾

[1] 古月：《略谈京剧〈玉堂春〉》，《旅大日报》1956 年 3 月 25 日，第 3 版。
[2] 李雨岷：《壮歌赞骄阳——喜看京剧〈蝶恋花〉》，《旅大日报》1977 年 9 月 26 日，第 4 版。

冲突的安排上有条有理，而且曲折动人"。[1] 评论者主要着眼于剧作的思想内容分析，关心的是现实作用。

方冰的长文《试谈〈十五贯〉的艺术成就及其现实意义》主要分析了昆曲《十五贯》的魅力所在，认为该剧真实地反映了生活，反映了历史，写出了典型环境中的典型性格。文章对剧作所塑造的几个生动的典型形象进行了分析：况钟正义廉明、为民请命；酷吏过于执高傲主观、草菅人命；恶棍娄阿鼠赌骗偷杀、无恶不作；官僚主义者周忱不违常规。文章认为，剧作改编者没有按照京剧的老套子把过于执描写成三花脸或尖白脸、贪赃受贿的赃官，而是把他塑造成被封建统治阶级所器重的干练正派的老吏，这就加强了他的普遍性，更足以从他的身上暴露出封建制度黑暗的本质来。昆曲作者没有从概念出发去塑造况钟这个人物，把他写成天生来的正义的化身，而是从历史真实出发去描绘他这个封建时代的清官，况钟没有怀疑整个的封建制度，这是时代的限制，但他达到了他那个时代最高的思想水平，而且一经认识，就忘记个人得失，不怕任何迫害地去身体力行，为之奋斗到底，这有利于指出时代的积极因素，鼓励人民斗争的意志，较为全面地反映了时代的精神面貌。文章对 1956 年第 9 期《文艺报》上伊兵的《昆曲〈十五贯〉的新面目》一文有不同看法，认为况钟成功缉拿真凶后自我解嘲的话语揭示了封建制度下黑暗势力的雄厚。文章特别提道："剧本不像长篇小说，可以不受限制地展开对于事件的叙述，人物的描绘。短短的三个多钟头，作者塑造出这样几个栩栩如生的典型形象，从而展开一幅无比生动的封建社会的真实图画，没有掌握住高度的现实主义创作方法，是不能达到如此成就的。"[2] 在当时文艺评论界对《十五贯》的众多讨论文章中，

---

[1] 李东潮：《祝〈十五贯〉在旅大演出》，《旅大日报》1956 年 6 月 17 日，第 3 版。
[2] 方冰：《试谈〈十五贯〉的艺术成就及其现实意义》，《旅大日报》1956 年 7 月 10 日，第 3 版。

该文的理论深度值得称道。

2.对大连"制作"《十五贯》的评说

《十五贯》这出戏不仅仅救活了昆曲这个剧种,更激活了各地戏曲戏剧演出单位创作搬演《十五贯》的热情。以当时的大连来说,就先后出现了京剧版和评剧版两种《十五贯》。

旅大京剧团在1956年以京剧形式搬演了浙江《十五贯》整理小组加工整理的《十五贯》,反响热烈。旅大京剧团副团长李和春《我们是怎样排练〈十五贯〉的》是从导演角度来探讨如何改造戏剧表演艺术的,文章认为,《十五贯》在改造表演艺术上只是一个开端,强调了导演必须与演员合作,充分发挥演员的积极性和创造性。[1]

旅大评剧团编排的评剧《十五贯》同样引发了大连文艺评论界的关注。于青的《观剧杂谈》认为评剧《十五贯》在模拟京剧中有所创造,即加上了"梆声三响"的效果,促使将要越门逃跑的娄阿鼠慌张了,但并没有明显表示出来把钱与骰子丢掉,这样也就没有"为剧情发展先伏一笔"。少游的《对〈观剧杂谈〉一文的意见》就此提出不同看法,文章从心理学的角度进行分析,认为评剧演出所以会让做贼心虚的娄阿鼠忽听"梆声",便急窜入床后或床底,无意丢失了钱袋里的铜钱和腰上的骰子,这是完全合乎娄阿鼠当时的盗窃心理的。文章认为,于青不够了解戏剧舞台规则,"背台"是演戏之大忌,按习惯的演出是"男面向里,女面向外","三堂会审"的苏三也是面朝外,抬起头来之时,也动了一下。过于执在出场诉话中已表白了自己的"威力",不论"抬头""转头",都不会有害于整个《十五贯》的内容。如果因"转头"破坏了戏剧情节内容的话,那才是因小失大了。[2]

---

[1] 李和春:《我们是怎样排练〈十五贯〉的》,《旅大日报》1956年6月17日,第3版。
[2] 少游:《对〈观剧杂谈〉一文的意见》,《旅大日报》1956年8月2日,第3版。

复县评剧团《十五贯》剧照

昆曲《十五贯》

《十五贯》印花税票

尽管这两篇文章意见大相径庭，但都是从人物心理与行为关系来考察剧作表现逻辑是否合理，这对于促进编导和演员注重揣摩人物心理、学习舞台表演技巧上具有启示作用。

社会主义革命和建设时期，大连各门类的艺术本身发展并不平衡，评论者对各文艺门类在认知上存在学识与经验方面的局限或盲区，文艺欣赏者对各门类文艺的爱好和关注度更有强弱之分。这种种因素都会导致不同门类文艺评论发展上的不平衡。具体说来，电影评论、舞台剧评论和文学创作评论在这期间最富有活力，几乎三分天下，各种文艺论争往往也都围绕着这三者集中展开。至于曲艺、美术、音乐、舞蹈、摄影等其他种类艺术作品的评论则相对较少，但这并不意味着无人评说这些"弱势"文艺品种，还会有一些专业人士尽其所能为此发声，让人感到殊为难得。《旅大日报》早在 20 世纪 50 年代即刊有文章《关于二人转》，这是迄今为止所发现的大连报刊上最早详尽介绍评论东北二人转这种民间文艺形式的文章，文章对二人转的起源、流变、唱词、曲调、气势以及与其他戏剧的不同作了细致分析，其重要文献价值值得重视。[1] 再如湘江的《谈漫画》一文对漫画艺术的关注也显得难能可贵。该文从内容和性质上将漫画分为时事漫画和生活漫画两类，认为前者用来讽刺敌人、后者用来讽刺人民内部落后现象，还对当时漫画创作存在着的互相模仿、相袭成风、题材不新鲜、形式不多彩等不足提出批评，对漫画未来发展给出建议：漫画作者要了解生活，漫画技巧要有独到之处。[2] 虽说这"弱势"文艺品种的评论文章都是点点星火，但足以让人意识到大连文艺批评的视野、广度、温度与力量。

---

[1]《关于二人转》，《旅大日报》1956 年 12 月 7 日，第 3 版。
[2] 湘江：《谈漫画》，《旅大日报》1956 年 12 月 23 日，第 3 版。

总之，大连这一时期的文艺评论者们——不论是声名显赫者，还是更多的籍籍无名者——都持之以恒地将个人的经验、信仰、目光、兴趣投向文艺领域，结出可观的评论硕果来，这为改革开放时期大连文艺批评的进一步发展积蓄了巨大势能。

文艺批评载体

1 ──────────── 《泰东日报》 ────────────

创刊于 1908 年 11 月，是大连华人集资创办的第一家中文报纸，也是近代大连地区最早发行的中文报纸。《泰东日报》主要刊登国内外新闻、市场行情、金融动态等，为华商开展业务提供参考。主要版面有政治版、经济版、社会版、地方版、副刊版、少年儿童版等。其中先后开辟的《歌场零拾》《梨园春秋》《鞠部阳秋》等栏目，主要刊载戏曲评论、演员评介、艺苑史料等文章。文艺副刊虽以刊登小说、诗歌、散文等作品为主，但也刊登文学评论文章，是解放前大连文艺批评的主要阵地。

2 ──────────── 《关东报》 ────────────

1920 年 9 月创办，社长为前日本海军政务次官永田善三郎。1933 年 10 月，由刘先鸿等人筹资改组了《关东报》，社长为市川年房，副社长为刘先鸿，营业局局长为周作之，编辑局局长为刘召卿。《关东报》开始为日报 6 版，后增为 12 版，发行于大连及东北、华北地区。《关东报》开设了《歌舞台》《梨园故实》等专栏，刊登了大量的戏剧研究、戏曲评论和演员评介方面的文章。

③ ——————————— 《 满洲报 》 ———————————

创刊于 1922 年 7 月，社长西片朝三。《满洲报》开辟了专门的栏目发表戏曲评论、演员评介和文化艺术评论的文章。

④ ——————————— 《 满蒙 》 ———————————

作为满蒙文化协会的机关报，刊发了大量的文艺评介、文艺演出报道和研究中国戏剧的著作。其前身为 1920 年 9 月 1 日创刊的《满蒙之文化》，1923 年 4 月改刊名为《满蒙》，1943 年 10 月停刊。24 年间，发行了 24 卷 281 期。《满蒙》关注大连地区的戏剧演出活动，刊发演员评介和戏剧评论等文章，同时也刊发研究中国戏剧的著作。

⑤ ——————————— 《 新生时报 》 ———————————

大连市政府机关报，1945 年 10 月 30 日创刊，1947 年 5 月 16 日终刊。《新生时报》从 1945 年 12 月中旬就开辟了《文化特辑》专栏，从 1946 年 6 月开始设立《新生副刊》，发表小说、诗歌、散文和报告文学、杂文等。开辟了 13 期的《戏剧周刊》，发表了大量的戏剧评论。

6 《辽东诗坛》

1924 年 8 月创刊，由大连嘤鸣社、浩然社两大文学社团主办。是当时为数不多的专门文学刊物之一。主要发表诗歌作品和与诗歌有关的各类信息，设置了二十几个丰富多样的栏目。其中，《摘藻扬芬》作为发表诗作的主栏目,其他栏目如《著述绍介》《诗话》《茗余杂志》《剪烛琐语》《杂录》《别录》《史谭》《简牍》《一经楼琐谭》《论说》《评论》《杂俎》《史料杂俎》《史料》等，有的具有比较明显的专门评论色彩，有的于介绍、研究、杂感、杂谈中融入了评论的要素。《辽东诗坛》在创作和议论评论上，表现出比较鲜明的东方文化色彩和传统文化倾向。

7 《人民呼声》

中共大连市委机关报，创刊于 1945 年 11 月 1 日，1946 年改名为《大连日报》。1949 年 4 月 1 日,《大连日报》与《关东日报》合并为《旅大人民日报》，1956 年改名为《旅大日报》，1981 年 3 月 1 日,《旅大日报》改名为《大连日报》。创办之初就开设了《戏剧周报》专栏，发表了东北文工团在连期间的大量戏剧评论。戏剧创作和评论一直是该报纸关注点之一。在 20 世纪 50—60 年代,关于京剧编演现代戏问题,该报发表了题为《欢迎京剧团演现代题材戏》的讨论会纪要。1959 年新中国成立十周年时发表了《为创造更新更美的艺术而努力》的社论。1964 年开辟了《戏曲改革问题》专栏，发起了全社会对于京剧现代戏问题的大讨论。此后，针对重要的文化节点、热门的文艺创作、主流的文艺作品等文艺创作现象和问题，都可以在该报看到本地甚至是全国文艺批评的声音。

8 《关东日报》

关东公署机关报,创刊于1947年5月20日,1949年3月31日终刊。《关东日报》的主要读者群体为各级政府、学校和文化部门的工作人员。报纸开辟文学副刊,在1946年东北文工团进入大连以后,发表了大量关于戏剧、秧歌和舞台演出等方面的研究文章和评论文章,受到了读者的欢迎。

9 《文艺报》和《人民文艺》

1949年3月,由关东文艺工作者协会创办《文艺报》,出刊18期。1949年9月,又创办了《人民文艺》,出刊67期。这两份刊物围绕宣传中国共产党的文艺方针政策和文艺事业发展情况,发表了大量的文章,其中平生的《平剧中的几个问题》、东方的《提高艺术的概括能力》、王朝闻的《怎样画漫画》、朱鸣冈的《对展开旅大美术工作几点意见》等,都是这一时期大连地区文艺批评方面比较重要的文章。

10 《青年翼》

月刊,1923年2月创刊,1928年8月停刊,是大连解放前唯一一份由中国人自己创办的刊物。刊物原名《新文化》,于1924年4月三卷4期起更名为《青年翼》。1925年1月,该刊成为大连中华青年会的会刊。刊物先后开设《评论》《文艺讨论》《文艺评论》《文艺》《文苑》等栏目,刊登文艺评论文章。

11 《戏报》

戏剧报刊。1958年创刊，出版4期后停刊，1979年复刊，1982年末停刊，共出版20期。创刊的目的为：开展艺术研究、剧目评论和交流信息。《戏报》刊登戏剧评论、表导演艺术探讨，舞台美术介绍和戏曲音乐以及有关戏剧史等文章，并报道剧坛信息。

12 《大连艺术》

由大连市艺术研究所主办。1983年1月创刊，初名《艺术通讯》，1989年7月改为《大连艺术》，2004年11月更名为《大连文化艺术》。《大连艺术》坚持"二为"方向和"双百"方针，立足本地，主要反映本地艺术生产和艺术研究现状，开展戏剧研究与评论，对本地艺术创作及研究活动起到了一定的指导和推动作用。

13 《大连文联通讯》

由大连市文学艺术界联合会编辑出版，创刊于1982年。1990年改名为《大连文艺界》。主要刊载大连市文艺界的新现象、新成就及各协会活动和文艺研究、创作情况。

文艺批评机构与社团

❶ ———————— 响涛社 ————————

1934 年春,大连青年作家石军、田兵、波影、克曼、太原生、迷梦、镜海、鸢霓、岛魂、野黎、夷夫、渡沙、木风等组成文学社团,命名为响涛社。1 月 22 日,响涛社在《泰东日报》上发表《响涛社成立纪念号》,其中提出,创办响涛社的目的为"专以研究纯文艺篇为宗旨",并且每星期四在《泰东日报》出刊《响涛》周刊,刊登由响涛社成员创作的小说、诗歌、散文、文学评论等。其中最著名的为 1936 年 1 月发表在《泰东日报》上的文泉(石军)的《1935 年满洲文坛之回顾》。

❷ ———————— 大连音乐研究所 ————————

创办于 1924 年,由"关东厅"民政署署长为所长。分为 4 个部:初级部,设钢琴、风琴、唱歌 3 个科目,指导从幼儿园到小学二、三年级程度的儿童;中级部,设钢琴、小提琴、风琴、唱歌 4 个科目,指导具有初级部结业程度的学员或小提琴初学者;高级部,科目同中级部,指导具有中级部结业水平的学员;应考部,是对报考东京音乐学校或报考小学音乐老师者进行指导。

③ ———— 大连舞蹈研究所 ————

创办于 1930 年。研究内容除舞蹈外，还包括童谣、民谣、西洋舞蹈等。此外，在童谣歌舞方面还有"青鸟儿童会""若草儿童会""长呗（歌）樱会""长呗（歌）美风会"等组织，以及传授演奏尺八（类似箫的一种乐器）的"未彰会""一心会""秀友会""晓风会"等团体。

④ ———— 关东州艺文联盟 ————

成立于 1941 年 9 月 12 日，受"关东州兴亚奉公联盟"文化部领导，是关东州内文化团体的统一组织。主要机构有文艺、美术、音乐、演剧、综合 5 个部。主要进行日本近现代文学研究和中国现代文学研究。

⑤ ———— 旅大市文化局剧目工作委员会 ————

戏曲剧目管理研究机构，成立于 1956 年 9 月，负责对旅大地区上演剧目的审查、研究和评论工作，1957 年底终止工作。

⑥ ———— 旅大市文化局剧目工作室 ————

旅大市文化局负责剧目管理和研究的机构，成立于 1980 年 8 月 2 日。主要任务是宣传贯彻党的文艺方针、政策，指导全市的戏剧艺术创作，推荐上演剧目，开展戏剧艺术理论研究与评论工作，积累艺术资料，提供艺术信息。剧目工作室成立后多次召开戏剧创作会议，研究制定创作规划，召开创作剧目讨论会、剧目座谈会，扶植创作出一些剧目，如京剧《合家欢》、评剧《翠园女魂》等。

⑦ ———————— 大连市文联文艺理论研究室 ————————

1981 年组建，主要任务是组织、联络、协调大连市文艺批评活动的开展。自成立后，会同有关部门利用多种形式对本地文艺现象，对本地文艺家及其作品开展了丰富多彩的研究和评论工作。

⑧ ———————— 大连市艺术研究所 ————————

成立于 1983 年 10 月，其前身为大连市文化局剧目工作室，成立之初名为大连市艺术研究室，1987 年改名为大连市艺术研究所，2020 年 4 月更名为大连市文化艺术研究所。2023 年 5 月，被重组为大连市文化艺术事业发展中心。内设理论研究部、艺术史研究部、编辑部、资料情报部和办公室。主要任务是开展艺术理论研究、艺术史研究和文艺评论工作，收集、掌握国内外艺术信息，指导和推动大连市艺术事业发展。该机构成立后，多次参与主办全国性的艺术理论研讨活动，如 1985 年在大连市召开的戏剧理论研讨会，1987 年和 1989 年在大连市召开的第一届和第三届全国艺术管理学研讨会，均在国内产生较大影响。

后记

历经 5 年，《大连文艺批评发展史》编撰完成，即将付梓出版。

大连文艺批评的发展过程，是大连文艺发展乃至大连文化发展不可或缺的历史构成。对大连文艺批评发展史的梳理与研究，填补了大连地区文艺发展研究的重要空白，于城市文艺发展、文化建设具有积极的推进作用，尤其对文艺研究和文艺批评的深化和提升具有直接的参照价值。这是本书编撰的初衷，也是力求达到的目的。

《大连文艺批评发展史》是大连市文艺评论家协会设立的重点学术项目。2019 年 5 月 11 日，经协会第一届主席团主席杨锦峰倡导，协会主席团会议决定启动该项目。此后成立了编撰小组，由杨锦峰为组长并主持全书编撰，何永娟、乔世华、邱伟为成员。分工方面，杨锦峰负责本书绪言、第三章、第四章内容编撰；何永娟负责本书第五章内容编撰；乔世华负责本书第六章、第七章内容编撰；邱伟负责本书第一章、第二章、附录内容编撰。在资料线索零散、缺乏相关情况介绍、未有相应学术参考的情况下，编撰小组克服困难，悉心研究，艰苦写作，勠力同心。编撰过程中，多次讨论学术问题、大纲编制和书稿写作。其间，3 次调整写作大纲，5 次对书稿进行重大修改。最终，于 2024 年 5 月完成了这项历史跨度大、涉猎内容丰富、涉及问题复杂的课题。期望本书有益于提高对大连文艺历史和文化发展的认知，有助于推进文艺研究和文艺批评的发展，有用于相关学术研究的参考。由于参考资料和参照研究不尽如人意，也由于编撰水平所限，本书或有缺陷之处，望有学之十不吝赐教。

《大连文艺批评发展史》的编撰、出版工作得到有关部门、单位和同仁的热情关注。大连市文学艺术界联合会给予高度重视和鼎力支持。大连图书馆、大连出版社等单位给予多方帮助。大连市文艺评论家协会同仁，院校、文艺单位和媒体的朋友，也给予本书关注和支持。在此，一并致以真诚的感谢。

作　者

2024 年 5 月 7 日